春草集

朱靖华 著

CHUNCAOJI

北京理工大学出版社
BEIJING INSTITUTE OF TECHNOLOGY PRESS

图书在版编目（CIP）数据

春草集 / 朱靖华著. — 北京 : 北京理工大学出版社， 2016.11
ISBN 978-7-5682-3366-8

Ⅰ. ①春…　Ⅱ. ①朱…　Ⅲ. ①诗集 – 中国 – 当代
Ⅳ. ①I227

中国版本图书馆CIP数据核字（2016）第273528号

出版发行 / 北京理工大学出版社有限责任公司
社　　址 / 北京市海淀区中关村南大街 5 号
邮　　编 / 100081
电　　话 /（010）68914775（总编室）
（010）82562903（教材售后服务热线）
（010）68948351（其他图书服务热线）
网　　址 / http://www.bitpress.com.cn
经　　销 / 全国各地新华书店
印　　刷 / 三河市华骏印务包装有限公司
开　　本 / 787 毫米 × 1092 毫米　1/16
印　　张 / 25.25
彩　　插 / 24
字　　数 / 406千字
版　　次 / 2016 年 11 月第 1 版　2016 年 11 月第 1 次印刷
定　　价 / 78.00 元

责任编辑 / 李慧智
文案编辑 / 李慧智
责任校对 / 周瑞红
责任印制 / 王美丽

作者简介

朱靖华，男，1947 年 9 月 23 日（农历八月初九）出生于齐齐哈尔市，大学本科学历，中共党员，中学语文高级教师（1992 年）、特级教师（2001 年），吉林省优秀教师（1987 年），吉林省“有突出贡献的专业技术拔尖人才”（2000 年），“吉林省首批教育科研型名校长”（2002 年），北京市民办教育先进工作者（2015 年）。1994 年至 2004 年任吉林省大安市第一中学校长。现任北京理工大学附属中学分校校长。事迹曾载入《吉林教育·红叶赞》（1986 年第 5 期）、《中国中学骨干教师辞典》（1992 年语文出版社）、《吉林英才谱》（1999 年时代人民出版社）、《中国当代教育教研成果概览》（1999 年新华出版社）、《宣传导报》（中共吉林省委宣传部主办，2000 年第 2 期）等书和期刊。2003 年 5 月《现代教育科学：普教研究》“吉林省教育科研型名校长风采录”彩页文字介绍：《吉林省教育科研型名校长：朱靖华》。

语文教学方面的主要著述有：《文言文中的古分今合词》（《语文战线》1981 年第 8 期）、《葛朗台的一“扑”及其他——文学作品中的直接心理描写和间接心理描写浅议》（《吉林教育》1982 年第 1 期）、《常用词语及其教学》（《吉林教育》1982 年第 12 期）、《文理渗透刍议》（《吉林教育学院学报》1988 年第 4 期）、《文理渗透初探》（《吉林教育》1989 年第 4 期，中国人民大学《中学语文教学》1989 年第 4 期转载）、《灯谜与语文教学》（《吉林教育》1989 年第 7~8 期）、《明确任务，减轻负担，提高效率——高中语文目标教学的实践与体会》（《吉林教育》1991 年第 2~3 期）、《常用成语语素辞典》（1998 年，吉林文史出版社）、《中学：文言文词义辨析》（2001 年，吉林人民出版社）等。

学校管理和学校科研方面的主要著述有：《校长如何调动教师的积极性》（《吉林教育》1996 年第 3 期）、《教师思想政治工作摭谈》（1997 年《吉林教育》第 4 期）、《以人为本与以法治校》（北京《中小学校管理》1998 年第 12 期）、《学生学习活动评价》（北京《中小学管理》1999 年 7~8 期）、《新课程理念下的课堂教学评价》（2006 年北京《教育前沿》9 月期刊）、《中小学教育科研的 1234567》（北京《现代教育报》2007 年 9 月 11 日）、《中小学生减负三法》（北京《现代教育报》2012 年 9 月 19 日）、《怎样上好常规课》（《北京教育》2012 年第 11 期）、《办朴实、真实、务实、扎实的教育》（《现代教育报》2012 年 12 月 7 日）、《有效作业四点谈 》（《北京教育 》2014 年第六期）、《做朴实教育》（《北京教育》2015 年第 9 期）、《课改，关键在编好课本》（2016 年 1 月 23 日《中国教育报》）、《要当好先生　先当好学生》（2016 年《北京教育》第 5 期）等。

主编的论文集有：《路石》（2003 年，吉林人民出版社）、《实施素质教育的有效渠道》（2003 年，吉林人民出版社）。

主持的主要科研课题或教改实验项目有：中学语文“目的单一”教改实验项目（1979 至 1981 年，主要参与者）、“把讲读课变为教读课”教改实验项目（1984 至 1986 年）、“文理渗透”教改实验目（1984 至 1985 年）、“高中语文目标教学教改实验项目”（1986 年至 1988 年）、“重点高中实施素质教育的模式与评价”（吉林省教育科学“九五”重点规划课题 1997 年 9 月—2000 年 12 月）、“三自五会”教育与学校办学思想和特色的研究”（吉林省教育科学“十五”重点规划课题 2001 年 11 月—2004 年 7 月）等。

参与编写书多部，多次在各级学术会议上宣读论文或作典型发言。

另有《知校十年》（上、下）1997 年吉林人民出版社、《做朴实教育——知校京华十年留痕》2016 年北京理工大学出版社。

详情见书后附录二。

原《春草集》自序

1958年，正是“跃进”的年代，我在小学三年级读书。在一次学校组织的写诗比赛中，我在一堂课里写下了十三首诗，取得第一名。其实，我自知没有什么写诗的天赋。现在回想起来，当时写下的东西，顶多算个“顺口溜”而已。但也许是这个缘故，从此对诗有了一点情结。上中学之后，虽志向学理，但时而也喜欢读点诗，尤其对古典诗词更有些兴趣，“文化大革命”期间，曾手抄清人万树编辑的《词律》（四卷本）。接下来，便是下乡插队。以后回城当了老师，校长说，现在缺语文教师，你就教语文课吧。于是便当上了语文教师，如此与诗的接触也就有了一点自觉性。

从学生时代起，或是主观上有点感受，或是客观上“受命于人”，确也写过一些且称为“诗”的东西。实在地说，从未想到过发表，更不敢有当诗人的梦想。今天之所以要结集出版，原因只有一个，那就是给自己留个纪念。

古人云：“诗缘情而发。”我的诗，不管别人如何评价，在我自己，确是人生情感的写实，包括青少年时代的那几首，今天看来也许有点政治化、偶像化，但也是那个时代自己心灵上的声音。

我喜欢春草，因为它极普通，随处可见，有着极强的生命力，野火烧不枯它，严寒冻不死它，巨石压不垮它。我喜欢春草，更因为它与“春”相连，它一生向往春天，追求光明，它是春的使者，它是春的象征。我喜欢春草，还因为它从不争春，当春真的降临时，它就把春的美丽让给了百花，而它则以更丰厚的绿色，在百花的下面，继续装扮着美好的世界。愿我的“春草”也能给人世间带来一点美好。

2001 年 1 月 23 日（农历除夕）22 时于办公室

《春草集》再序

2001 年，吉林省音像出版社曾为本人印发了一本名为《春草集》的诗集，收录了 63 首诗词。之后，特别是退休来京后，又写了一些且称为“诗”的东西，外有几篇回忆性散文。还是“敝帚自珍”吧，一段时间以来，很想把它们再集成一块儿印发出来，一为与友人交流，二为自己充实一点晚年的精神生活。当然，如果能给他人、包括我的儿孙们带去一点积极的人生影响，更是我所乐见的。

至于书名，曾想到“枫叶”，也写有过一个“枫叶三题”东西，但权衡再三，还是选用了“春草”。《卜算子 · 春草》，虽是我的青涩之作，但我一直以此为自己的励志诗，也表达着我的世界观、人生观和价值观。

愿我的“春草”能给人们带去春的希望和美好。

2012 年 5 月 18 日于北京理工附中分校办公室

《春草集》又序

十五年前的除夕夜，我在学校办公室为原《春草集》写序。今年的除夕夜，我在长春女儿家，为本书选取照片。碍条件所限，我从出生至上初中从未照过相，一张初中毕业证件照还不慎遗失，是为至憾，现仅存一张初中毕业班的师生集体照。直至四十岁以后，才有了些照片。看看我的那些旧照，再看看我的那些所谓诗，还有老来写的那几篇忆旧散文，似乎看到了自己包括生活和工作在内的整个成长历程，感觉很亲切，也有些许遗憾，但人生不会重来，生活总是苦涩与甜美并存。向往甜美奋斗，享受苦涩坚持，生活就总是美好的。我的人生信念是：相信自己，真诚待人，认真做事，不懈追求。但愿这部诗集能够传达出我的这个人生信念。

2016年2月7日22时（农历除夕）于长春女儿家

目　录

知校情怀（大安一中）

京华续章

学生时代

1964年大安一中初中三年五班师生毕业照

上排左起：张继良、李世光、刘群华、修喜瑞、董国良、朱靖华、张志强、张利、李文福、董文昌、孙玉琳、李玉善

上二排左起：程军、伊国清、尹逊庆、姜文、李登安、姚峰、景福友、李铭文、谢在沂、王维兴、苏文华、李长武

上三排左起：数学祝瑛老师、语文王亚训老师、生物裴云龙老师、物理郑钧龄老师、教导主任王凤梧、副校长王德武、校长王承文、班主任化学老师张维群、副教导主任张连纯、数学老师刘广义、语文老师李牧成、政治老师刘国顺、语文老师陈良、俄语老师毛金山

下一排女生左起：张文媚、马秀华、张立仁、张萍、邹艳霞、陈淑兰、李海文、潘凤芝

学生时代·初中：自勉诗

自勉诗[①]

（1962年12月）

光阴真似箭，
不觉又一年。
莫作无为度，
求知贵志坚。

注：①时余为初中二年级学生，此诗写在老师一次讲话后的日记本上。

学生时代·初中：学习

学　习[①]

（1963年5月）

学生天职是学习，
搞好学习靠努力。
力量源泉是“毛选”[②]，
学好“毛选”长志气。

注：①摘自初三时的一篇作文，学习毛主席著作心得。

②指《毛泽东选集》。

学生时代·初中：致尹逊庆学友

致尹逊庆学友

（1964年6月）

前岁始同窗，

今朝将异投。
从戎当建业，
治学要深求[①]。
莫道分隔远，
嫩江水常流。
红心同向党，
甘为孺子牛。

注：①当时尹已应征入伍，待发；我报考了高中，待考。

学生时代·高中：王杰同志，永生

王杰同志，永生[①]！

（1965年11月16日）

群山向你点首，
松涛为你放开喉咙
——王杰同志，伟大的战士！
王杰同志，永生！

二十三年，短暂的一生，
二十三岁啊，宝贵的青春。
在这风华正茂的年岁时，
你为了十三个阶级弟兄的生命，
英勇献身。

你的忠魂，飞上了蓝天上的白云，
你的感人事迹，在人民中传颂。
万朵红花你最红，

你是我们伟大时代的又一雷锋。
在青年革命化的大道上，
你是跑在最前面的接班人。

安息吧，王杰同志！
你的血，把红花染得更鲜红；
你的枪，早已紧握在后来人的手中；
你的理想，成为千万个新王杰的
——共同心声！

注：①写给班级的墙报稿。

学生时代·高中：练长跑

练长跑①

（1965年12月）

长长跑道是战场，
滚滚汗珠分外甜。
四海五洲揣我怀，
狂风暴雪只等闲。

注：①当时全校同学响应号召，掀起练长跑热潮。正是寒冬腊月天，同学们从校门出发，沿奔向嫩江的大道，跑得热火朝天。这是当时写下的一份班级墙报稿。

学生时代·高中：七绝·无题

七　绝

无　题

（1966年9月20日）

乍历风波乍辨人，
翻云覆雨故人情[1]。
灯笼我厌千只眼，
专喜蜡烛一线心。

注：①“文化大革命”初起，一些学生给老师写大字报，甚至同学之间也互相揭发起家庭问题来。一次班会上，我为班长辩解几句，一位平时关系不错的同学竟讲出“要注意阶级斗争新动向”的话来。感慨万千，借用杜甫的一句诗：“翻手作云覆手雨”，在日记中写下这首小诗。

学生时代·高中：五律·夜扒苞米

五　律

夜扒苞米[1]

（1966年12月12日）

月挂东墙柳，
师生进谷园。
为粮早入库，
岂管倦和寒。
飒飒梭如箭[2]，
淙淙歌若泉。

银山无影迹，

明月对金环[3]。

注：①1966年10月至12月，余时为高二学生，随本校一“红卫兵”组织到当时大安县联合公社大李油坊、小李油坊和单家圩子三个村屯参加支农劳动。多数师生分批去北京等地串联，本人和其他一些家庭出身不好的师生，以及有过当右派历史等问题的老师，则一直在这里劳动。劳动每晚都有“夜战”，虽然很苦很累，但心情很愉快。

②梭，扒苞米叶子用的工具，状如箭羽。

③月光下，大苞米堆像一座银山。扒苞米时，大家围坐在四周，一边唱歌，一边劳动，同时便随手把扒掉叶子的苞米甩到身后。待全部扒完后，原来银山似的苞米堆不见了，站起身往下看，黄澄澄的苞米棒子便形成了一个大大的“金环”。

学生时代·高中：七律·献给毛主席

七　律

献给毛主席

（1966年12月26日）

此日为毛主席诞辰。时余从农村劳动回来不久，看昔日同学“串联”归来纷纷组织“红卫兵”战斗队，而自己只能闲居在家，心境不好，写此诗表达对毛主席的忠心和对革命的追求。

开天辟地五十年[1]，

万水千山视等闲。

韶岭峰连华夏地，

井冈火照九州天[2]。

一声宣告白天下[3]，
四卷雄文[4]震宇环。
涣涣长江东逝水，
导师万寿比南山。

注：① 1921 年中国共产党成立，至 1966 年为 46 年。

②毛主席在井冈山写有文章《星星之火可以燎原》。华夏、九州，均指中国。

③ 1949 年 10 月 1 日毛主席在天安门城楼向全世界庄严宣告：中华人民共和国中央人民政府今天成立了。毛主席《浣溪沙·和柳亚子先生》有“一唱雄鸡天下白”词句。

④指《毛泽东选集》一至四卷。

学生时代·高中：满江红·嫩江抒怀

满江红[1]

嫩江抒怀[2]

（1968 年 7 月 16 日）

笑水歌山，红日下、千秀竞妍。抬望眼、浩茫心宇[3]，滚滚涛纤[4]。十载寒窗求学苦，三年风雨探途艰。莫彷徨、正似火青春，天地宽。

持信仰，磐石坚。垂铁骨，藐磨难。四卷雄文在，不竭源泉。劲草疾风吹不断，良驹万里走犹前。待他年、热血荐轩辕[5]，忠心献。

注：①步姜夔《满江轰·仙姥来时》平韵格。

② 1968 年 7 月 16 日，为纪念毛泽东主席畅游长江两周年，当时的大安县各界人士上万人在嫩江码头“老坎子”集会，举行演唱会、游泳和划船比赛等项活动以示纪念，气氛异常热烈。本人和几名要好同学亦前往观看。十年寒窗苦读，三年“文革”风雨，毕业走向何处？各种感慨集于胸中，以一曲《满江红》记之。

③鲁迅诗句："心事浩茫连广宇"。指心海茫茫，思绪万千。

④纤，细小。"滚滚涛纤"对比"浩茫心宇"而言。

⑤鲁迅诗句："寄意寒星荃不察，我以我血荐轩辕。"轩辕，黄帝名，借指祖国。

1968年9月6日部分高中同班同学合影

左起，前排：卢诗宾、苏文华、刘显洲、单文柱、路正华、朱靖华

中排：郑玉文、李秀萍、石雅琴、李凤兰、陶永洁、刘志云、金翠兰

后排：王修文、郭家驰、张志才、宁国斌、张殿勤

1968年6月于嫩江边老坎子照

1988年7月，20年后高中师生再聚首于老坎子照

中排左第四人起：班主任刘勃、校长王承文、化学老师梁忠贞、俄语老师于长庆。后排左三为本人

知青岁月

1969年春集体户门前树下照（摄影：王亚训老师）

知青岁月：卜算子·春草

卜算子

春　草①

（1969 年 5 月 2 日）

不是为争春，
总被春牵住。
阅尽沧桑志不移，
痴意开春路。

春色满人间，
笑觑百花馥。
伸向家乡告相识，
莫把春期误。

注：①在校读书期间，曾先后两次填写入团志愿书，皆因家庭问题而未获批准。插队后，又一次填写入团申请表，被告知仍需接受组织考验。此时，同窗好友张志才从县城来信，诉说苦闷心情。此时正是北国大地“草色遥看近却无”（韩愈）的季节，于是填写此词复之，借春草表达自己坚定不移的信念、持之以恒的追求和积极、乐观的人生态度，既劝慰好友，也是勉励自己。

1968年1月1日与同学好友张志才（左）合影

知青岁月：我们走在毛主席指引的大道上

我们走在毛主席指引的大道上

（1969年9月14日）

我们走在毛主席指引的大道上，
火红的太阳从心头升起。
千难万险脚下踩，
雨横风狂路不迷。

我们走在毛主席指引的大道上，
教育革命烽火连天起。
贫下中农是老师，
三大革命①是课题。

我们走在毛主席指引的大道上，
内心深感自豪无比。
我们是“知识青年到农村去”②的第一代实践者，
我们把反修防修的道路开辟。

我们走在毛主席指引的大道上，
紧握锄杆、钢枪、战斗的笔。
为了世界一片红，
永远紧跟毛主席！

注：①指阶级斗争、生产斗争和科学实验。

②毛泽东的语录。1968年12月22日，《人民日报》在一篇报道的编者按语中传达了毛泽东指示“知识青年到农村去，接受贫下中农再教育，很有必要。要说

服城里干部和其他人，把自己初中、高中、大学毕业的子女送到乡下去，来一个动员。各地农村的同志应当欢迎他们去。”随即在全国各地开展了知识青年“上山下乡”运动，大批城市知识青年下放到了农村劳动。

知青岁月：施工抒情

施工抒情

（1970年10月12日）

东方透出黎明的阳光，
号声唤醒了沉睡的山冈。
是谁唱起了嘹亮的歌儿？
“八三”战士行进在广袤的田野上。

晨风卷走了夜幕，
壕堑成了欢乐的海洋。
“今早又拿下了三十米工程！”
“八三”战士沐浴着万道霞光。

注：①写于前郭县狼家窝堡屯。1970年10月，国家修建大庆至秦皇岛的地下输油管线，对外称“八三工程”。当时从农村抽调的民工都以组建民兵的形式参加工程建设。我很荣幸地被吸纳为大安县丰收公社新组建的民兵连战士，并兼做连队文书。我们的任务就是挖沟，量大且艰苦，挖到后来，常常是在冰水中作业。一连二十三天，劳动虽累，条件虽苦，但热情很高。

知青岁月：贫下中农送我一支笔

贫下中农送我一支笔

（1971 年 4 月 15 日）

1971年4月15日，我被白城地区安广师范接收为中文班学员。行前，生产队长崔永维送我一支自来水笔。

贫下中农送我一支笔，
多少记忆含在里。
同吃同住同劳动，
战天斗地结情谊。

贫下中农送我一支笔，
多少温暖在心里。
春节请家吃年饭，
天寒送来皮大衣[①]。

贫下中农送我一支笔，
多少希望寄托里。
不忘接受再教育，
我为革命握好笔。

注：① 1968 年冬，大队成立打井连。打井在岗地，人推转盘，三班倒。上转盘一身汗和泥水，下转盘一身冰。余衣服单薄，时生产队会计崔永维将羊皮大衣送我保暖。插队三个春节，余均在农村过，常被村民叫到家中吃饭。

1970年4月集体户部分同学在集体户房西合影，前排左起依次为陈彦梅（日后吾妻）、聂淑英、王丽环、张淑文、刘丽梅；后排左起依次为张凤山、路向东、陈德光、朱靖华、孙明祥、张瑞明

1970年8月22日丰收公社参加县“双先会”代表合影，上排左二为本人，下排右一为插队干部王石老师，身边男孩是她的儿子，日后为我的学生金岗

1992年7月当年集体户部分同学照于我家中，前排左起：本人、孙明祥、陈德光；后排左起：余妻陈彦梅、王丽环、张淑文、李爱武

师范短章

1971年8月实习小分队合影（后排左一为本人）

1971年8月同组学员合影（中排左一为本人）

1971年8月大安籍学员合影（中排左一为本人）

师范短章：我是一名师范生

我是一名师范生

（1971年4月20日）

我是一名师范生，
来自广阔天地中。
撂下锄杆拿笔杆，
教育战线有新兵。

我是一名师范生，
党的教导记心中。
教书育人学本领，
教育革命当先锋。

我是一名师范生，
三尺讲台铸忠诚。
为党培养接班人，
永做人民好园丁。

1971年9月15日白城地区安广师范中文连二排师生毕业照，后排右一为本人

1996年6月21日大安宾馆与师范班主任高承恩老师（右二）及当年同学赵英、张占林、谭雅华（自左至右）合影

讲台生涯

1982年于东北师大函授班学习期间照

讲台生涯（文化馆）：卜算子·团代会

卜算子

团代会

（1972年2月）

1972年年初，大安县和白城地区先后召开了“文革”后的首届共青团代表大会。我作为“可以教育好的子女”被通知参加。申请入团多年才获批，而今还能作为代表参加团代会，很激动，于日记本上填了如下小词。

昨晚接通知，
要我参加会。
县里刚完再地区，
感动在心内。

往事无从数，
岁月堪回味。
革命征途永向前，
春色正明媚。

1972年11月参加县文艺创作座谈会合影，后排右数第四人为本人

讲台生涯（大安七中）：你是一粒种子

你是一粒种子①

（1973 年 7 月 23 日）

你是一粒种子，

一粒特殊的种子——

不种在地下，种在地上。

多少次风雨剥走你的皮，

多少回寒暑考验你生长。

啊，种子，痴情的种子，

你相信春光！

你是一粒种子，
一粒特殊的种子——
不种在地下，种在我的心上。
我的血液为你输送雨露，
我的肝胆为你传递阳光。
啊，种子，纯真的种子，
你执着理想！

你是一粒种子，
一粒特殊的种子，
是种子就要发芽，开花。
啊，种子，顽强的种子，
你开花名叫“向阳”[②]！

注：①写于上交第一份“入党申请书”之后。
②借“向阳花”表达自己对党的信仰和追求。

讲台生涯（大安七中）：“饮牛坑”会战

“饮牛坑”会战[①]

（1974年9月）

霹雳一声震长空，
县委发出动员令。
全县人民鼓干劲，
万人会战“饮牛坑”。

十里一片红旗扬，
南北两坡摆战场。

坡上人流如潮涌，
坡下钢锹闪银光。

七月骄阳红似火，
汗珠滚滚往下落。
抢分夺秒拼命干，
水在脚边也不喝。

群雁高飞头雁行，
县委书记②来劳动。
一把钢锹两只手，
既当指挥又当兵。

送归北斗迎朝霞③，
北国江城美如画。
十年工程三天完，
大安盛开大寨④花。

注：①饮牛坑，是嫩江“老坎子”码头北边的一个江叉。国家计划在这里修建电灌站。据说立项十年，没有完成。当时的大安县委组织万人会战，要在三天完成土方工程。自己带领学生也参加了这项劳动。这首小诗是工程结束后，为学生参加县“红卫兵”委员会组织的赛诗会而写作的。

②当时的大安县委书记是李忠厚同志。

③劳动三倒班，不分昼夜。

④“大寨”是当时全国农业上的一面旗帜。

讲台生涯（大安七中）：七律·听吉林省先进教师报考团报告

七 律

听吉林省先进教师报告团报告

（1975 年 10 月 25 日）

先进教师事动人，
令人听了长精神。
一波推起千波涌，
一火点燃万火明。
艰苦换来艰苦乐，
赤心赢得赤心真。
百花争艳江山秀，
三尺讲台总是春。

讲台生涯（大安七中）：毛主席，祖国人民永远怀念您

毛主席，
祖国人民永远怀念您！

（1976 年 9 月 29 日）

时余在大安七中（即今大安三中）教书。此为学校举办的“迎接国庆节，怀念毛主席”献诗会而作。

今天，
是“十一”，
是我们伟大祖国成立二十七周年纪念日。

二十七年啊，二十七个“十一”。
在过去的哪一年今天，
不是山欢水笑，举国欢喜？

当那——
红日东出的早晨，
烟花似锦的夜里，
我们——
站立起来的八亿人民，
从祖国的各个角落，
翘望着北京——天安门——中南海，
向往着最亲的亲人——毛主席！
彼时彼刻啊，
欢呼的声涛卷着幸福的泪水，
鲜艳的花朵伴着胜利的红旗。
世界上还有什么比这更幸福
——和伟大领袖毛主席在一起共庆“十一”！

一切都像在眼前，
可是已无可挽回地过去。

今天，
我们又迎来了“十一”。
山冈挂素，
流水抽泣。
再动听的歌儿唱不出口，
再丰盛的饭菜吃不下去。

千万双泪眼向着北京城，
千万颗忧伤的心在询问：
敬爱的毛主席啊，
您在哪里？在哪里？
……

毛主席真的离开我们了吗？
不，没有，毛主席永远和我们在一起。

看，毛主席向我们走来了，
从韶山的峻峰，
从南湖的航船，
从井冈的竹林，
从遵义的城里。

看，毛主席向我们走来了，
从延安的宝塔山，
从天安门的城楼，
从中南海的窗前，
从祖国的大地。

毛主席向我们走来了，
依然是笑容满面，神采奕奕，
一直走到群众中间，
和大家一起庆祝“十一”。

今天，

是“十一”
是我们伟大祖国成立二十七周年纪念日。
庄严的五星红旗迎风飘扬，
辽阔的祖国大地更加壮丽。
毛主席——祖国，
祖国——毛主席！
毛主席和祖国永远在一起，
祖国人民永远怀念毛主席！

讲台生涯（大安七中）：七律·钩鱼

七　律

钩　鱼[①]

（1977 年元旦）

披星戴月荒原上，
踏雪凿冰嫩水塘[②]。
黏汗浃衣周体暖，
北风刺骨透心凉。
开怀热饼[③]充饥腹，
俯卧寒江润渴肠[④]。
十去九空非有瘾[⑤]，
妻儿待哺怎彷徨[⑥]！

注：①北方一种冬季捕鱼的方式。方法是：用冰钏在冰上凿个直径一米左右的圆洞，然后把缕钩（钩鱼的用具：一丈左右长的木杆，一端固定一个弯成一定弧度的一丈五尺左右长的竹劈，竹劈上绑有五个铁钩。）伸进冰洞里，两手握住木杆，上下拉动，是为钩鱼。我这个被人称为“书呆子”的人，是在 1976 年冬季开始跟随本校里的几位老师去钩鱼的。是日与本校姜文、孙继华二位老师去城南方向俗称

四家子的江水泡子钓鱼，这是我钓鱼以来最有收获的一次。此诗为归来后草成。

②钓鱼的地方多是在嫩江水贮存的一些水塘、泡沼上，有时也在大江的冰面上钓。

③打开怀里包裹着的玉米面大饼子。

④爬在寒冷的冰面上，把嘴伸进钓鱼的冰洞里喝水。

⑤钓鱼是有很多经验和技巧的。因自己是生手，且力不如人，所以常常是跟着白跑。有时钓不着，能捡回一些别人丢弃的小鱼也算收获了。

⑥有人说钓鱼是有瘾的，但我无此瘾，一身冰水一身汗，手脚冻得猫咬般难受。我之所以还要一次次去，是因为妻子正怀孕，而家里连一个鸡蛋都没有，不容我有一点彷徨。事实上，妻子正是靠我从冰雪中弄回来的鱼度过孕期和产期的。

2013年4月29日姜文来京，于水立方前合影

讲台生涯（大安七中）：七律·雷锋赞

七 律

雷锋赞

（1977年3月5日）

平凡事迹不平凡，

点点滴滴汇巨澜。

好事千桩连万户，

真情一片寄轩辕[①]。

人生有限身虽去[2]，

榜样无穷名永传。

十四春秋风与雨[3]，

而今壮美更夺妍。

注：①轩辕，黄帝名，借指祖国。

②《雷锋日记》中的话：“人的生命是有限的，而为人民服务是无限的。我要把有限的生命投入到无限的为人民服务当中去 。”

③ 1963 年 3 月 5 日，毛泽东等老一辈无产阶级革命家为雷锋同志题词，至写作此诗时十四年。

讲台生涯（大安七中）：七律·“毛选”五卷出版

七 律

“毛选”五卷出版

（1977 年 4 月 14 日）

五卷新书出版了，

欢欣鼓舞万千人。

丰功伟绩人人颂，

至理名言字字真。

八载宏图留记录[1]，

千秋马列有雄文。

长空遥对心潮涌，

革命何惜五尺身。

注：①“毛选”第五卷收录了毛泽东同志 1949 年至 1957 年共计八年期间的重要讲话和文章。

讲台生涯（大安七中）：七律二首·大庆赞

七律二首

大庆赞

（1977年4月21日）

看电影《大庆战歌》，工人之志气，创业之艰难，业绩之辉煌，令人不胜感慨，遂草成二首以记之。

一

《大庆战歌》好影片，
身离影院亦流连。
石油工人真哉壮，
白雪荒原创业坚。
脚踏北疆千里雪，
胸怀四海五洲天。
千年旷野传新曲，
一面大旗[1]树九天。

二

中国人民志气篇，
高山肃立水回旋。
任凭虎豹来封锁，
不怕熊罴搞覆颠[2]。
沧海横流呈本色，
黑云压顶显真颜。
丰碑一座凌空矗，

一代精神万古传。

注：①“工业学大庆”，是毛泽东的号召。大庆，是当时全国工业战线上的一面旗帜。

②毛泽东《七律·冬云》诗云：“独有英雄驱虎豹，更无豪杰怕熊罴。”分别喻指美、英帝国主义和苏联赫鲁晓夫集团。

讲台生涯（大安七中）：七律·校运会

七 律

校运会[①]

（1977年6月7日）

盛会年年今又是，
今和往日不相同。
冰消草绿春光好，
雨过天晴旭日红。
更有神州八亿志，
骈肩携手继先功。
师生赛场显身手，
虎跃龙腾任纵横。

注：①这是粉碎“四人帮”后，学校举行的第一次田径运动会。

讲台生涯（大安七中）：迎亲

迎 亲

——纪念周总理诞辰八十周年[①]

（1978年3月5日）

三月五日天气新，
门庭尽扫迎亲人。

亲人见了亲人面，
一腔热泪两纷纷。
前岁送亲正隆冬[②]，
黄河凝绝泰山倾。
鱼水可断情难断，
白浪滔滔决闸门。
君不见，日月掩面银河泣，
君不闻，四海五洲放悲声。
天有情来地有情，
不如革命阶级情。
今朝亲人张目去，
更使后人泪满襟。
千斤重石压双足，
双足难迈路难行。
十里长街[③]九万里路，
九万里路难留汽车轮。
拦车不住随车去，
任凭车轮碾碎心。
雨雪风霜何所惧，
寒风冻骨难冻心。
今日送得亲人去，
他年定把亲人迎。
岂有高天寒流急[④]，
更信梅花能报春[⑤]。
朝思亲来夜思亲，
残冬过后倍思亲。
如今思亲亲归来，

百花进舞鸟进音。
八亿门开迎亲人，
亲人走进八亿门。
八亿杯美酒齐举起，
美酒落肚可开心。
喜看今日江南塞北翻新色，
神州得意赖来人。
“抓纲治国”决策出，
继往开来众望深。
丰功伟绩人人颂，
“三公”⑥之后有“英明”⑦。
过去不知三月五，
从此是日叫“迎亲”。
待到二〇〇〇年迎亲日⑧，
再奉中华慰忠魂。

注：①周恩来总理1898年3月5日出生于江苏淮安。

②1976年1月8日，周恩来总理逝世，正值寒冻季节。

③北京长安街。周恩来总理遗体火化当日，灵车从这里经过。大街两旁站满了自发为总理送行的人们。

④毛泽东《七律·冬云》：“高天滚滚寒流急，大地微微暖气吹。”

⑤毛泽东《卜算子·咏梅》：“俏也不争春，只把春来报。”

⑥指毛泽东、周恩来、朱德。

⑦当时人们称华国锋为“英明领袖”。

⑧1965年和1975年周恩来总理先后在第三届和第四届全国人民代表大会的政府工作报告中两次提出要在20世纪内全面实现农业、工业、国防和科学技术的现代化，使我国国民经济走在世界前列。

讲台生涯（大安七中）：七律·为学

七　律

为　学[①]

（1978 年 3 月 18 日）

部分学生虑在校时日不多，对参加全国统考丧失了信心。余深以为忧，试作小诗以勉之。

从来事业在钻研，
自古人心可胜天。
滴水犹知石可过，
精灵更信海能填[②]。
朝霞又洒神州地，
大业重颁万代篇[③]。
努力师生齐奋战，
谁言我辈便孙山[④]？

注：①初载学校墙报上。

②源于“滴水穿石”和“精卫填海”两个成语典故。

③ 1978 年，华国锋在第五届全国人民代表大会政府工作报告中，再次提出在 20 世纪内把我国建设成为农业、工业、国防和科学技术现代化的伟大的社会主义强国。1978 年，全国恢复了统一高考。

④借“名落孙山”之典，指高考失利。

1978年9月23日调重点中学大安一中任教，与在原校所带班级全体同学合影，二排右四本人，左为接任班主任徐永强老师

讲台生涯（大安一中）：五律·书架

五　律

书　架①

（1978年10月5日）

土坯三四块，
木板六七条。
架上书无几，
其中旨却高。
属文当冷月，
把卷忘春宵。
些许小天地，
怡然我自陶。

注：①当年家贫，为读书、备课、查找资料方便，找来了几块土坯和几根木板条，外面包了一层纸，便做成了一个书架。书架虽简陋，很爱惜，心情亦好。

讲台生涯（大安一中）：七律·读张志新烈士事迹有感

七 律

读张志新烈士[1]事迹有感

（1979年6月21日）

一篇[2]阅罢泪难收，
爱憎悲哀喜怒忧[3]。
动地惊天巾帼血，
神激鬼愤佞人[4]头。
丹心谱写丹心谱，
铁骨讴成铁骨讴。
试看中原肥劲草[5]，
方知天亦畏神州。

注：①张志新（1930—1975），女，天津人。1955年加入中国共产党，曾任中共辽宁省委宣传部干事。她坚持真理，遭受林彪、“四人帮”集团的残酷迫害，1969年9月被捕入狱，1975年4月14日被杀害。

②指介绍张志新烈士事迹的文章。

③言各种感情交织一起，感受至深。

④佞人，奸佞，惯于用言语媚人的人。这里指林彪、“四人帮”等那些祸国殃民的人。

⑤鲁迅诗句：“血沃中原肥劲草，寒凝大地发春华。”

讲台生涯（大安一中）：七绝·蚂蚱菜花

七　绝

蚂蚱菜花

（1982年7月18日）

妻爱花。家贫，养不起名花。一日，妻往小仓房顶撒了一把蚂蚱菜花籽。数日后晨起，但见一片红红的蚂蚱菜花在早霞下盛开，光彩熠熠，满院生辉……

一片火红映早霞，
敢同国色①比芳华。
满庭今日生新景，
为有君②来至我家。

注：①牡丹花被誉为“国色天香”。

②这里“君”是花，也是妻。

1982年8月妻照

1987年7月妻与所带毕业班同学郊游合影，右为数学老师郭葳

1996年8月10日家门前与妻合影

讲台生涯（大安一中）：我愿做……

我愿做……[1]

——写在第一个教师节前夕

（1985年9月9日）

我愿做一滴春雨，
落进广袤的土地。
为了种子发芽，
哪怕溶入黑泥。

我愿做一块山石，
埋入宽阔的路里。
为了后人行进，
任凭不见天日。

我愿做一截硬木，
嵌上高耸的云梯。

为了勇士登攀，
宁肯天天承受压力。

我愿做一名教师，
工作在三尺小天地。
为了学生成长，
甘愿献出自己。

注：① 1985年的9月10日是新中国确立的第一个教师节。时余被评为全县的优秀教师，并参加了当日由县委、县政府组织的全县优秀教师表彰大会。

讲台生涯（大安一中）：七律·述怀

七 律

述 怀①

（1986年3月2日）

星移斗转几回春？
且数新丝些许根。
陋室孤灯勤把卷，
讲台粉笔勉耕耘。
风霜雨雪等闲度，
喜怒哀愁送晓昏。
莫道吾侪无大志，
中华崛起赖来人。

注：①摘自开学典礼上代表全体教师讲话的发言稿。

1986年5月与时为教导处主任的周世清老师在一起

1985年11月参加县教研会，左为时在教师进修学校工作的同学好友张志才

讲台生涯（大安一中）：五绝·悼刘汉章老师

五　绝

悼刘汉章老师[①]

（1986年3月30日）

谜苑梨花秀，

教坛建树宏。

身虽仙逝去，

顾首满途荣。

注：①刘汉章（1916—1986），中学语文教师。“文革”前，曾任大安县第八中学校长。去世前，担任“大安县灯谜爱好者协会”荣誉主席。余时任副主席。

讲台生涯（大安一中）：大连行

1986年暑期，余40岁，校长安排去苏州开会，并特批可以多行几日看看沿途风光。这是余自幼由齐市来到大安后第一次走出省门，与当时六中（今二中）的张占林老师同行。我们由大安转长春至大连、济南、泰山、南京、苏州、杭州、上海、北京再转回长春、大安，共计26天，总共花了341元钱。

为省钱，我们选择了只在泰山、南京长江大桥、西湖和天安门前各花10元钱拍了5张照留念。照片附后。

大连行

（1986年7月16日）

老虎滩，老虎滩[①]，
欲看“老虎”奈雨绵。
扶摇石阶挪细步，
绿藤底下打战战[②]。
老虎雄踞少人顾，
鲜味餐馆听涛酣。
天不作美兴未索，
西下星海[③]打短探。
游人无多海天阔，
“日、月、星”[④]前相流连。
“探海”洞曲勇者先，
卯石蹊径堪为叹。
匆匆二景雨中过，
多少遗憾留大连。

注：①指大连老虎滩公园。
②打战战，言冷。
③指大连星海公园。
④星海公园中的景点。

讲台生涯（大安一中）：七绝·李清照塑像题记

七　绝

李清照塑像题记①

（1986年7月19日）

婷婷袅袅一婵娟②，
不让须眉长短③篇。
两度“黄花”④家国怨，
叮咚“漱玉”⑤世相传。

注：① 1986年7月19日，参观趵突泉中的李清照纪念堂，集句于李清照塑像前。

②李清照全身塑像，位于纪念堂正厅，真人一般大小。塑像两旁录有郭沫若题写的对联：“华光月影宜相照，冰肌玉骨未肯枯。”塑像青春模样，洁白如雪，亭亭玉立，飘洒俊逸，完全一个清纯女子形象，与下句“不让须眉”形成对比。

③长短，即长短句，指词。

④李清照前后期代表作品《醉花阴》《声声慢》中分别有“人比黄花瘦”、“满地黄花堆积”词句，表达对家事、国事的悲怨。

⑤漱玉，即漱玉泉，位于李清照纪念堂南侧。相传当年李清照就坐在泉边，一边对泉梳妆，一边构思词句。又，李清照词集名为《漱玉集》。

讲台生涯（大安一中）：七律·大明湖

七　律

大明湖①

（1986年7月19日）

扑面蝉声阵阵回，

荷花点点竞相开。
层层松柏遮蹊径，
汩汩涓流绕阁台。
些许泛舟明镜[2]走，
数条喷水碧天来[3]。
泉城佳景推“三胜”[4]，
更有大明聚众才。

注：①大明湖，济南一风景名胜。此诗写于当日济南东方宾馆。

②喻湖水清平如镜。

③为增强观赏性，湖里装有设施，将湖水喷向空中，远远望去，高高的水柱像从碧空中落下来一样。

④大明湖、趵突泉、千佛山并称泉城济南三大名胜。

讲台生涯（大安一中）：浪淘沙·中天门

浪淘沙

中天门[1]

（1986年7月20日）

山路一盘盘，雾绕云缠。司机胆大艺非凡，似履寻常[2]飞度险，我等浃衫。莫道不凭栏[3]。北望南天[4]，云梯[5]渺渺正高悬。自古中华多好汉，志在峰巅。

注：①中天门，又称二天门，有石坊一座，名“中天门”。这里为东西两条登泰山路线的会合点。此词写于泰山中天门宾馆。

②指寻常之路。

③南唐李后主《浪淘沙》词中有句：“独自莫凭栏。无限江山，别时容易见时难。”

④指南天门，又称“三天门”，为三个“十八盘”的尽处，海拔1 460千米。

⑤指“十八盘”。

讲台生涯（大安一中）：泰山行

泰山行[①]

（1986年7月20日）

是日，冒雨由中天门登泰山极顶，沿途情致所至，聊集几句以记之。

步“云桥”[②]，访“五松”[③]，
“朝阳洞”[④]过坐“松亭”[⑤]。
奇景一路观不尽，
更有碑刻引游人，
哪管雨湿巾。

雨湿巾，汗湿巾，
雨水汗水两难分。
“十八盘”[⑥]上攀险路，
双足难迈重千斤，
览胜付艰辛。

付艰辛，有诚心，
“升仙”[⑦]后即“南天门[⑧]”。
山高风巨数“岱顶”[⑨]，
凉风习习入衣襟，
顿觉长精神。

长精神，勇气增，
“天街”[⑩]漫步雨纷纷。

"碧霞"祠里看香火，
膜拜求福大有人，
别有趣味生。

趣味生，在"极顶"，
坐行如置玉宇中。
"玉皇顶"上留个影，
"探海石"前看混沌，
坦荡阔胸襟。

阔胸襟，穿雾云，
缆车送我中天门。
一览众山脚下过，
大千世界在心中，
乐哉泰山行！

注：①写于南京铁路旅社。

②指云步桥，桥东有亭，亭上有"且依石栏观飞瀑，再渡云桥访爵松"诗句。

③"五松"即注②诗中的"爵松"。《史记》载，始皇上泰山，遇雨，避于树下。因树护驾有功，被封以"五大夫"爵位。现有亭五间，称"五松亭"。

④朝阳洞，在五松亭上半里，旧名"迎阳"。

⑤松亭，指对松亭，在朝阳洞上半里，游人至此多小憩。

⑥十八盘，指从对松山的开山至南天门的一段路。这里山势陡峭，悬崖欲坠，分慢十八盘、不紧不慢十八盘、紧十八盘三段，共计0.8公里，高400余米，建有1594个石阶。

⑦十八盘中一石坊。

⑧南天门，又名"三天门"，十八盘尽处。

⑨岱顶，从南天门到玉皇顶，被认为是泰山山顶。

⑩天街，从南天门向东北至碧霞祠西神门，约一华里路段，又称“天阶”。碧霞祠是岱顶一座宏大的古代建筑群，地处天街东头。 极顶，即玉皇顶，泰山最高的地方。1921 年南阳人王均在极顶石上题刻“极顶”二字。玉皇顶又叫“天柱峰”，因上建玉帝观得名。探海石，又称“拱北石”，在泰山极顶日观峰下，有一巨石平地向前探出两丈多远。游人至此远眺东海，观看日出。《孟子 · 尽心上》：“孔子登东山而小鲁，登泰山而小天下。”

讲台生涯（大安一中）：谒中山陵

谒中山陵[①]

（1986 年 7 月 21 日）

清晨雨纷纷，
驱车中山陵。
大路宽且直，
绿树巧合荫。

石级连白云，
牌门通九重。
享殿看总理[②]，
安然卧紫金[③]。

革命先行者，
中华民族魂。
共和旗帜艳，
三民主义真。

嗟乎海峡隔，

同室两离分。

何时九州圆？

告慰天上人。

注：①写于南京铁路旅社。

②孙中山 1905 年领导兴中会，联合华兴会和光复会组成中国同盟会，被推为总理。

③中山陵建于紫金山上。

讲台生涯（大安一中）：七绝·游石公山

七　绝

游石公山[①]

（1986 年 7 月 27 日）

一山飞峙太湖中，

奇草异花树亦荣。

赏月西施台不见[②]，

青石板上访石公[③]。

注：①石公山，太湖中的一个岛屿，属苏州名胜所在的西山。写于苏州吴县木渎中学。

②石公山上一个平旷的地方。据说当年吴王夫差曾携西施来此消夏玩月，建有赏月台。

③这里原来有石公、石婆石像，“文化大革命”中被毁掉。

讲台生涯（大安一中）：七律·游林屋洞

七　律

游林屋洞[①]

（1986 年 7 月 28 日）

一步林屋两样天，

前身酷暑后身寒[2]。
涓涓雨洞[3]寻云雨，
渺渺隔凡[4]探不凡。
柳毅传书[5]湘路远，
金龙[6]引径一盘盘。
泉清水冽石林立，
九洞[7]奇观传北南。

注：①太湖中的一个岛屿，亦属西山。此诗写于苏州码头旅社。

②当时正是盛夏，一踏进洞门，刚刚感受到的酷暑天气，就变得寒冷难当。

③雨洞，林屋洞的第一洞，洞顶和四壁皆有涓涓细流，水点不时溅在人身上。

④隔凡，即隔凡洞，据说当年柳毅便是从这里至洞庭湖进入龙宫的。

⑤见唐人李朝威传奇小说《柳毅传》、元人尚仲贤杂剧本《洞庭湖柳毅传书》，写书生柳毅传书救洞庭龙女的故事。

⑥即金龙洞，曲折蜿蜒，犹如长龙绕柱。

⑦林屋洞布局精妙，洞中有洞，泉中有泉，天工巧成，又称“天下第九洞天”。

讲台生涯（大安一中）：五律·苏州行

五　律

苏州行[1]

（1986年7月29日）

虎丘[2]蝉唱树，
拙政[3]水萦亭。
北寺塔高耸[4]，
寒山钟远鸣[5]。
忠碑[6]招远客，
扼腕悼英灵[7]。

此地无凡景[8]，

一生快乐行。

注：①写于杭州庆春路东青旅馆。

②指苏州虎丘公园，素有“吴中第一名胜”之称。

③指苏州拙政园。园中水面积约占全园面积的三分之一，园中建筑大都临水面池，呈绿水绕亭景象。

④北塔，即北寺塔，高七十六米，八面九层，重檐复宇，翼角翚飞，号称江南第一高塔，当时正在维修。

⑤寒山寺，位于苏州市西枫桥镇。唐·张继《枫桥夜泊》诗：“姑苏城外寒山寺，夜半钟声到客船。”

⑥指五人墓碑，建立在苏州城外虎丘前面山塘河大堤上。

⑦清·张溥《五人墓碑记》中有“扼腕墓道”句，表示对五位义士的悼念。

⑧俗语讲：“上有天堂，下有苏杭。”

讲台生涯（大安一中）：五律·大运河

五　律

大运河[1]

（1986年7月29日）

久有南游志，

今行大运河。

残阳溶水臭，

船火照蚊多。

怪热实难耐，

加之屡断喝。

“天堂”[2]佳景好，

只念故乡歌。

注：①是日晚5：30分，乘苏州—杭州065号客轮。十几个小时的航程，水臭、蚊咬、闷热、干渴，其间痛苦难以言诉，也令人颇多感慨。难寐，写于客轮上。

②“苏杭”向被称为“天堂”。

讲台生涯（大安一中）：西湖四题

西湖四题

（1986年7月31日）

断　桥[1]

慢步断桥寻古迹，
良缘巧结雨纷纷[2]。
白蛇不是无情物，
可憎有闲多事人。

岳　坟[3]

悲歌一曲《满江红》，
绝唱千秋动地空。
洒下后人多少泪，
荒丘寂寂葬英雄[4]。

苏　堤

几步弯桥几座亭，
绿荷垂柳水清清。
湖边正赏竹垂钓，
密树传来笑语声[5]。

黄龙洞⑥

登观老洞听南乐，

坐品新茶赏越音。

短褂长衫环珮响⑦，

几疑亦做故都⑧人。

注：①7月31日夜整理于杭州东青旅馆。

②“白蛇传”故事，写白蛇与许仙雨天在西湖断桥初识。

③以下三首均整理于8月1日上午，杭—沪362次客快列车上。

④至岳王庙，已是午后5:30，游人无几，高大的岳坟上，只有青青的蒿草在夕照下随风默默地摆动，不禁心有所动。

⑤指一簇簇经过精心修剪的大大的圆球状树丛里，传出来的青年男女说笑声。

⑥黄龙洞仿古园，具有我国南宋园林风貌，园内有茶座、酒肆供游人品酌，有说书、奏乐、杂耍、演唱地方小调等节目为游人助兴，有古代艺术珍品供游人欣赏，还有观灯、猜谜、射箭等娱乐供游人参与。

⑦这里的所有工作和演艺人员，无论男女老少都着南宋时装。

⑧杭州，旧称临安，为南宋都城。

1986年7月20日泰山玉皇顶照

1986年7月21日南京长江大桥照

1986年7月29日于苏州虎丘塔前照

1986年7月31日杭州西湖留影

1986年8月3日天安门留影

讲台生涯（大安一中）：满庭芳·祝贺学生文学小组成立

满庭芳

祝贺学生文学小组成立

（1989 年 3 月 13 日）

塞北冰封，嫩江素裹，一枝红杏出墙。俏然天设，直面雪风霜。不为争妍竞秀，生来就、只爱春光。凭他去，谁人鉴赏，乐在自家香。

沧桑！今古叹，多磨好事，首要自强。努力兮诸君，马已撒缰。碎心醉心事业[1]，终难断、那段情肠。待桃李，花鲜果硕，再谱《满庭芳》。

注：①本校战广春老师有《讲台》诗："走上去，信心百倍；走下来，总觉有愧。你让我心醉，你让我心碎。"

2001年9月10日与老教师教学楼前合影，左三为战广春老师

讲台生涯（大安一中）：运动场上，写给老师的歌

运动场上，写给老师的歌[1]

（1988年9月）

往日，
您难得到运动场上转一转，
因为您太忙，没有时间。
是啊，
备课、讲课、批改、辅导，
还要处理班务、家访、和学生交谈……

一心扑在工作上，
您哪有个人运动、休息的时间？

今天，
难得见您驰骋在跑道线上，
我们心里不知有多甜，
因为我们知道您太需要锻炼锻炼。

瞧，您脸上又多了几条皱纹，
您头上又有几根白发增添。
这些，也许您并未察觉，
可却都清清楚楚印在了我们心间。

快跑啊，老师！
老师，快跑！
您的学生在为您加油，为您呐喊。
为了您，更是为了我们，
为了祖国的明天，
我们多希望您能经常这样练一练！

注：①为刚上初一的女儿小宇写的广播稿。

讲台生涯（大安一中）：七律·教师新年联欢会

七　律

教师新年联欢会

（1989年12月28日）

轻歌曼舞笑声飞，

难得一年这一回。

辞旧雪花飘似海，

迎新爆竹响如雷。

人间总有真情在，

乐在教书鬓染灰。

莫道北风窗外吼，

且看室内正春归。

讲台生涯（大安一中）：京华四题（上）

京华四题（上）

1991年11月17日来京参加由清华附中发起的“友好学校联谊会”，得闲去了几处景点，随记之。

颐和园

登阁穿桥过画廊[1]，

惊奇叹异百回肠。

京华景胜八千处，

尽是一人[2]富贵乡。

注：①画廊，即“长廊”。

②一人，指皇帝为代表的封建统治者。

香　山[1]

等闲执意作山行，

遍踏密林细雪零。

非是不知时已去，

香山红叶最关情。

注：①其实，天已黄昏，余冒小雪，匆匆赶赴香山。虽已是败叶满地，见不得一片枝上红叶，但余兴不减，冒雪踏林，感慨多生。回路上，从道边小摊处买了两张枫叶封。

十三陵

享尽人间万种福，

紫禁城外起新屋。

招来神路[①]八方客，

死后孤王也不孤。

注：①神路，指由大红门进入陵城南北走向的总神道，南端建长陵神功圣德碑亭。碑亭四隅树石雕华表，亭北设石望柱、石象生，北端建有灵星门，布局严谨庄重。

长　城

一石一砖起大山，

八楼[①]在顶步难前。

长城原本血躯筑，

箫鼓朔风衣甲寒。

注：①即北八楼，长城最高峰，海拔 889 米。

讲台生涯（大安一中）：京华四题（下）

京华四题（下）

1993年4月3日至9日，余再赴清华附中参加“友好学校联谊会”，得闲时游览几处景点，感而记之。

朱自清塑像[①]

面对荷塘背倚松，

长衫尽透骨铮铮。

先生豪情应犹在，

今夜不书花月情。

注：①朱先生塑像建在清华园中心的荷塘岸边，亦即先生生前所写《荷塘月色》的地方。开会期间常路过此地，每每伫立于前，感慨系之。

圆明园

4月5日晨5时，独起身步出清华西门，入圆明园南侧门。一路无暇顾及左右，直奔遗址，只见残垣败壁，雕石满地……

步入三园①心绪沉，

往昔胜处再难寻。

洋楼②有意一家③享，

大火无情警后人。

注：①圆明园包括万春、长春、圆明三园。

②即西洋楼，为外国传教士与中国匠人共同设计建造，集中西文化于一身，号称东方凡尔赛，占地12万平方米。

③皇家。

世界公园①

木屋长城金字塔，

白宫红场凯旋门。

环球一日全游遍，

最是无聊假作真。

注：①4月8日大会统一组织去新景点世界公园参观。

毛主席纪念堂①

三赴京华三谒陵②，

姑偿年少一腔情③。

时移世易人间道，

默对东南西北风。

注：①4月10日闭会，驱车广场主席纪念堂。不巧周日不安排瞻仰遗容。遂出资10元入堂内主席塑像前拍一彩照。

②1986年、1989年、1993年三次公出，或途经北京，或于京开会，均到主席纪念堂拜谒。

③1966年，百万红卫兵赴京接受毛主席检阅。本人正当高中读书，但因受家庭株连被打入另册，无资格外出“串联”，只能怀抱一腔激情待他年……

1991年11月20日于颐和园昆明湖前照

1992年11月21日八达岭长城照

1991年11月21日北京十三陵照

1993年4月8日参加清华附中组织的友好学校联谊会，会议组织参观刚刚落成的北京世界公园，于公园门前照（左白城一中关副校长，右沈阳军区边防子弟校李副校长）

讲台生涯（大安一中）：满江红·九月抒怀

满江红

九月抒怀[1]

（1993年9月8日）

截至9月7日，我校已收到364份高校录取通知书……

斗转星移，又到了、收获季节。抬望眼，满园捷报，满园欢跃。昨日庆功酒未冷，今天又上新台阶。三百六！校史创新高，书新页。

喜丰收，迎佳节。鼓干劲，从头越。有前贤后秀，不敢言歇。一世追求终无悔，真诚共事同相携。愿一中，一步一层天，千秋业。

注：①载学校板报《星光》。

讲台生涯（大安一中）：七律·写给退下讲台的老教师们

七　律

写给退下讲台的老教师们[1]

（1993年10月10日）

身许讲台数十年，
几经风雨志依然。
青丝不悔成华发，
老眼昏花心底宽。
两袖粉尘敌百富，
一腔正气荡人寰。
谁言已是桑榆晚？
举首彩霞正满天。

注：①载学校板报《星光》。

知校情怀（大安一中）

1996年秋摄于办公室

知校情怀（大安一中）：七律·校风建设

七 律

校风建设[①]

（1995 年 3 月 3 日）

三月春风拂面暖，
阳光洒满一中园。
雷锋事迹人人赞，
奉献“五心”[②]个个先。
远景目标[③]催奋进，
校风建设在当前。
师生团结同谋业，
壮志不酬心也甘。

注：①是日，学校召开“学雷锋，献五心，树新风”动员大会，余作动员讲话。此诗是应校刊《星光》而写。

②五心，指忠心献给祖国，爱心献给社会，关心献给他人，孝心献给父母，信心留给自己。

③指《大安一中 1994 至 2004 年十年发展规划》提出的奋斗目标。

知校情怀（大安一中）：七绝·同学会即席口占

七 绝

同学会即席口占[①]

（1995 年 8 月 12 日）

师生聚会正金秋，
济济一堂语不休。

若使童心重展现，

醉他一把也风流。

注：①是日，1963届高中毕业生回母校聚会。师生均已是两鬓霜染，但师生情、同学情使他们异常激动，饮酒、赋诗、唱歌、谈论往事，似乎又回到了学生时代。余作为校友，亦为当下母校校长，应邀出席，受命难违，遂即席口占一绝。

1995年8月12日1963届高中毕业同学回到母校合影，坐左五为当时校长王承文、左六为当时教导主任王凤梧、四为余前任校长郑钧龄、左三为本人

知校情怀（大安一中）：七律·一根粉笔写春秋

七 律

一根纷笔写春秋[1]

（1995年10月12日）

心血和着汗水流，
换来桃李满枝头。
飘香硕果传乡里，
展翅雏鹰飞九州。
三尺讲台迎日月，
一根粉笔写春秋。
青山绿水情常在，
不老人生孺子牛[2]。

注：①原题为“九五高考庆功会”。1995年，我校高考升学率达到83.8%，创本校历史最好水平，在白城市各所高中名列第一。本诗摘自余高考总结表彰大会上的讲话，日后由我市作曲家孙思源配曲，1998年9月1日北京《音乐周报》登载。参见下页1998年教师节大安一中教师合唱团的演唱照片。

②后两句原为：“庆功且莫居功傲，山外青山楼外楼。”

七律●一根粉笔写春秋

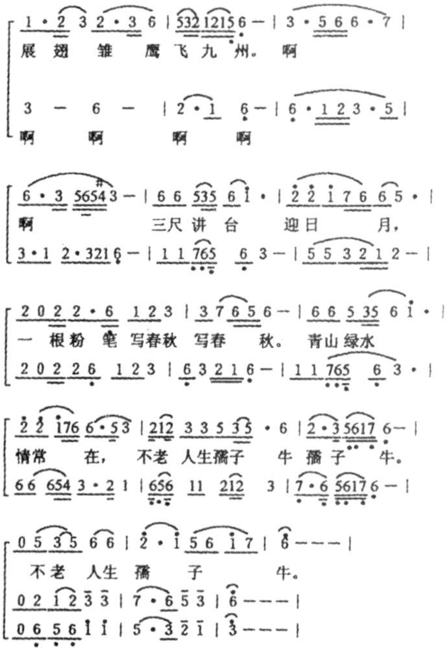

1998年9月10日在大安市委礼堂“大安一中98高考表彰暨老师节庆祝大会”上教师合唱团演唱《一根粉笔写春秋》

知校情怀（大安一中）：七绝·为校长联谊会祝酒

七　绝

为校长联谊会祝酒[1]

（1995年9月22日）

金秋嫩水喜迎宾，

老友新朋共举樽。

家酿[2]虽羞宴贵客，

滴滴点点是真情。

注：①是日，白城市普通高中教育工作暨第五届高中校长联谊会议在大安市召开，由大安一中承办。

②指大安特产白酒“兀术玉液”。

知校情怀（大安一中）：人月圆·元宵夜

人月圆

元宵夜[1]

（1996年3月3日）

校园最是春来早，

欢乐在今宵。

得暇学子，

三三两两，

混迹人潮。

听歌赏舞，

观灯射虎[2]，

“百病皆消”[3]。
归卧望月，
踌躇满志，
尽在明朝。

注：①是日晚，学校停止了晚课。学生们纷纷走上街市，观灯，看秧歌，猜灯谜。余时在校，看到学生们兴致极好，感而记之。

②指猜灯谜。

③民俗，有“正月十五走百病”之说。

知校情怀（大安一中）：香港回归三题

香港回归三题[1]

（1997年6月6日）

一、昨天

英帝侵华破国门，
“三约”[2]签署九州分。
一朝屈辱百年恨，
香水滔滔诉后人。

二、今天

七月中华万木荣，
紫荆花艳牡丹红[3]。
神州共庆团圆日，
不尽思情缅邓公。

三、明天

红旗漫舞太平山[4]，

碧水欢歌日月潭[5]。
锦绣中华成一统，
天堂美景在人间。

注：①应校刊“星光”之约而作。

②指英国与清政府签订的三个不平等条约，即1842年的《南京条约》、1860年的《北京条约》、1898年的《展拓香港界址专条》。通过这三个条约，英国先后强占了香港岛、九龙司（九龙本岛界限街以南）和新界，即整个香港地区。

③紫荆花，香港特区政府区旗、区徽的主要标志之一，借代香港。牡丹，誉称“国色天香”，借代祖国。

④香港岛上的最高峰，古称香炉峰，英国侵占后改称扯旗山或维多利亚峰。借代香港。

⑤日月潭，在台湾省本岛中部浊水溪支流上，是玉山和阿里山间的断裂盆地积水而成，以风景优美著名，借代台湾。

知校情怀（大安一中）：七律·五十初度

七　律

五十初度

（1997年9月10日，农历八月初九）

风风雨雨向前行，
回首已成半百翁。
苦乐年华难忘却，
悲欢岁月总关情[1]。
为师学浅知勤奋[2]，
治校才疏有赤诚[3]。
春草枯黄吹又绿[4]，
寒寒暖暖皆人生。

注：①余出生三日失父。四岁时，举家从齐齐哈尔市迁至吉林省大赉县。近半生岁月是在艰难困苦中度过的，可谓“风风雨雨”“苦乐年华”“悲欢岁月”，但始终没有放弃“向前行”。参见附录（一）:《我的自传》。

②余1967年高中毕业，1973年从教。学浅识寡，全凭自学。1978年6月，以全县第一名的成绩考取东北师大中文系函授班。同年8月，成为首批调入重点校任教的教师。同年底，在全县中学语文教师汇考中，取得第一名。1983年7月，又以全县总分第一的成绩通过东北师大毕业考试，获大学本科学历。1984年，被评为大安县首批“教学尖子”，1985年，被评为大安县首批“教学能手”，1986年，被评为白城地区优秀教师，1987年，被评为吉林省优秀教师。1980年，县教师进修学校副校长、特级教师魏治明老师嘱我写一篇《我是怎样自学的》，发至全县。1986年，《吉林教育》杂志第6期“红叶赞”专栏，登载了陈良老师撰写我自学事迹的文章《自学，给他插上了金翅膀！》。

③余1984年，任教研组长。1988年任副教导主任。1992年任教导主任。1993年任副校长。1994年8月任校长兼校党总支书记。2000年6月任校长。在首次出任校长的第一次全校大会上，便向全体教职工坦言：“不把校长当官做，而要当项事业去干。”

④ 1969年在农村插队时，曾写有言志词《卜算子·春草》，见前章。

知校情怀（大安一中）：满江红·教师住宅楼

满江红

教师住宅楼[①]

（1997年12月4日）

广厦巍巍，凌空矗、萧萧落叶。残照去，漫观灯火[②]，举杯邀月。多少冀期倾注里，几回风雨不眠夜。自而今、日日伴诸君，同凉热。

多少事，心头列。前路远，光阴切[③]。恨华年逝早，抚躬犹劼。从教弱冠难细数，受托知命羞言歇[④]。倩何人、来共洒一腔，情和血。

注：①本词于是日填写于办公室。大安一中教师住宅楼，于1997年4月18日破土动工，当年10月18日竣工，7层，总建筑面积1.1万平方米，132户教师迁入新居，解决了大部分教职工上班远的问题，也改善了他们的住房条件。该楼建设没要当地政府投入一分钱，我们作为全市首家将一楼全部公开拍卖，所得资金一部分补充了教职工集资款不足，大部分作为校东部81户居民的拆迁款，将居民原住地辟为操场，结束了学校没有操场的历史。时吉林省计委曾至此召开了全省教师安居工程现场会。

②教师住宅楼与学校教学楼相对，坐在办公室里向窗外望去，住宅楼尽在眼前。

③1995年，余主持制定并起草了《大安一中十年发展规划》。"规划"中提出了"三年完成调整，五年奠定基础，七年达到规范，十年实现发展"的远景目标，面临困难多多，颇有"百业待兴，时不我待"之感。

④余24岁时进入师范短训班学习，47岁时任校长。

知校情怀（大安一中）：谒金门·纪念建党77周年

谒金门

纪念建党77周年①

（1998年6月19日）

镰斧举，
星火九州燃起。
九万里江山树帜，
得来真不易。

从小心仪革命，
有幸举拳宣誓②。
不管风云多变幻，

我是党战士。

注：①应校刊《星光》之约而作。

②余于1982年10月29日加入中国共产党。

知校情怀（大安一中）：浪淘沙·“九八”抗洪

浪淘沙

“九八”抗洪

（1998年9月23日）

大水犯家园①，
白浪滔天②。
全城出动抗洪顽。
往日书生今硬汉，
我辈骄男③。

北上筑堤栏④。
西下驰援⑤。
东来险讯战江湾⑥。
生死关头经考验，
情在心间⑦。

注：① 1998年7、8、9月，嫩江、洮儿河、霍林河相继暴涨，百年未遇的大水严重威胁着家乡的安全。

②毛泽东《浪淘沙·北戴河》：“大雨落幽燕，白浪滔天。”

③抗洪期间，我校亦按上级要求组成了“抗洪抢险突击队”，由当时的政教处主任郑长志、团委书记马汉军任队长。他们一改平时的文弱书生样，水里、泥里、风里、雨里、白天、夜间，土袋装得满，堤坝垒得实，十四次出击（余参加了十三次），次次都圆满完成了任务，受到上级表彰，堪称大安一中的

“骄男”。

④度假村二道坝和嫩江码头在我校北面，抗洪开始，我们先后在那里修筑堤坝。

⑤月亮泡水库6号坝决口，接到命令，我们星夜搭车西行百里，协助解放军抢修二道坝，确保了安广镇及附近村屯、农田的安全。

⑥大赉乡负责的东江湾堤段出现险情。市抗洪指挥部发出命令，全力增援。很多同志午饭都未及吃，就赶赴前线，一些女同志也参加了抢险。

⑦在抢修度假村养鱼塘堤坝时，出现了险情，但是同志们谁也没有退却。当江水已漫上坝顶的危险时刻，同志们因我年纪大，一再让我下去。我们撤下来不足十几分钟，坝便决口了，汹涌的波涛将岸边的树连根拔起。

知校情怀（大安一中）：七律·悼魏治明老师

七　律

悼魏治明老师①

（1999年1月28日）

少年坎坷老稍宁②，
孰料无常③又促行。
粉笔讲台伴岁月，
丹心银发铸忠诚。
教研并举名家范，
文道双馨学者风④。
总角从师情似海⑤，
一歌哭祭在天灵。

注：①魏治明（1933—1999）生前曾任大安市教师进修学校副校长、大安市政协副主席。1981年被评为“文革”后吉林省首批特级教师。

②魏治明老师年轻时被打成“右派”，晚年丧偶，去世前刚有一个新的家庭。

③无常，旧称鬼使。

④魏老师教书多年，中年之后，又主持全市教研工作，无论是教书，还是教研，都成果颇丰，在吉林省语文学界很有影响，堪称大安市学者型教师第一人。

⑤余 14 岁时入初中，便有幸接受魏老师教诲，此后近 40 年几乎没有断过联系。特别是从教之后，更是时时得到老师的帮助。《诗经・齐风・甫田》：“婉兮娈兮，总角丱兮。”角，小髻。丱，儿童的发髻向上分开的样子。后因称“总角”为童年时代。这里说“总角从师”是极言很小的时候便跟随魏老师学习，并不一定是写实。

1996年秋几位退休老教师来一中在校门前合影，前右一为魏治明老师

知校情怀（大安一中）：楹联——为教师住宅楼花架编制

楹联——为教师住宅楼花架编制[①]

（1999年6月20日）

1. 建美好家庭，创文明小区

2. 芝兰之室，桃李门墙[②]

3. 惠风郁郁，瓜瓞绵绵[③]

4. 敬业精业，慎行笃行[④]

5. 知足知不足，有为有弗为[⑤]

6. 人心向善，天道酬勤

7. 近水惜水，俭以养德[⑥]

8. 庭院常扫，人心日新[⑦]

9. 家和事兴，邻睦宅安

10. 礼让一寸，得礼一尺[⑧]

11. 言教身教，立人达人[⑨]

注：①1997年教师住宅楼建成。为美化环境，11个单元楼，每个单元楼前由学校统一制作、安置了一个花架。余为每个花架编选了一副楹联，以为风气倡导。

②芝兰之室，比喻良好的环境。见《孔子家语·六本》："与善人居，如入芝兰之室，久而不闻其香，即与之化矣；与不善人居，如入鲍鱼之肆，久而不闻其臭，亦与之化矣。丹之所藏者赤，漆之所藏者黑。是以君子必慎其所处者焉。"桃李门墙，谓生徒众多的师门。门墙，指师门；桃李，指学生。

③惠风郁郁，使人感到温暖、舒适的风，柔和、充满香气。见晋·王羲之《兰亭集序》："是日也，天朗气清，惠风和畅。"《楚辞·九章·思美人》："纷郁郁其远承兮，满内而外扬。"瓜瓞绵绵，意在祝愿子孙昌盛，兴旺发达。瓞，小瓜。见《诗·大雅·绵》："绵绵瓜瓞，民之初生，自土沮漆。"

④慎行笃行，谨慎行事，坚持不懈。参见《中庸》："博学之，审问之，慎行之，明辨之，笃行之。"

⑤为诗人、小说家、散文家冰心祖父谢子修集古人名言而成的自勉联，并作为教育后代的家训。

⑥"近水惜水"比喻即便容易得到的东西也不能浪费。俭以养德，参见诸葛亮《诫子书》："夫君子之行，静以修身，俭以养德。"

⑦参见《朱子家训》："黎明即起，洒扫庭除要内外整洁。既昏便息，关锁门户，必亲自检点。"

⑧参见《太平御览》卷四二四引三国魏曹操《礼让令》："里谚曰：'让礼一寸，得礼一尺。'斯合经之要矣。"

⑨作为教师，要用自己的言教身教帮助学生健康成长，建立功业。立人达人，参见《论语·雍也》："夫仁者，己欲立而立人，己欲达而达人。能近取譬，可谓仁之方也已！"

1998年9月10日在大安市委礼堂"庆祝教师节、高考表彰及参加抗洪抢险胜利"大会上讲话

知校情怀（大安一中）：沁园春·综合教学楼竣工庆典

沁园春

综合教学楼竣工庆典

（1999年10月18日）

一举巍峨[①]，十载蓝图[②]，世纪之迁[③]。正晚秋时节，丰收甫过[④]，嫩江水畔，笑语声喧。络绎嘉宾[⑤]，师生早候，更有行人驻足观。谁曾想，五十三年矣，又返初园[⑥]。

辉煌老校新颜。引多少心潮逐浪翻[⑦]。忆往昔岁月，倏忽已五[⑧]。宿兴夜寐，殊恐失耽。领导知音，群情所向，众志成城创业坚[⑨]。抬头望，恰晨阳面暖，锦绣江天。

注：①综合教学楼，含教室、实验、图书、办公于一体，建筑面积1.3万千平方米，分别建有二至五层，造型新颖，巍峨耸立于嫩江之畔。该楼1999年4月18日破土动工，同年10月18日竣工剪彩，工程优质，20日即投入使用。大部建设资金靠学校原有办学结余及扩大招收择校生自筹。

②指本校1995年实施的《大安一中十年发展规划》，“规划”中提出了“创办一流学校，培养一流学生”的宏伟目标。

③为彻底改变学校的办学条件，大安市政府决定大安一中移地重建。因此说，综合教学楼的落成，即是迁校的开始。

④ 1999年，我校高考连续五年丰收，再创本校历史记录。

⑤竣工典礼上，省、地、市等有关部门的领导和同志一百多人莅会祝贺。

⑥大安一中于1946年建校，最初的校址便是这里。

⑦一方有老校上课，一方在建设新校。人员紧张，资金短缺，管理困难，对上要负责，对下要理解，各相关部门要搞好协调，奔走之苦，劳心之累唯自可知。待看到新校第一座大楼拔地而起，难免百感一涌于怀。毛泽东《菩萨蛮·黄鹤楼》有句：“把酒酹滔滔，心潮逐浪高。”

⑧ 1994 年 8 月受命任校长，至今五载有余。

⑨ 1998 年底，余向市政府提出创建吉林省素质教育示范校的设想报告，立即得到批准，并且得到了市政府各个方面的支持。当时任市长的任克军同志亲笔题词：“坚定信心，加大力度，拼搏三年，创建吉林省素质教育示范校。”在建校过程中，从决策、设计到施工，各级领导及教委、计委、财政、建设等部门都参与了全过程，并给予了积极支持与配合。当时任常务副市长的张凤林同志亲自主持召开协调会，半天时间便办完了一切手续。副市长郝少军同志任工程建设领导组组长，风餐露宿，一直亲临第一线指挥。吉林省高等建筑专科学校设计院、大安市华信建筑公司、乡企建筑公司，全力以赴投入了设计与施工。

知校情怀（大安一中）：
我们终身难忘的地方——吉林省大安市第一中学校歌

我们终身难忘的地方

——吉林省大安市第一中学校歌[①]

（2000 年 1 月 16 日）

一条源远流长的嫩江，
永不停歇地流淌。
江畔上坐落着，
我们心中的殿堂。
巍峨的楼群、
宽广的操场、
现代化的装备
——一切都充满着
青春的力量。

“团结、奉献、

文明、向上”[②]，
是我们的优良传统，
“相信自己，真诚待人，
认真做事，不懈追求”[③]，
是我们的人生指航。
“自主学习，自我教育，
自我管理”，
我们一定做到，
“会做人，会学习，
会思考，会合作，
会健体”[④]，
我们奋发图强。

啊，大安一中，
我们终身难忘的地方，
你崛起于世纪之交，
你明天更加辉煌。
我们为你自豪，
我们为你争光！

注：①2000年1月16日于长春开会。是日夜不能寐，遂作此词，日后由我市作曲家孙思源配曲，传唱。

②是我们的校风。

③是我们的校训。

④简称“三自五会”，是我校的科研课题，也是我校依据党的教育方针拟定的具体育人目标。

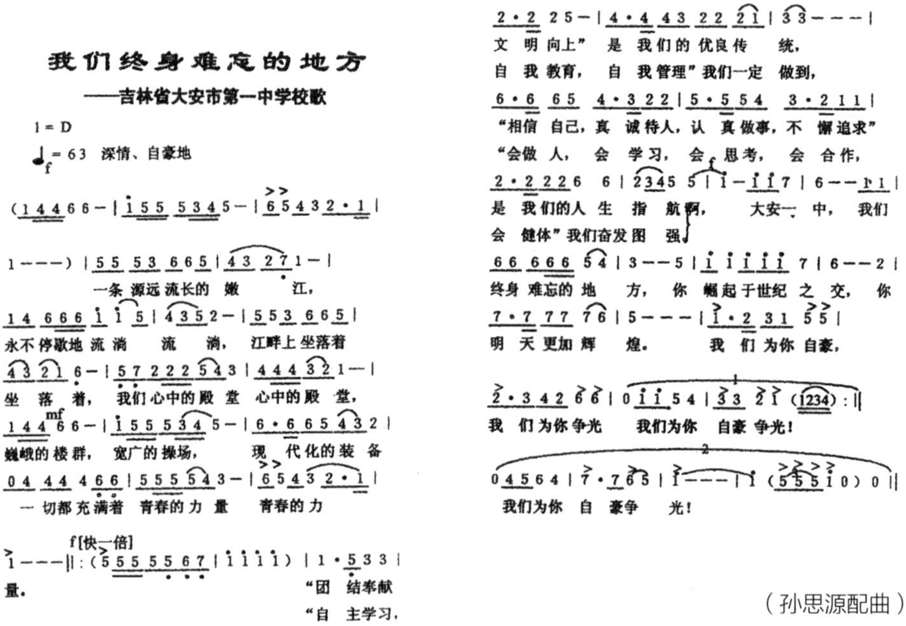

（孙思源配曲）

知校情怀（大安一中）：七律·写给同事们

七　律

写给同事们[1]

（2000年9月8日）

共事一中若许年，

同撑头顶这方天[2]。

几回研讨教书策，

多少筹谋兴校篇。

相识相知相冷暖，

互尊互爱互悲欢。

感君佳节[3]无为报，

一首拙诗祝泰安。

注：①摘自在全校庆祝第16个教师节大会上的讲话。

②余于 1978 年成立重点校之始，便调入大安一中任教，校兴我荣，校衰我辱，至今已二十有一载。

③ 指教师节。

（新校照片见书后附彩照）

1999年10月19日在新校综合教学楼落成庆典仪式上讲话

2003年9月学生合唱团演唱校歌《我们终身难忘的地方》

2002年9月10日在学校庆祝教师节大会上讲话

知校情怀（大安一中）：望海潮·早春感怀

望海潮

早春感怀

（2001 年 4 月 28 日）

千年伊始，更新世纪，东风又换年华[①]。追往抚今，悠悠岁月，谁能断得端涯？天地自行他[②]。日升又西下，夕照朝霞。慢道冬寒，且看杨柳吐新芽。

凭窗放野江洼[③]。正青青碧草，嫩水曲斜[④]。拦网纵横[⑤]，晨光万缕，严装列岸新筏[⑥]。归燕落谁家[⑦]？向晚余晖里，谈笑鱼虾。更待明朝行早，搏一路江花。

注：①南宋·秦观《望海潮》词："梅英疏淡，冰澌溶泄，东风暗换年华。"

②言天地运行自有规律。

③余所在学校大安市一中就坐落在嫩江畔上，教学大楼正对嫩江。余办公室在四楼，凭窗而望，嫩江两岸风景尽在眼底。

④嫩江源远流长，状如带，故曰"曲斜"。

⑤嫩江两岸，草原辽阔，泡沼众多。渔民在水面上设置了许多拦网，用以捕鱼、养鱼。

⑥筏，指渔船。

⑦唐·刘禹锡《乌衣巷》诗："旧时王谢堂前燕，飞入寻常百姓家。"

知校情怀（大安一中）：七绝二首

七绝二首

（2001 年 5 月 16 日）

办公室里近日放了两盆花，一盆君子兰，一盆铁树。一日对花，忽有所感，是以记之。

君子兰

记否当年花市前，
千家竞购不惜钱[①]。
价值高下由人论，
我自依然君子兰。

注：① 20 世纪 80 年代，长春市兴起了君子兰热，随即风靡全国，君子兰的身价也一增再增。

铁　树

花开花落自当时，
不慕他芳人早知。
留得仙姿香气在，
千年一放不为迟[①]。

注：①俗语有“千年铁树开了花”之说。

知校情怀（大安一中）：七绝 · 送 2001 届毕业班同学

七　绝

送2001届毕业班同学[①]

（2001 年 6 月 29 日）

共伴炎凉三载功，
别时方觉聚匆匆。
一声珍重前途远，
尽把情含祝福中。

注：①是日，学校召开毕业班同学大会。这是同学们最后一次集会。会上心有所动，遂口占一绝，赠予与会的同学们。

1998年3月2日为临时工李广文师傅颁发退休奖金，李师傅兢兢业业为师生烧水、送水、热饭十四年如一日

2001年5月19日代表全校师生向生病同学任瑞东的家长捐款

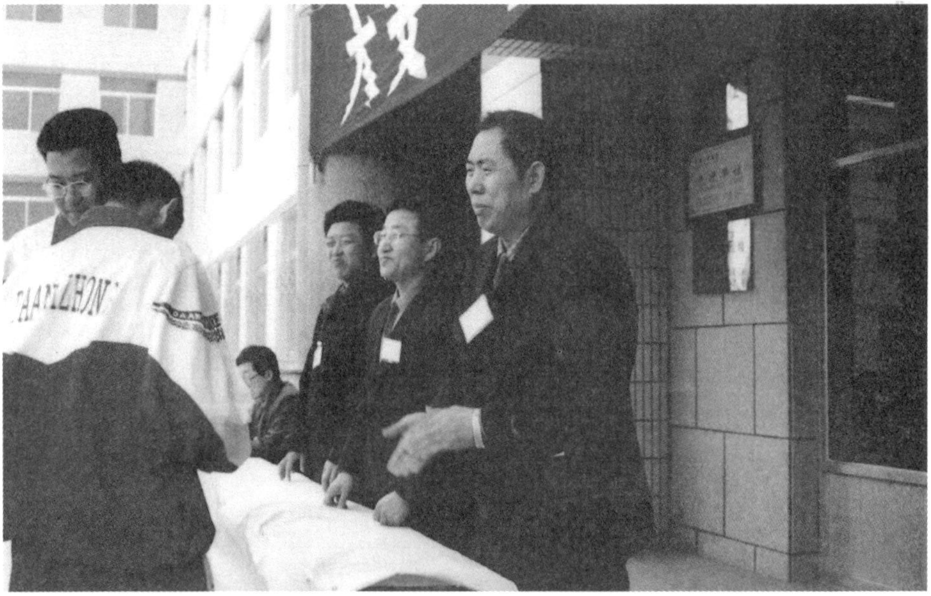

2002年11月2日给贫困生颁发助学奖金

知校情怀（大安一中）：七绝·乘飞机有感

2002年5月28日至6月15日，余随吉林省教育学者访欧团出访法国、比利时、奥地利、德国、荷兰、意大利等国。这是余第一次走出国门，也是第一次乘坐飞机。一路参访，随手写了几首小诗，是为纪念。

七 绝

乘飞机有感[1]

（2002年5月28日）

万米高空万里行，
天堂美景本虚名。
拨开云海看尘世，
俯首人间别样情[2]。

注：①2002年5月28日至6月15日，随吉林省教育学者访问团赴欧考察。28日13时半，飞机由北京飞往巴黎。飞行途经中国、蒙古、俄罗斯、芬兰、丹麦、瑞典、德国、荷兰、比利时、法国等10个国家，穿越波罗的海、北海、燕山、阿尔卑斯山等湖泊、海峡、山脉，飞越乌兰巴托、新西伯利亚、圣彼得堡、赫尔辛基、阿姆斯特丹、汉堡等城市。飞行高度达9 300米，飞行里程为8 514公里，飞行时间为10.5小时。

②飞机飞行在万米高空，透过舷窗俯视机外，但见白云密布无涯如海。偶尔云开，人工修整过的青山、田野，依稀可辨，一种人力伟大、人间美好的感情油然而生。

知校情怀（大安一中）：巴黎四题

巴黎四题

一、巴黎圣母院[1]

（2002年5月30日）

塞纳河[2]边圣母门，
黄毛黑发[3]一群群。
高堂斗室[4]头攒动，
最是钟声[5]牵我魂。

注：①巴黎圣母院，坐落于巴黎市中心——塞纳河中的小岛西崎岛上，是一座典型的

“哥特”式建筑风格的天主教堂，始建于公元1163年，1345年全部建成。“巴黎四题”前三首写于下榻的NOVOTEL旅馆。

②塞纳河，法国最大的河流，像一条玉带静静流过巴黎市区，河上共建有36座桥。

③黄毛黑发，泛指前来观光的各色人等。

④高堂斗室，指圣母院中的大小教堂，大教堂即主殿，长130米，宽50米，高35米，能容纳9 000多人，主殿四周环绕若干小教堂、礼拜堂等。

⑤法国作家雨果小说《巴黎圣母院》中有一个在圣母院专司敲钟的人，叫加西莫多。他相貌非常丑陋，但心地却十分善良。

二、埃菲尔铁塔①

（2002年5月30日）

放眼花都②景色新，
动情不在梦成真。
“云中牧女”③难追忆，
时见眼前除锈人④。

注：①埃菲尔铁塔，由工程师古斯塔夫·埃菲尔设计，为迎接世界博览会在巴黎召开而建。塔分三层，通高320米，1889年建成，是巴黎的象征。

②花都，指巴黎。时，余等乘电梯上至第二层，高115米，可俯视巴黎全景。

③“云中牧女”，巴黎人亦称埃菲尔铁塔为“云中牧女”“贵妇人”。

④余等在塔底等候电梯时，偶见两工人着工装在为塔除锈，他们不时变换着姿势，极专注地用手一下一下地擦拭着，清晰可见汗水在他们的面颊上流淌。余心有所动，电梯徐徐上升，余之目光却一直在追寻着两除锈人，直至看不见。

三、凯旋门①

（2002年5月30日）

元帅挥枪②百万兵，
凯歌③一曲颂威名。

谁知滑铁卢[4]兵败，

留下高陵[5]后世评。

注：①凯旋门，地处巴黎宽广的星星戴高乐广场。这里是香榭丽舍大街的尽头，又是沙佑山丘的最高点，是拿破仑为纪念1805年在奥斯特利茨战役中击溃澳、俄联军于1806年下令修建的，由夏尔格兰负责动工建造，1836年建成。门只有一个拱洞，上为桶形穹窿，高50米，宽45米。门的每一面上都有巨幅浮雕，其中最著名也是最精美的一幅是位于香榭丽舍大街一面右下侧描绘1792年义勇军出征的场景，取名《马赛曲》。

②元帅，指拿破仑一世（1760—1821），法国资产阶级政治家和军事家，法兰西第一帝国和“百日皇朝”皇帝（1804—1814、1815）。凯旋门的左侧有拿破仑骑马挥枪的浮雕。

③凯歌，指《马赛曲》，法国资产阶级革命时期的歌曲，词、曲均出自鲁日·德·李尔手笔，作于1792年。1795年定为法国国歌。《马赛曲》原名为《莱茵河军队战歌》，后因马赛营志愿军在进军巴黎时歌唱而有此名。

④滑铁卢，位于巴黎与布鲁塞尔途中。1815年，拿破仑军队在此被威灵顿将军率领的联军击溃，拿破仑不久便被流放到圣赫勒那岛，1821年在该岛上病逝。

⑤高陵，指拿破仑坟墓，在巴黎荣军院圆顶大厦，与凯旋门相距不远，坐在大巴车中可见高大的大厦绿色圆顶于绿树包围之中。

四、凡尔赛宫[1]

（2002年5月31日）

百顷园林[2]久负名，

高楼长殿势恢弘。

西洋景好无心赏，

想我圆明[3]气不平。

注：①凡尔赛宫，位于巴黎西南部，是法国封建时代帝王的行宫。始建于16世纪，至18世纪形成现有规模，包括宫前大花园、宫殿和放射形大道三部分，主要设计

人孟萨特（1645—1706）。此诗写于巴黎——布鲁塞尔的大巴车中。

②百顷园林，凡尔赛宫前的园林面积100公顷，堪称法国式园林的典范，设计典雅而精致，符合严格的几何学原则，花圃、林木、塑像、喷泉、水渠等，充满许多具有艺术价值和观赏价值的造型和设置。园林设计师为勒诺特尔（1613—1700）。

③圆明，北京圆明园，我国清代名园之一，始建于公元1709年（康熙四十八年），建筑风格中西合璧，被誉为“东方凡尔赛”。1860年（清咸丰十年）英法联军劫掠园中珍物，并纵火焚园，今仅存残迹。

知校情怀（大安一中）：七律·白鹅楼

七　律

白鹅楼[1]

（2002年5月31日）

肃然伫立白鹅楼，
思绪如潮脑海流。
一纸宣言[2]惊世界，
两双稚手[3]转寰球。
赤旗雄指开新宇，
镰斧高悬撼五洲。
莫道风云多变幻，
光辉[4]与日共千秋。

注：①白鹅楼，位于比利时首都布鲁塞尔市区广场，因门楣上有小白鹅标志故有此称。当年，马克思和恩格斯就是在这里完成了《共产党宣言》。

②指《共产党宣言》。

③马克思和恩格斯完成《共产党宣言》时年龄还分别不足30岁和28岁。

④指《共产党宣言》和马克思、恩格斯开创的共产主义事业。

知校情怀（大安一中）：七绝·滑铁卢

七　绝

滑铁卢[①]

（2002 年 5 月 31 日）

当年战场早农田，
胜负已成过眼烟。
渴盼和平人所向，
人间不再手堆山[②]。

注：①滑铁卢古战场，距比利时首都布鲁塞尔不过 20 余里，是当年拿破仑战败的地方，据讲有 49 000 名士兵陈尸这里，现在是一个停车驿站，建有拿破仑塑像，周围是绿油油的农田，望不到边际。本诗写于当日乘坐的由巴黎开往布鲁塞尔的大巴车上。

②驿站后有一座金字塔形的大土山，高 48 米，有 228 个台阶，山顶上面有一狮像造型。据讲这座土山是战死的战士遗孀用手捧土，一捧捧堆起来的。

知校情怀（大安一中）：七绝·荷兰村坊

七　绝

荷兰村坊[①]

（2002 年 6 月 1 日）

木屐奶酪郁金香，
遍野风车旋转忙[②]。
草绿水清牛马壮，
谁知沃土本汪洋[③]。

注：①当日到荷兰首都阿姆斯特丹郊外村坊参观，在归程的大巴车上写下这首小诗。

②荷兰有“四宝”著称于世，即木鞋、奶酪、风车和郁金香，郁金香是荷兰国花。

③荷兰地处欧洲西北部、莱茵河三角洲一带，地势低洼，全国有1/4的领土面积低于海平面，最低要低6~7米，有“低洼之国”之称。从13世纪开始，荷兰人开始围海造田，增加耕地60万公顷。据讲，荷兰农产品出口仅次于美国和法国，居世界第三位，不能不令人惊叹。

知校情怀（大安一中）：七律·马克思故居

七　律

马克思故居①

（2002年6月3日）

万里飞行在一城②，
摩泽河③畔细寻踪。
小楼门下拳拳意④，
罗马街头眷眷情⑤。
自小先哲⑥追甚笃，
老来马列信弥诚。
等闲世纪风云变，
千里水流总向东⑦。

注：①马克思故居，是一幢典型的18世纪德国巴洛克式民居，橘红色三层建筑，非常朴实，就像一户普通人家，坐落在德国特里尔城区内一条窄小的胡同里，两边连着店铺和民宅。故居门左有一金属牌子，是故居简介，在左墙上镶嵌有马克思头像。时故居未开放，余等只好在屋外瞻仰，拍照。此诗写于当日晚在特里尔下榻的宾馆。

②一城，即特里尔城，马克思的出生地。这是一座有着三千多年历史的古城，有种说法：“先有特里尔，后有德意志。”特里尔是余此次欧洲之行的主要瞻仰地。当日傍晚考察团一到这里，余便顶着细雨直奔故居。

③摩泽河，即摩泽尔河，莱茵河支流，德国的母亲河。据说马克思青少年时期常到摩泽尔河边散步。余下榻的宾馆就在摩泽尔河畔。

④余在马克思故居门下驻足良久，并拍下几幅照片，思绪万千，更充满敬仰之情。

⑤1863年，马克思回特里尔安葬母亲时写信给夫人燕妮说：每天我都去瞻仰那个圣地——维斯特华伦家的旧居(在罗马街——笔者注)，这所小房子比所有的罗马真迹都更吸引我，因为它使我回忆起幸福的青年时代，曾有一个时期它收藏过我最珍贵的宝物。而且每天有人从四面八方来问我，特里尔的第一美人和舞会上的皇后到什么地方去了。当做丈夫的知道他的妻子在全城人的记忆中仍然是个迷人的公主时，他简直有说不出的高兴。"(摘自《回忆马克思恩格斯》，人民出版社1957年版第293页)

⑥先哲，指马克思、列宁、毛泽东、周恩来等老一辈革命家。

⑦20世纪80年代后期苏联和东欧一些社会主义国家先后发生了剧变，一些人改变了信仰，但是正如水流千里总向东一样，马克思主义在全世界的胜利是必然的。

补注：摩泽尔河是德意志的母亲河，特里尔城便坐落于河畔。它的名字是从上古时代当地部落称呼演变而来的。它曾是西罗马帝国的首都，又是西方世界的四大古都之一，也是德国最古老的城市。它比罗马城早建1 300多年。它历经战争风云，于公元287年才成为西罗马的首都。特里尔现有人口十多万，而远在1 600多年前，它就已经拥有8万多人口。当年的特里尔面积比现在更大，罗马人为了使这座城永恒，建筑了无数的巨石建筑和雕塑，历经2 000多年风尘岁月，千百年仍照耀着当年罗马征服者特有的宏大气势和风格，吸引了无从计数的考古者、猎奇者、旅游者……而更有深一层意义的是这座罗马城诞生了一个伟人：卡尔·马克思。

沿着摩泽尔河旁一条僻静的街道走去，就可以看到青铜雕塑的马克思侧面头像，它立在远离尘嚣偏远的一角，似乎在默默沉思...

知校情怀(大安一中)：七绝·蒙德湖

七　绝

蒙德湖[①]

(2002年6月6日)

跃上葱茏[②]细雨濛，

湖光山色小舟横。

钟声[3]惊觉他乡客，

西子此时妆淡浓[4]？

注：①当日晨8时30分，考察团一行乘车从德国的萨尔茨堡前往奥地利。车行约半小时来到萨尔茨堡著名的湖区蒙德湖。这里山清水秀，层峦叠翠，红白相间的房舍坐落山间，山坡上有牛羊在悠闲地吃草。天下着蒙蒙细雨，湖上雾雨蒙蒙，湖面平静如镜，青山倒影，泊着几艘小船。大家见这里景致极好，停车20分钟以观赏。湖畔美景如梦如幻，余有感，是以记之。

②跃上葱茏，萨尔茨堡地处阿尔卑斯山脚，车出城后，一直是沿着山路盘旋而上，山路两旁尽是苍翠茂盛的树木。毛泽东《七律·登庐山》诗云："一山飞峙大江边，跃上葱茏四百旋。"

③钟声，旅欧所见，有人家便有教堂。这里的钟声便是指教堂里传来的钟声。

④西子，我国杭州的西子湖，即西湖。宋人苏轼有诗云："湖光潋滟晴方好，山色空濛雨亦奇。欲把西湖比西子，浓妆淡抹总相宜。"

知校情怀（大安一中）：七绝·茜茜公主

七　绝

茜茜公主[1]

（2002年6月7日）

丽质天生富贵家，

深宫尽享寂难杀[2]。

乔装时作平民出，

留给后人轮下花[3]。

注：①茜茜公主，据讲是奥匈帝国时期一家贵族的女儿，美貌异常，十六岁时嫁给大于她十几岁的帝国玛丽亚·特蕾西亚女王曾孙弗兰茨·约瑟夫，婚后不和谐，只同居一年便分居。天性好玩，常与女仆乔装从地下室外出。一次车祸，夺去

了她三十几岁的生命。

②杀，消除，去除。

③轮下花，指茜茜公主丧生车轮下。

知校情怀（大安一中）：七律·威尼斯

七 律

威尼斯①

（2002年6月9日）

海天共色望无穷，

遥指群楼细雨中②。

广场华堂③游客众，

小桥陋巷一舟横④。

金人⑤脚下辨航向，

叹息桥⑥头寻别声。

触目商人比比是，

不知何处谒莎翁⑦。

注：①威尼斯，位于意大利东北部拉古纳礁湖区、亚得里亚海的西北岸，是一个重要的港口城市，中世纪旅行家马可·波罗（1251—1324）的出生地。威尼斯的原意是“最宁静的处所”，总面积250公顷，人口35万，有2 300条长短宽窄各异的河道，117个岛屿，401座桥梁，整个城市呈“S”状，是世界上唯一一座没有汽车的城市。威尼斯有1 400多年历史，初居大河沿岸的威内托人为逃避北方匈奴入侵，横渡礁湖，来到此处，公元10世纪开始发展，15世纪进入全盛。1866年成为意大利一个省。

威尼斯高出海平面只有一米许，市区面积仅59平方公里。这里当初是海边的一片沼泽。威尼斯先人打木桩，架石板，用1 200万个木桩架起来这座城市。14世纪开始建教堂、广场。威尼斯现有120座哥特式、文艺复兴时期、巴洛克式教堂，120 座钟楼，64 座修道院，40 多座官殿，众多的海滨浴场。

拿破仑称威尼斯是“举世罕见的奇城”，歌德称“奇异的岛城”，拜伦称“海上乐园，意大利歌舞场”。

此诗写于当日 13 时去比萨市的大巴车上。

②当日 8 时 30 分，考察团一行乘车从陆区前往威尼斯岛，时天下着小雨，在车上顺着向导手指的方向远远望去，只见雾雨蒙蒙，海天相连，难辨界限，时而现出一些城堡或楼房建筑，不禁令人想起了海市蜃楼。

③广场华堂，广场指圣马可广场，东西长 176 米，南北宽 57 米，是威尼斯最大的广场，也是最繁华、最热闹的地方。华堂指圣马可教堂，在圣马可广场，威尼斯最大的教堂。据说耶稣有一位门徒叫马可，不幸被风暴所袭，船搁浅，然而瞬息间风平浪静，马可脱险了。他以后就成了威尼斯的护城神。

④威尼斯过去盛行的交通工具是“贡多拉”，是一种黑色平底、首尾尖翘、单桨、狭长的小木船，最盛时有一万多艘，现仅存四百多艘。余很想见到朱自清先生《旅欧杂记》中描绘的威尼斯小桥水巷的街景，于是便沿着座座相连的小桥步入威尼斯水乡居民胡同。房屋多显古老陈旧，许久才偶见一贡多拉泊在一宅门前阶下。

⑤金人，乘船进出威尼斯都可见到一金属制作的人手执一金属制作的鱼站在一金属球上，据说可随风而动，导引航向。

⑥叹息桥，位于旧时公爵府和监狱之间，是死囚走向刑场的必经之路。据说死囚每至此，都在这里与家人诀别，哀叹不已，因而得名。

⑦莎翁，莎士比亚（1564—1616），英国文艺复兴时期戏剧家、诗人，现有剧本 37 部，长诗两首，十四行诗 154 首。《威尼斯商人》是莎士比亚的一部早期作品，描写的正是威尼斯当年盛况。

知校情怀（大安一中）：七绝·老桥

七 绝

老 桥[1]

（2002 年 6 月 11 日）

身置老桥想断桥[2]，
一真一幻[3]皆妖娆。
东西文化有同异，
向善之心是一条。

注：①老桥，又称“旧桥”，建于 10 世纪，横跨阿尔诺河，位于意大利佛罗伦萨市区中心。佛罗伦萨是文艺复兴发源地，是但丁、薄伽丘的出生地，达·芬奇、拉菲尔、米开朗琪罗等大艺术家都在这里留下不朽之作。但丁（1265—1321），意大利诗人，代表作《神曲》。相传但丁和他终生热恋的女友贝阿特丽丝最初就在此桥相遇，今桥仍保留当时模样。此诗写于当日 19 时由罗马返回比萨的大巴车上。

②断桥，在杭州西湖。我国神话传说是许仙与白娘子（白素贞）最初相遇的地方。

③一真一幻，“真”指老桥上发生的故事，“幻”指断桥上发生的故事。

知校情怀（大安一中）：罗马二题

罗马[1]二题

一、母狼哺婴[2]

（2002 年 6 月 11 日）

人性缘何兽性残？
双婴待哺弃波澜。
母狼救乳传佳话，

兄弟相煎只为权[3]。

注：①罗马，意大利首都，古罗马帝国的发源地，始建于公元前753年。因建于七个山丘之上，又有“七丘城”之称，还称“永恒之城”。《罗马二题》均写于当日18时由罗马开往比萨的大巴车上。

②据讲，罗马人的始祖伊尼德参加特洛伊战争，特洛伊被攻陷，只有伊尼德跑了出来。他的后代有两个王子，一个叫罗慕洛，一个叫瑞穆斯，他们是双胞胎。两兄弟的舅舅要篡夺王位，在两兄弟还处于哺乳期便将他们扔到台伯河（台伯河是罗马母亲河，穿越市区流入北海）里，后来河水将俩兄弟冲到了河滩上，正在河滩上因失去狼崽而伤心欲绝的母狼见到这两个男婴，误认为是自己的狼崽，就用狼乳喂养了他们。后来两兄弟之一的罗慕洛夺回了朝政，建立了罗马城，并开创了王政时代。罗马的名字，就是由罗慕洛演变而来的。现罗马城内有“母狼哺婴”石雕，并成为罗马城的城徽。笔者一行特意观赏了石雕，并拍了照。

③罗慕洛和瑞穆斯成人后为争夺王位相互残杀，结果罗慕洛将瑞穆斯杀死，独掌大权。兄弟相煎，见南朝·宋·刘义庆《世说新语》中载：“文帝（曹丕）尝令东阿王（曹丕弟曹植）七步中作诗，不成者行大法。（曹植）应声便为诗曰：‘煮豆持作羹，漉菽以为汁。萁在釜下燃，豆在釜中泣。本是同根生，相煎何太急。’帝深有惭色。”

二、斗兽场[1]

（2002年6月11日）

置身场内倍惊心，
断壁依稀见血痕。
愚昧终究成历史，
千秋警示后来人。

注：①斗兽场，即科罗塞奥竞技场，占地两万平方米，呈椭圆形，长直径187米，短直径155米。从外围看，整个建筑分为四层，底部三层为连拱式建筑，每个拱门两侧有石柱支撑。第四层有壁柱装饰，正对着四个半径处有四扇大拱门，是登上斗兽场内部看台回廊的入口。斗兽场内部的看台，由低到高分为四组，

观众的席位按等级尊卑地位之差别分区，可容纳八万观众。始建于公元72年，公元80年完成，如今已成断垣残壁，被称为“世界八大古迹”之一。这是当年贵族们观看人与兽相斗的场所。在看台下面分别建有斗兽人和狮虎等野兽的居室，斗兽人多是奴隶充当。贵族们观赏时，便将人和兽放出，让他（它）们在看台下的圆场内相斗，相斗的结果往往是人被兽吃掉，而贵族们则以此取乐。斗兽场的设计师是高登奇奥，据说当他设计完成后，也被活活地喂了野兽，成为他自己设计的传世之作的最早祭奠。

知校情怀（大安一中）：七绝·比萨斜塔

七　绝

比萨斜塔①

（2002年6月10日）

千年耸立誉奇观，
仰望钟楼②心肃然。
斜塔坍塌终有日③，
长留科学在人间④。

注：①比萨市，以著名设计师比萨命名，位于意大利西部，坐落在意大利母亲河阿尔诺河河口，距古里亚海只有12.5公里，是一座只有10万人口的小城。比萨斜塔建于公元1174年，1350年完工，从地基到塔顶高58.36米，是一座8层圆柱形的钟楼建筑，全部用白色大理石筑成，看上去要比照片上斜得多。9日傍晚到比萨，此诗写于10日上午开往佛罗伦萨的大巴车上。

②钟楼，即塔顶钟楼，人可以登上，余等只是在下仰望。

③据说斜塔倒塌已有日可计。

④意大利著名物理学家、天文学家伽利略（公元1564—1642）1590年在塔顶做了著名的自由落体实验，推翻了希腊学者亚里士多德关于物体落下的速度和重量成正比的学说，建立了落体定律。由此比萨斜塔的知名度也与日俱增。1632年伽利略

因发表《关于托勒密和哥白尼两种世界体系的对话》，于1633年被罗马教廷判为终身监禁。1979年11月20日教皇约翰·保皇二世宣布，三百多年前教会对伽利略的判罪是完全错误的，要重新审理。1980年一个由世界著名科学家组成的委员会重新审理了“伽利略案件”，为这位蒙冤三百多年的科学巨人平反。

知校情怀（大安一中）：七绝·山路行

七　绝

山路行[①]

（2002年6月12日）

车在崇山峻岭行，
两边秀色望无穷。
啧声不断叹观止，
不为天工为人工[②]。

注：①山，指阿尔卑斯山。此诗写于从意大利比萨城开往奥地利因茨布鲁克城的大巴车上，行程约九小时。

②啧声，赞叹声。余等坐在车中望着窗外，一路所见山青、水秀、木荣、草茂，牧场、房舍或红或白，掩映于绿树丛中，随着车在山路盘旋而上，时而见于头上，时而见于车下，鳞次栉比，一切都那么错落有致，那么协调，处处显现出人工的力量，让人感受到这里人民的勤劳和智慧。

知校情怀（大安一中）：七绝·朱丽叶故居

七　绝

朱丽叶故居[①]

（2002年6月12日）

曲巷高门小眺台[②]，

凭台只待玉人来[3]。
谁知鱼雁传情晚[4]，
倩影空留向墓哀[5]。

注：①朱丽叶故居，位于意大利维罗纳城中心的埃尔巴广场附近，据说当年青年罗密欧与朱丽叶相爱，但因出生在两个有世仇的贵族家庭而不能结合，最终先后自杀。悲剧发生后，两家和解。英国莎士比亚有著名悲剧作品《罗密欧与朱丽叶》。此诗写于当日15时由维罗纳开往因茨布鲁克的大巴车上。

②朱丽叶故居在一条名叫卡佩的街道第27号，道路曲折狭窄，故居房舍建于公元12世纪，现保存完好，院门是一个有五六米高的黑色圆顶门洞，入口处用意大利文书写“卡普莱蒂之家”（朱姓氏）。走进门洞是一个一百平方米左右的小院，三面似都住着人家。进门右侧是一座三层楼房，二楼有一个小阳台，今天已成为爱神的象征，据说当年罗密欧在夜晚就是从这里爬上阳台与朱丽叶偷偷幽会。

③玉人，喻人容貌如玉之美。指朱丽叶凭台待罗密欧。唐·元稹《莺莺传》：“待月西厢下，迎风户半开。拂墙花影动，疑是玉人来。”说的是崔莺莺月下待张生。

④鱼雁，指书信。宋·晏几道《生查子》：“关山魂梦长，鱼雁音尘少。”朱丽叶与罗密欧的爱情遭到双方家庭激烈反对，为达到与罗密欧结合的目的，朱丽叶服药假死。不曾想传信人没有把信及时送到罗密欧手中，罗赶到朱丽叶家见朱丽叶已死，悲痛至极，自杀在心爱人身旁，而朱丽叶醒时见罗密欧已死，更是悲痛至极，亦自杀身亡。

⑤在朱家小院里，与院门相对的是一尊朱丽叶的铜像，亭亭玉立，遥望着前方，她的右乳房部显得十分光亮，因为几乎每一个游客都要摸一下，传说会带来爱情、好运。 时院中挤满游人，阳台上不时出现一位女子摆出姿态让大家拍照，表现得很友好。这个美丽而又悲惋的故事就像我们的“梁祝”。朱丽叶墓穴在另外一个地方，那是一个不大的院落，现已成为博物馆对外开放。院中间有一老井，四周是平房，南房有地下室，一空花岗岩石棺静静地摆放在地上。1814年至1866年维罗纳被奥地利人占领期间，朱丽叶墓穴“没得到很好保护，石棺被妇人用来洗衣，墓穴里的墙上挂满常春藤，小孩在院内玩耍……”英国大诗人拜伦曾描绘这座石棺：“其悲哀就如同她的爱情一样……”

2002年5月29日巴黎圣母院正门前照

2002年5月29日巴黎埃菲尔铁塔前照

2002年5月30日凯旋门

2002年5月31日于滑铁卢拿破仑铜像前照

2002年5月31日在比利时布鲁塞尔大广场马克思、恩格斯写下《共产党宣言》的白鹅楼前照

2002年6月1日荷兰村坊

2002年6月9日在威尼斯亚得里亚海边照，身后小船即贡布拉

2002年6月10日于意大利比萨斜塔前照，右为时任大安市教育局副局长张毅峰

2002年6月11日在意大利因茨布鲁克市于茵桥照

2002年6月11日于母狼哺婴塑像前照

2002年6月11日于罗马斗兽场前照

2002年6月12日于朱丽叶故居铜像前照

知校情怀（大安一中）：七律 · 读《蒋力华其人其书》有感

七 律

读《蒋力华其人其书》[1]有感

（2002 年 4 月 15 日）

天风气韵海涛情[2]，
雨燕云龙[3]任纵横。
把酒挥毫今古事[4]，
品茗嚼句老新朋[5]。
白山雪照公仆路[6]，
梅水波回百姓声[7]。
拙笔有心难尽意，
且将祝福共东风[8]。

注：①蒋力华，时任吉林省教育厅厅长，书法家。2002年4月11日《吉林日报》载丛文俊《天风海涛意纵横——蒋力华其人其书》文及力华先生四幅书法作品。

②“天风”“海涛”及下句的“任纵横”，见丛文文题。

③报载力华先生书法作品有“双燕归来细雨中”、“古云雅集”和“龙”，“雨燕云龙”等，余乃摘而聚之。前两句试图借摘取丛文文题和力华先生作品中的景物，表现力华先生书法的气势、韵律和情怀。

④报载力华先生的另一幅书法作品是“一壶浊酒喜相逢，古今多少事，都付笑谈中。”

⑤丛文介绍：“力华从不做无谓的应酬以邀虚誉，倒很乐意与朋友们在一起谈艺论道”、“在品茗嚼诗之余，挥洒笔墨遣兴”。

⑥力华先生长期工作在白山市。

⑦力华先生是吉林省梅河人。

⑧东风，即春风。欧阳修《浪涛沙》词：“把酒祝东风，且共从容”。时恰值春到北国季节。

知校情怀（大安一中）：七律·写给林炎志同志

七 律

写给林炎志同志①

（2002年8月15日）

八月天高嫩水②新，
门庭③尽扫待君临。
春城一面④时思念，
乡野再逢倍觉亲⑤。
冷⑥对竞争四海雨，
笑迎挑战⑦五洲云。
肩承大任前途远，
一首小诗致福音。

注：①林炎志同志时为吉林省委副书记。2002年8月15日，大安市面向全国举办“白鹅展销会”，林书记莅会。开幕式后，便驱车来大安一中视察。

②嫩水，指嫩江。大安一中即坐落于嫩江岸边。

③门庭，指校园。

④2001年5月，余去长春参加全省高中校长会，会前有幸参加了林书记召开的八位高中校长座谈会，接下来聆听了林书记的报告。

⑤林书记一下车，便急步迎上握紧我的手说：“我是专为你而来的。”余倍感温暖、亲切。乡野，指余所在大赉城。大安是一个县级市，位于吉林省西部，是国家级贫困县，市政府所在地大赉城不过十余万人口，与省城长春相比，不啻乡野。

⑥冷，冷静，与下文“笑”应作互文理解，既“冷对”“笑迎”“竞争”，也“冷对”“笑迎”“挑战”。

⑦《笑应挑战》是林书记写作的一本书名，2001年由河南人民出版社出版。

2002年9月15日，与时任吉林省委副书记林炎志在学校食堂大厅前合影

知校情怀（大安一中）：七律·纪念建党 82 周年

七　律

纪念建党82周年述怀

（2003 年 6 月 18 日）

自小将身许斧镰，
而今霜鬓志依然。
年华苦乐追求远，
岁月悲欢信仰坚。
两袖清风播雨露，
一根粉笔绣山川。
风云世界事多变，
不变铮铮是誓言。

注：此诗应大安市诗词楹联协会之邀而作，纪念建党 82 周年诗词书画展。

知校情怀（大安一中）：七律·元旦有感

七　律

元旦有感[①]

（2005 年 1 月 1 日）

十年知校一腔情[②]，
甘苦其中唯自明。
沥胆刳肝谋发展[③]，
夙兴夜寐践忠诚[④]。
强心无奈遂人愿，
疲脊不堪负重行[⑤]。

功过是非身在后，

青山长绿水长东⑥。

注：① 2005 年元旦，余在青岛胶州。长夜不眠，往事历历，遂草成一首，以吐胸臆。

②余 14 岁入读大安一中，21 岁离校插队（“文革”耽误一年），26 岁回校从教，历任教师、班主任、教研组长、副教导主任、教导主任、副校长，1994 年 8 月任校长（兼任 6 年党总支书记），2004 年 7 月“退居二线”。余一直视大安一中为余“成长的摇篮”“事业的全部”，同时也为她倾注了满腔的心血。知，主持，掌管。

③余 1994 年出任校长后，先后亲手绘制了《大安一中十年发展规划》《创建素质教育示范校三年规划》《“十五”奋斗目标》等一系列发展蓝图，形成了一套较为完整的、科学的、有一定特色的办学理念。10 年高考有 7 年排在本地区前两名。先是在政府未投入一分钱的情况下，筹资 1 500 余万元改造旧校，动迁 118 户居民，为学校扩建出 12 600 平方米操场，兴建了 12 700 平方米教师住宅楼，132 户教师喜迁新居，并承办了全省教师“安居工程”现场会。接着在政府投入资金不足 300 万元的情况下，筹资 3 000 余万元，建起了一座占地 50 000 平方米、建筑面积达 22 000 平方米的现代化新校。新校的教学、食宿设施均达到国内先进、省内一流的水平。一批中、青年教师在本地区、全省、东三省乃至全国获奖，成为各级的优秀教师、骨干教师、学科带头人、名师。学校自 1996 年起，连续 8 年被评为全省精神文明建设先进单位，被评为全省教学工作先进单位、教育科研先进单位、全省中小学 15 所教育科研示范基地校之一，2003 年承办了全省中学实验校现场会。老师们的生活和工作条件不断得到提升和改善。刳，读 kū，剖开。

④从教以来余很少有休息日，当校长后更未认真休过一次假，连续 12 年的年夜饭都是在学校与当班人员一起吃的。不要说学校的每一份发展蓝图、每一个科研课题、每一条规章制度、每一项建设都凝聚着余的心血，就是在献血、抗洪、抗击非典等活动中，余亦是走在前。而所有这一切，余都是为着践行对党的教育事业的“忠诚”，为着兑现余就任校长后第一次面对全校教职工时讲下的话：“不把校长当官做，而要当项事业去干。”另，1997 年，余 50 初度有诗句：“为师学浅知勤奋，治校才疏有赤诚。”

⑤余就任校长后虽殚精竭虑，励精图治，学校面貌也发生了很大变化，但总难使方方面面的人满意，倍感身累，心更累。2001年年末，时就任不久的中共大安市委分管意识形态工作的孙洪军副书记，在对大安一中工作考察后曾留下了八个字评语：“艰难起步，负重飞行。”

附：《他是怎样的人》

他是怎样的人？
——记原大安一中校长朱靖华

文：曹晓峰

有人说，1000个人眼中就有1000个哈姆雷特。

还有人说，横看成岭侧成峰，远近高低各不同。

一说，小气？

据说大才子纪晓岚一次与乾隆帝同游，帝见大街上车水马龙，故意刁难：来来往往多少人？纪迅速答出：两人，因为人再多，也不过一为名一为利。而

时下里又有几人能不为名所动，不为利所诱?

1994年8月24日，也就是在出任校长的第一个全校教职工大会上，他即坦言:“不把校长当官做，而要当项事业去干。”干事业，名利何求? 物质利益上，他明确提出了“两个倾斜”，一是向职工倾斜，一是向一线倾斜。他明确要求“班子成员必须做到吃苦在前，享受在后。在各种待遇上不搞特殊化，把自己视为群众中的普通一员。奖金、补贴必须按有关规定执行。”他说了，他更做了。平时是这样，教职工有的，他常常没有；喜庆时还是这样，教职工多的，他往往很少。1995年起，学校连年高考丰收。作为一校之长，其付出，师生们有目共睹；其贡献，校内外无可争议。但高考奖金呢，有时甚至不及一些高三教师的六分之一。是“有产者”不需要吗? 也许有人这样猜测。但实际上，时至今日，他的三个子女中，在外地的两个仍居无己所，家中也因老母的去世才刚刚结束了四代同屋。

利如此，名亦然。作为一名具有一定影响的“中国中学骨干教师”，任教期间，他连年获奖，尤其是1985年到1987年三年间，先后被评为大安县首批教学能手、白城地区优秀教师、吉林省优秀教师。但细心人发现，从1988年起，连续十年，“老先进”的头上竟然未增一道光环，哪怕是校级的。原来在1988年，朱靖华以教导处副主任的角色进入领导班子后，即给自己立下了一条规矩:所有荣誉，无论哪级哪类，都让与他人。这一让，就是整整十年。直到1999年，迫于领导“命令”，才接受了本市和白城市劳模称号。

二说，大气?

有人说，第一个吃螃蟹的人是英雄；还有人说，第一个用鲜花来形容少女的人是天才。英雄也罢，天才也罢，第一个总之难做。所谓，无路难，开难更难! 十年前的大安一中，正为路所苦。一困于老路，二惑于新路。老路自不必说，只会在辘声依呀中更近末路。新路呢，又是哪条经纬的交叉?

科研兴校! 这是朱式新路。古人说，吟安一个字，捻断数茎须。而朱靖华“科研兴校”的提出，又何止如此。这至少源于数十年历史的积淀。他的中学时代就是在大安一中渡过的，参加工作后又多年任教于此。可以说，对这片土地，他深深热爱，因热爱而献身；他深深了解，了解又是干好的前提。他要通过科研，使大安一中办出自己的思想，办出自己的精神，办出自己的特色，办出自己的品牌。

这一目标，现在已完全实现。但成功的花，有谁还记得她当初的苦涩，当初的奋争？那时的科研环境，外部匮乏，至少本市和白城市教科所均未组立；内部冷漠，包括一些领导、骨干教师都投以冷眼冷语。疾风知劲草。朱靖华始终坚信“科研兴校”的方向没有错。路在人走，事在人为，业在人创。他视“科研兴校”为“一把手”工程，亲自主抓。成立了学校科研领导小组，统一规划和领导全校的科研工作。小组下设教科室，承担具体工作。

为优化外部环境，他巧手“借东风”。一借于 1995 年，在得知即将成立“吉林省实验校协作研究中心”的消息后，他即亲自动笔，一份意真情切的申请使“中心”接纳了来自西北瀚海的这所当时的名不见经传的学校。二借于 1997 年，全省 16 家单位到大安市扶贫。朱靖华在科研扶贫和经济扶贫间坚决选择了科研扶贫。经多方工作，争取到了省教科院的扶贫支教。用朱靖华的话讲，这两次“借东风”，给学校带来了一直到今天仍享用不尽的东风。

为营造内部环境，他打造“群英会”。先后实施了以促进青年教师早日成才为目标的“132”工程，以推动广大教师业务学习为目标的“充电”工程，以铸造专家型、学者型教师为宗旨的“名师”工程，初步织就了“科研员→科研骨干→全校人员”的科研网。

在 20 年的语文老师生涯中，朱靖华一直在教育科研中孜孜以求，他发表于 1981 年《语文战线》上的《文言文中的古分今合词》一文，在国内语言界首次提出了“古分今合词”的概念。提出“科研兴校”后，他更是敏于思考，勤于笔耕，为职工引路，为学校探路。2001 年 12 月，在接受省教育科研示范基地考查组考查时，朱靖华将本校的“科研兴校”之路概括为“抓住一个根本，突出两个重点，坚持三个原则，采取四点做法”，这一说法，引起了考查组的浓厚兴趣并获得高度评价。考查结束后，组长、省教科院院长赵志军还欣然留言：“做全省教育科研的表率”。此前，学校被评为全省教育科研工作先进单位；此后，被确定为全省教育科研示范基地。

前面提过，科研已经兴校。这其中有连年被评为省级精神文明建设先进单位，有连年高考丰收，等等。

三说，硬气？

“硬”，本指物体组织紧密，性质坚固；喻为刚强有力。而所谓硬气，不在于语言，也不在于容颜，更不在于什么手段，它深藏于心又发之于外，它不唯于权，不媚于势，不惑于众，不止于难，不困于情，不隐于私。从中国历史上看，就不乏这样硬气的读书人，鲁迅先生称之为“拼命硬干的人”。

朱靖华的“硬气”从1997年的“两园”（校园、家园）工程即可窥一斑。启动该工程目的有二：一是扩建校园，二是新建家园。“两园”工程，名为“两园”，实则两难。扩建校园涉及大面积动迁，难！新建家园就更难了，规划用地名义上归属一中，但实际上长期以来被数十家单位、个体工商户和居民占用。可以想象，这中间会有多难！尽管朱靖华从未说起。人们看到的，是1997年，雁过菊香时，1万平方米的体育场上，大安一中田径健身运动会首次在自家的体育场举行，并有多项纪录被打破；风起霜红日，1.1万平方米的家属楼，迎来了喜迁新居的132户教职工。

事业上的不懈追求是朱靖华的性格。1998年年底，在得知我省将于2001年前后建立50所左右素质教育示范校的消息后，他敏锐地认识到，创建活动对于本校来说，短期内，弊大于利；长期看，利大于弊。总之一句话，机不可失，迎难而上。

1999年初，朱靖华主持制定了《大安一中创建素质教育示范校三年规划》（1999—2001年）。《规划》中提出了办学条件高标准，学校管理高水平，队伍建设高素质，办学效益高质量的“四高”目标。其中，为彻底改善办学条件，在上级领导的支持下，毅然决定异地建校。朱靖华不顾年过半百，亲自担任了基建工程学校领导小组组长，其间，为解决资金匮乏问题，他想方设法，多轮驱动，采取了公办公助、公办民助等形式，在资金最紧张的时候，还率先为工程捐款、借款。

半年后，投资 1400 万，面积 1.3 万多平方米，集教学、实验、科技、图书为一体的综合大楼矗立在嫩江之滨。到目前为止，新校建设资金达 3000 万元，办学条件高标准已经实现。2002 年乍寒还暖时节，白城市人民政府教育督导组在学校进行了为期一周的全面的办学水平检查评估，最后对学校和校长都给予了高度评价，认为学校"办学方向完全正确，办学条件改善巨大，办学质量稳步提升"；认为校长具有"实干的精神，顽强的意志，带领全校教职工艰苦创业，取得了优异的成绩"。

四说，和气？

有这样几个成语，像口蜜腹剑、笑里藏刀；有这样几个人物，像李林甫、王熙凤。实际上，这样的成语反映的是现实，这样的人物也许就在你身边。一句话，那是一种虚假的和气。

而朱靖华在待人接物对事中表现出来的却是一种真正的和气。那是一种以"博爱"为内核的和气。这种内核裂变在他的诗中：同志过节了，他说"相识相知相冷暖，互尊互爱互悲欢"；学生毕业了，他说"一声珍重前途远，尽把情含祝福中"；白城市高中校长联谊会在本校召开了，他说"家酿虽羞宴贵客，点点滴滴是真情"。

裂变不仅在诗中，更在事中。有件事在一中内外传为佳话：年过花甲的李广文在一中当烧水工 14 年，一直辛辛苦苦，任劳任怨。当他告老离校时，经朱靖华提议，由全体教职工为他召开了隆重而热烈的欢送会。会上，朱靖华不仅亲自宣读了表彰决定，还当场给李师傅颁奖。在一中，一些教师的家属由于种种原因无业可就，生活也很困难。2001 年 8 月 14 日和 17 日，朱靖华连续两次主持召开了下岗和无职家属就业安置、协调会。当时，曾有人半开玩笑地对他说："这是江泽民都管不了的事，你还管？"他也笑着说："大家都管好了，不就不用江泽民管了吗？"最后，在学校的扶持下，首先办起了一个商店，并安排了部分人员到校做临时工。

他的和气更渗透在其管理思想中。他多次讲过，他最欣赏毛泽东的一句名言："世界上一切事物中，人是最可宝贵的。只要有了人，什么人间奇迹都可以创造出来。"在他的努力营造下，"人尊重人，人理解人，人关心人，人爱护人"和"有礼、负责、真诚、认真、宽宏、换位、信任、谦让"成为校园人际交往的原则和主流。

他是怎样的人，我想已不必多说。就像 2001 年 5 月的一天，他的办公室里放了两盆花，一盆君子兰，一盆铁树。他对花有感，赋诗两首，其一《君子兰》——

记否当年花市前，
千家竞购不惜钱。
价值高下由人论，
我自依然君子兰

权作结尾。

（引自 2005 年 5 月 23 日大安市教育局网）

1994年9月10日刚就任校长23天在学校庆祝教师节庆祝会上讲话

1998年6月21日与教职工一起参加建校义务劳动

1998年7月1日讲党课

2001年8月15日校风建设讲话

2003年4月与学校班子成员、学生会、团委同学共同在校园植树

2003年11月12日陪同日本国代表团考察学校

1998年4月30日，为在纪念“五一”“五四”文艺会演中获奖的班级和同学颁奖。右三、右四为前任校长郑钧龄、王承文

1995年学校领导班子成员合影

前排左起:方文清、张天森、朱靖华、杨修文、庄梦信、王志

后排左起：刘鹏、李铁人、郑长志、邹德利、于忠宝、谭亚华、韦淑琴、谭洪清

2004年3月22日，学校领导班子全体成员合影

前排左起：副校长赵凤志、工会主席郑长志、党总支书记刘成任、朱靖华、副校长袁玉军、副校长于忠保、教科室主任李富有

后排左起：教科室副主任王乃枢、办公室主任韦淑琴、政教处主任杨春雷、办公室副主任曹晓峰、总务处主任刘鹏、教导处副主任刘广金、教导处主任马汉军

1995年大安一中全体教师合影

2001年6月5日在吉林省教育科研工作会议上作大会典型发言

京华续章

2006年2月20日办公室照

京华续章 2006：陕西行四题

陕西行四题

（2006 年 7 月 18 日至 21 日）

2006年7月17日至23日，余随北京理工附中分校的同事们做了一次西安—延安行，沿途有感集成几句以记之。

一、黄帝陵[①]

青山秀水柏森森[②]，

袅袅香烟飘入云[③]。

接踵摩肩来往客，

天南地北中华人。

注：① 2006 年 7 月 18 日晨 6：50 乘 T41 北京—西安火车到达西安站，用过早餐，乘大巴车去延安，中经黄陵县，谒轩辕庙、黄帝陵。观后于车草成一绝。

②黄帝陵建在桥山，山傍沮水。山上现有千年古柏 816 000 株，是我国最大的古柏群，走在上山的石径路上，两旁柏树遮天蔽日。

③黄帝陵前有香炉，不少人在烧香礼拜。

二、延安[①]

窑洞延河宝塔山，

昔年多少梦魂牵。

而今身置梦中地，

一往童心[②]两鬓斑。

注：①7 月 19 日上午 9 时乘车去枣园、杨家岭、中国革命纪念馆，瞻仰毛主席、朱总司令等领袖故居。身临其境，感慨颇多，思来想去，只成四句。

②一往童心，童贞之心一如既往。

三、骊山华清池[1]

华清池水凝脂浑[2]，
烽火原来为美人[3]。
本是君王先重色，
国衰岂怪女儿身[4]？

注：①7月21日参观华清池，登骊山。

②华清池位于西安市临潼区骊山北侧，东距西安30公里。华清池的历史非常悠久，相传早在西周时期，周幽王就曾在此建骊宫。后世的秦始皇、汉武帝也都在这里建立行宫。唐代更是大兴土木，特别是唐玄宗天宝年间修建的宫殿楼阁更为豪华，并正式改名为“华清宫”。据说每年10月至次年3月唐玄宗都携杨贵妃来此居避寒，有莲花汤、海棠汤、太子汤、尚食汤、星辰汤等，供唐玄宗、杨贵妃及大臣们沐浴，华清池也因此而名声远播。白居易《长恨歌》有诗句：“春寒赐浴华清池，温泉水滑洗凝脂。”

③《史记·卷四·周本纪第四》载：“褒姒不好笑，幽王欲其笑万方，故不笑。幽王为烽燧。大鼓，有寇至则举烽火。诸侯悉至，至而无寇，褒姒乃大笑。幽王说（悦）之，为数举烽火。其后不信，诸侯益亦不至。”意思是：周幽王宠爱一个叫褒姒的妃子。她从来不爱笑，周幽王想了好多点子也无济于事。为博取她的一笑，幽王下令，宫内宫外人等，能让褒姒一笑者，赏赐一千两金子。有个叫虢石父的献上烽火戏诸侯的计策，在骊山上把烽火点了起来。有个叫郑伯友的大臣劝阻周幽王说，烽火台是为了战时救急用的，这个玩笑开不得。大王现在这样戏弄诸侯，失信于他们，如果到了真有急事时，诸侯又以为大王在戏弄他们，不派兵相救，那如何是好啊。周幽王不听。临近的诸侯看到烽火台上起了狼烟，以为犬戎打过来了，赶快带领兵马来救。没想到赶到那儿，连一个犬戎兵的影儿也没有，只听到山上一阵阵奏乐和唱歌的声音，大伙儿都愣了。幽王派人告诉他们说，大家辛苦了，这儿没什么事，不过是大王和王妃放烟火玩儿，你们回去吧。诸侯知道上了当，憋了一肚子气回去了。褒姒不知道他们闹的是什么玩意，看见骊山脚下来了好几路兵马，乱哄哄的样子，就问幽王是怎

么回事。幽王一五一十告诉了她。褒姒真的笑了一下。幽王见褒姒开了笑脸，就赏给虢石父一千两金子。后来周幽王听到犬戎进攻镐京的消息，惊慌失措，连忙下令把骊山的烽火点起来。烽火倒是燃起来了，可是诸侯因为上次上了当，谁也不来理会他们。结果犬戎攻入镐京，幽王被逼自刎，褒姒也被掳走。公元前770年，周平王为防犬戎骚扰，把都城由镐京迁往洛邑（今河南洛阳），开始了历史上的东周时代。

④白居易《长恨歌》起句："汉皇重色思倾国"。

四、兵马俑①

深埋地下两千年，
骁勇依稀鏖战酣。
尔等还阳奇冠世②，
可知造汝者何边③？

注：①秦始皇是第一个统一中国的皇帝，他的陵墓在西安城东30公里处。1974年2月，当地农民在秦始皇陵东侧1.5公里处打井时偶然发现了与真人真马一样大小的兵马俑。从此，一个埋藏了两千多年的地下军阵被挖掘出来，并建成博物馆。

②秦兵马俑坑系秦始皇的陪葬坑，由一号、二号、三号坑和兵马俑坑组成。展出的陶质陪葬武士俑和兵马俑共计8 000个，排列成阵，气势壮观。俑分将军俑、铠甲俑、跪射俑等。坑内还出土有数万件实战兵器，秦始皇陵大型彩绘铜车马。1987年，秦始皇陵及兵马俑坑被联合国教科文组织批准列入《世界遗产名录》，并被誉为"世界第八大奇迹"。

③据说当时参与修建秦始皇陵及兵马俑的匠人在用完后都被葬死。

京华续章 2006：延安—壶口行

延安—壶口行[1]

（2006 年 7 月 20 日）

一座座青山一道道沟，
一排排窑洞一幢幢楼。
盘山路引青峰顶，
无边碧浪绿山头[2]。

一片片包谷正抽穗，
一块块稻田绿油油。
“自己动手，丰衣足食”碑耸立[3]，
南泥湾精神传千秋。

（以上 8：46 记于大巴车上）

一片片枣林枝叶茂，
一条条溪水伴路流。
溪边牛马自在耍，
知青小屋招客留[4]。

山又山来沟又沟，
一路美景不胜收。
黄土高原无黄土，
耳畔响起信天游[5]。

（以上 8：49 记于大巴车上）

注：① 2006 年 7 月 20 日 8：30 从延安的延河宾馆乘大巴车出发去黄河壶口，见沿途

景色油然而有感，遂于车上记下这一段行程。

②山是一座座山，山山之间沟壑相连。盘山路越行越高，至顶远远望去，一个个葱绿的山头就向无边大海中翻涌的碧浪。

③车行至南泥湾，隔窗可见刻有“自己动手，丰衣足食”的石碑耸立路旁。

④车至宜川县一处山路旁，见一排窑洞前竖有“知青旅馆”招牌。

⑤一路上处处草丰树茂，不见一处裸露的黄土。此时车内电视上正播放着陕北歌谣《信天游》。

2006年7月18日黄帝陵前照

2006年7月18日延安宝塔山下照

2006年7月19日延安主席故居窑洞前照

2006年7月20日黄河壶口与85岁老人留影

2006年7月21日华清池杨贵妃塑像前照

2006年7月21日兵马俑纪念馆前照

京华续章 2006：教师节祝词

教师节祝词[1]

（2006 年 9 月 8 日）

在座个个是圣贤，
相聚分校是有缘。
有缘各方来相聚，
同撑头顶这方天。
教书育人同甘苦，
履职尽责共悲欢。
相识相知心相印，
互尊互爱情互牵。
时逢佳节无所送，
一句祝福送平安。

注：①摘自 2006 年 9 月 8 日在理工附中分校教师节庆祝大会上的讲话。时为我来到分校工作与教职工们度过的第一个教师节。

京华续章 2006：七绝 · 结婚 35 年题旧照

七 绝

结婚35周年题旧照

（2006 年 12 月 2 日）

力抗门庭争自由①，

自强苦读度春秋②。

不求富贵求长久，

携手百年共白头。

注：①写妻，当年因吾不是“根红苗正”，在与妻的婚姻上遭妻家极力反对，妻是顶着巨大压力与吾结合的。

②写吾，政治上低人一等、经济上一贫如洗，缺吃少穿，妻儿跟着我在苦日子中熬着。吾唯有默默自强苦学，努力工作，以此企盼改变困境。35 年过去了，妻已退休，吾虽还在工作，但已近正式退休年龄。睹照思往，虽无大成，尽力已矣，差可自慰。

2006年9月30日一家人于北京合影

京华续章 2007：心中常想一和二

心中常想一和二[1]

（2007 年 2 月 18 日）

人生如意事一二，
不如意事常八九。
心中常想一和二，
快乐心情天天有。

注：①宋人方岳《别子才司令》诗："不如意事常八九，可与人言无二三。自识荆门子才甫，梦驰铁马战城南。"与老师们座谈时引之咏成此诗。

京华续章 2007：开学祝词

开学祝词[1]

（2007 年 2 月 26 日）

送走旺狗迎金猪，
新春开学万物苏。
抖擞精神齐努力，
共创分校好前途。

注：①摘自余是日在理工附中分校全体教职工大会上的讲话。

京华续章 2007：谒金门·开学典礼祝语

开学典礼祝语[1]

——调寄《谒金门》

（2007 年 2 月 28 日）

春来早，
且看我们分校。
操场上师生列队，
个个新面貌。

热血心中沸涌，
驱走春寒料峭。
努力师生齐奋战，
志在夺“双考”[2]。

注：①摘自余是日在全校开学典礼上的讲话。

②双考，中考和高考。

2007年2月5日与部分在怀柔培训的老师合影，前排左四为时任北京理工大学附中校长的曲艳霞

2007年2月28日开学典礼讲话

京华续章 2007：春日早起

春日早起[1]

（2007年3月11日）

太阳出来暖洋洋，

适时起居莫赖床。

用好早餐出门去，

沐浴青春[2]好风光。

注：①是日为周日，天气甚好。余与老伴儿走出家门，感受到春天的美好晨光，也似乎回到了自己的青春岁月。

②青春，指春天。杜甫《闻官军收河南河北》诗有："白日放歌须纵酒，青春作伴好还乡。"李大钊《时》一文中有："一生最好是少年，一年最好是青春。"

京华续章 2007：今日辛苦明日甜

今日辛苦明日甜[1]

（2007年3月15日）

中考还有一百天，

莫要紧张莫等闲。

每天时间安排好，

当天任务当天完。

科学方法加汗水，

今日辛苦明日甜。

注：①摘自余是日在初三全体学生大会上的讲话。

2007年3月15日参加初三距离中考百天大会讲话

京华续章 2007：窗外杨柳

窗外杨柳

（2007 年 3 月 16 日）

余办公室于楼二层，临街。是日班后，起身对窗，无意中见街上杨柳已生出许多新枝叶，感而记之。

是忙是闲不得知，
不觉又到周末时。
起身伸个懒腰吧，
窗外杨柳有新枝。

京华续章 2007：七绝·紫竹院春景

七　绝

紫竹院春景

（2007 年 3 月 24 日）

是日周六，天气甚好。余与老伴儿来紫竹院公园遛弯儿，随兴而吟。

正是青春三月天，
晨光普照好游园。
野鸭戏水荷塘里，
喜鹊绕林相逐欢。

京华续章 2007：卜算子·咏梅

卜算子

咏　梅

（2007 年 3 月 31 日，周六）

余生长在东北，对梅的认识原来只限于诗书画中。来京后，余住所旁有个紫竹院公园。园中道旁一隅长有几株榆叶梅。是日来园，忽见花开绽满枝头。妻名梅。想妻与吾成婚三十余载，承受诸多压力，经历诸多艰难困苦，无怨无悔，与吾携手自立自强，而今家道尚好，儿孙满堂。感于妻，试占《卜算子·咏梅》一首，咏梅，也是咏妻。

无意去争春[①]，
未想群芳妒。
花开花落会有时，

不要东君主[2]。

绽放在严寒[3]，
生长经风雨。
只把风情向小园[4]，
我自香如故。

注：①“争春”及下面“群芳妒”“香如故”均见陆游《卜算子·咏梅》词。

②南宋女词人严蕊《卜算子》词中有句：“花落花开自有时，总赖东君主。”东君，原指司春之神，吾词指来自各方给妻的压力。

③歌剧《江姐》严肃词《红梅赞》中有句：“红岩上红梅开，千里冰霜脚下踩。三九严寒何所惧，一片丹心向阳开。”

④宋代诗人林逋《山园小梅二首》有句：“众芳摇落独暄妍，占尽风情向小园。”吾词“小园”，指吾与妻的小家。

（妻与梅花见书后附彩照）

京华续章2007：七绝·有感清明

七　绝

有感清明[1]

（2007年4月5日早）

清早起身头觉昏，
凭窗一片雾沉沉。
年年气象如今日，
追远慎终天共人。

注：①时余正在北京一市郊参加全市高中校长新课程培训，是日观气象有感，随心而作。

京华续章 2007：对联两副

对　联[1]

（2007 年 11 月 18 日）

风吹桃李芳千树，
雨润芝兰香万家。

家校齐心育学子，
师生并力创辉煌。

注：①为青岛赵淑清老师召开家长和学生联席班会制。

2005年7月在青岛工作期间巡视各招生点工作，在滨州与赵淑清老师合影

京华续章 2007：七绝 · 致友人

七　绝

致友人

（2007 年 11 月 21 日）

冬来秋去渐天凉，

北国雪飘南降霜。
千里思君送一语，
暖胸暖脚多喝汤。

京华续章 2008：致同事

致同事[1]

（2008 年 1 月 3 日）

我们来自祖国各地，
有缘来到分校相聚。
人生能有几多相识？
聚到一起好好珍惜。
互相关心互相照顾，
和睦相处别伤和气。
出来工作很不容易，
爱岗敬业认真努力。
名利虽有莫太在意，
不去攀比做好自己。
天道酬勤心中牢记，
知足常乐天天欢喜。
人生短暂白驹过隙，
胸怀宽阔强心健体。
各位同志齐心协力，
明年“双考”再创佳绩，
这是我们的——共同利益！

注：①摘自余在全校教职工大会上的“期末讲话”。

2007年12月22日教职工迎新联欢会上讲话

2007年12月22日教职工迎新联欢会合影

2008年1月20日参加教代会小组讨论

京华续章 2008：七绝·夜听风声有感

七　绝

夜听风声有感

（2008 年 2 月 22 日）

夜半卧听风叩窗，
声声似在叩心房。
悲欢往事难追忆，
不舍情怀是故乡。

京华续章 2008：元宵节感怀

元宵节感怀

（2008 年 2 月 21 日，农历正月十五）

三十星，
十五月，
年年岁岁元宵节。
那年胶州逢此日①，
人影只，
风凛冽，
冷月凄凄伴清雪。
牵手老伴沿路行，
自有温暖在热血。

注：① 2005 年元宵节，余在青岛多伦多外国语学校任校长。校址在胶州城郊一高地上。当晚，若大校园除校门昏黄灯光下站着的保安，再见不到任何人影。余与老伴儿在校园里携手漫步，凄凉中温馨之感顿生于心头。

2006年2月12日元宵夜在胶州多伦多校门前与彦梅合影

京华续章 2008：五绝·有感立春

五　绝

有感立春

（2008 年 2 月 4 日 9 时 36 分）

打春阳气转，

四季又开端。

春是去年样，

人非旧日颜。

京华续章 2008：七绝·紫竹院春景

七　绝

紫竹院春景

（2008 年 3 月 8 日，周六）

岸柳如丝傍地垂[①]，

池中双鸳[②]紧相随。

贪吃小鸟路中落，

人至跟前也不飞。

注：①此时还是早春时节，柳枝还未生长出叶，密密麻麻如丝一般下垂着，几近地。

②鹜，野鸭。时见野鸭出现于池中都是两两成对，一前一后，紧紧跟随着。

京华续章 2008：七绝 · 紫竹院春景

七 绝

紫竹院春景

（2008 年 3 月 9 日，周日）

昨尚黄坡今绿茵。

公园景色日更新，

湖边垂柳泛青色，

一夜迎春挂满金[①]。

注：①得闲时常与老伴儿来紫竹院遛弯儿，每每都是沿湖行走一圈儿。昨天还是一片黄黄的坡地，今日已覆满了绿绿的小草；路边的迎春，昨天还是零星花蕾在枝，今日已满树绽放，阳光下，金光闪闪，熠熠生辉。大自然的魅力，让余心有所动，遂草成一绝。

京华续章 2008：早出门遇沙尘天气

早出门遇沙尘天气

（2008 年 3 月 11 日）

天亦黄，

地亦黄，

风起黄沙漫天扬。

昨尚颂歌好春景[①]，

今被沙尘一扫光。

天有常，

人无常，

无常人致天变样。

人理当应顺天理，

天人合一方吉祥。

注：①指前面《紫竹院春景》诗。

京华续章 2008：七绝·日晚遛弯儿偶见老树新发生感

七　绝

日晚遛弯儿偶见老树新发生感

（2008 年 3 月 16 日）

人生易老亦难老，

万事皆休情不了。

老树枝头新吐绿，

晚霞不让朝霞好。

京华续章 2008：七律·夜雨后晨游紫竹院

七　律

夜雨后晨游紫竹院

（2008 年 3 月 30 日，周日）

碧水蓝天不见云，

竹青柳绿柏松新。

玉兰绽白白如雪，

连翘吐黄黄似金。
梨杏比肩招舞鹊，
桃樱联手引游人。
迎春那畔正开好，
相与百花共扮春。

京华续章 2008：七绝 · 清明节题紫竹院公园

七 绝

清明节题游紫竹院公园

（2008 年 4 月 4 日）

公园处处人如织，
黄发垂髫共此时。
盛世清明天有意，
春晖送暖百花枝。

京华续章 2008：七绝 · 小扇

七 绝

小 扇

（2008 年 5 月 24 日）

连日气温骤转高，
吾身未动汗先滔。
开箱取我昔年宝。
边品香茗边把摇。

京华续章 2008：七绝·端午节花赞

七　绝

端午节花赞

（2008 年 6 月 6 日 8 时 16 分）

花谢花开五月天，
端阳节日过年年。
今年节胜去年好，
为有鲜花更亮妍。

2007年4月21日与彦梅在北京植物园照

2006年3月19日彦梅在紫竹院公园迎春花前照

2008年4月13日与彦梅在慕田峪长城照

2008年4月5日寄强与娟于玉渊潭公园樱花树下照

2008年4月5日彦梅与儿寄强在玉渊潭公园樱花树旁照

2008年4月5日与儿寄强在玉渊潭公园樱花树旁照

京华续章 2008：我们中国人

我们中国人①

（2008 年 6 月 22 日）

迎奥运，
我们满怀激情；
战冰雪，
我们万众一心；
反“藏独”，
我们同仇敌忾；
抗震灾，
我们让世界动容。
多难兴邦——
任何困难都压不垮
我们中国人！

注：①摘自是日笔者在初三学生毕业典礼上的讲话。

2008年6月20日初三学生毕业典礼上讲话

2008年6月20初三学生毕业典礼给学生颁发毕业证书

京华续章 2008：七绝 · 晚上紫竹院公园遛弯儿于荷塘偶拾

七　绝

晚上紫竹院公园遛弯儿于荷塘偶拾

（2008 年 7 月 11 日 20 时许）

湖光暧暧并朦朦，
水面荷花别样红。
淘气鸭嬉莲影动，
油然诗韵此间生。

京华续章 2008：七绝 · 观紫竹院白莲口占

七　绝

观紫竹院白莲口占

（2008 年 7 月 25 日）

白白晶晶出水来，
你拥我挤一排排。
玲珑剔透多妩媚，
应是仙葩下尘埃。

京华续章 2008：七绝·紫竹院荷花渡观花随感

七　绝

紫竹院荷花渡观花随感

（2008 年 7 月 29 日）

去年曾过此园门，

香远益清[1]仍在心。

时令正当开好处，

又来昔日赏花人。

注：①周敦颐《爱莲说》："予独爱莲之出淤泥而不染，濯清涟而不妖，中通外直，不蔓不枝，香远益清，亭亭净植，可远观而不可亵玩焉。"

京华续章 2008：少少歌

少少歌

（2008 年 8 月 4 日）

口中言少，自然祸少；

腹中食少，自然病少；

心中欲少，自然忧少；

脑中虑少，自然愁少；

操心事少，快乐不少。

京华续章 2008：七绝 · 七夕随题

七　绝

七夕随题

（2008 年 8 月 7 日）

七夕神话传千年，
几许酸辛几许甜。
天上鹊桥何处有？
爱情美好在人间。

京华续章 2008：七绝 · 李小龙赞

七　绝

李小龙赞

（2008 年 8 月 20 日）

近日看电视剧《李小龙》，很为其表现出的民族气节和为人品格所感动，口占几句以记之。

生就一颗不屈心，
拼争只为所生根。
铮铮铁骨那声吼，
真正中华习武人。

京华续章 2008：五绝 · 中秋口占

五　绝

中秋口占

（2008 年 9 月 14 日 20 时）

岁岁有今日，

天涯共此夕。

阖家欢乐聚，

花好月圆时。

2008年8月22日彦梅在紫竹院荷花渡照

2008年8月22日在紫竹院荷花渡照

2008年9月14日中秋节与妻彦梅和儿寄强在前门合影

京华续章 2008：水调歌头·参观红旗渠

水调歌头

参观红旗渠[1]

（2008 年 9 月 20 日）

俯看红旗[2]水，
仰望红旗山[3]，
处处红旗闪耀，
感动在心间。
忘却旅途劳顿，
急了多年心愿[4]，
今日得空闲。

沿路景如画，
一步一流连。
分水苑，
青年洞，
一线天。
虎口崖[5]下，
小坐石床[6]想当年。
为有牺牲壮志，
才有日月新天[7]，
创业多艰难。
毋把前辈忘，
代代红旗传。

注：① 2008 年 9 月 20 日余与分校党员随理工附中党组织来到河南省林州参观红旗渠。

其故事虽早有耳闻，但身临其境仍为震撼，回路上草成《水调歌头》和《画堂春》各一首以记之。

②前两处“红旗”指代红旗渠，后两处“红旗”均指红旗渠精神。

③山，指太行山，红旗渠构筑在太行山悬崖峭壁之上。

④ 20世纪70年代，余便从广播、报刊、电影中知道了红旗渠，并深为感动，冀有一见。

⑤虎口崖与前面的分水苑、青年洞、一线天均为参观景点。

⑥当年修渠民工在虎口崖下写有口号：“崖当房，石当床，虎口崖下度时光。我为后人创大业，不建成大渠不还乡。”

⑦毛泽东《七律·到韶山》诗句：“为有牺牲多壮志，敢教日月换新天。”

京华续章 2008：画堂春·红旗渠

画堂春

红旗渠

（2008年9月20日）

一杆红旗立太行，
英雄时代华章。
山河重整志如钢，
热血儿郎。

野菜河捞果腹[①]，
悬崖峭壁挥枪[②]。
清清渠水绕山梁，
万古流芳。

注：①修建红旗渠恰逢我国遭受严重自然灾害的20世纪60年代，民工们常常是靠挖野菜、捞河草充饥。

②指代钢钎、铁锤等劳动工具。

2008年9月20日红旗渠“青年洞”前照

2008年9月20日红旗渠石床“神工铺”上小坐

2008年9月20日红旗渠与部分同事登“虎口崖”照

2008年9月20日分校党员于红旗渠碑前合影

京华续章 2008：如梦令·说梦

如梦令

说　梦

（2008 年 10 月 13 日）

故旧他乡说梦，
似梦依稀非梦。
试问梦中人，
是梦抑或非梦？
休问，休问，
接下了无回应。

京华续章 2008：七绝·淡泊人生心自静

七　绝

淡泊人生心自静

（2008 年 10 月 18 日）

淡泊人生心自静，
浮华世态意能平。
老来亦有好风景，
乐见落英秋月明。

京华续章 2008：五绝·题霜降

五　绝

题霜降

（2008 年 10 月 23 日 7 时）

昨日阳光照，
夜来风怒号。
老天讲诚信，
说变就变了①。

注：①谚语有“霜降变了天”之说。

京华续章 2008：枫叶三题

枫叶三题[①]

一

（2008 年 10 月 27 日）

昨与老伴登北京香山，睹枫叶有感，题小诗三首。

秋阳秋雨又秋风，
万木潇潇叶失凭。
只为此生心未了，
不经红过不凋零。

二

（2008 年 10 月 27 日）

杨柳枝枯暮雨中，
深秋慢道少花红。
且看那畔真颜色，
愈是经霜色愈浓。

三

（2008 年 10 月 28 日）

也曾着绿扮青山，
更喜秋霜为染颜。
纵近黄昏夕照短，
乐将新色送人间。

注：①此三首诗曾被 2008 年 11 月 3 日《现代教育报》载出。

京华续章 2008：秋游八大处

秋游八大处

（2008 年 11 月 9 日）

又一个休息日，与老伴儿吃过早饭，乘公交来到八大处。碍体力原因，八处看了七处，余下一处，是为遗憾。

久闻八大处，
今始得一顾。
古刹门前过，
山林时为驻。

金银木前绕，
欲说难细描。
绿叶状似柳，
红果赛樱桃。

银杏叶儿黄，
迎空闪金光。
望去一团火，
眼明心也亮。

最是惹人眼，
几株枫叶丹。
历经风与雨，
新色伴秋寒。

松柏满山岭，

伴我一路行。

余晖头顶照，

力气脚底生。

2008年10月26日彦梅于香山照

2008年10月26日于香山照

2008年11月9日与彦梅于八大处照

2008年11月9日于八大处枫叶下照

2008年11月9日彦梅于八大处枫叶下照

京华续章 2007："一二·九"之歌

"一二·九"之歌①

（2008 年 12 月 7 日）

"一二·九"，

红色的“一二·九”，
永远的“一二·九”。

今天，
我们纪念“一二·九”，
耳畔仿佛响起了
不愿做奴隶的人们
发出的怒吼。
忘记过去
就意味着背叛，
苦难的民族历史，
我们永远
牢记心头。

今天，
我们歌唱“一二·九”，
眼前似乎出现了
高举旗帜、冒着敌人炮火前进的
人流。
忘记过去
就意味着背叛，
先辈的足迹，
我们一代一代
接着向前走。

今天，
我们学习“一二·九”，

充分享受着已经站立起来的

中国人的

尊严和自由。

继承传统，开创未来，

“一二·九”精神传千秋。

注：①是日，理工附中分校师生举行了纪念“一二·九”运动73周年文艺演出。我于演出前做了讲话，此为讲话结束语。

2008年12月7日参加学校“一二·九”演唱会讲话

2008年12月7日学校“一二·九”演唱会

2008年12月7日学校“一二·九”演唱会

京华续章 2008：七绝 · 新年心愿

七　绝

新年心愿

（2008 年 12 月 31 日 18 时）

倏忽又到年终日，
送旧迎新共此时。
但愿明年人更好，
春风杨柳吐新枝。

2008年5月20日彦梅与同学好友张志才夫人邱迎春（右）在紫竹院照

2008年11月28日彦梅与同学好友张志才夫人邱迎春（左）在人民大会堂照

2008年12月27日于学校教职工迎新联欢会上讲话

京华续章 2009：七绝·紫竹院与老伴踏雪遛弯儿

七　绝

紫竹院与老伴踏雪遛弯儿

（2009 年 1 月 17 日 19 时）

夜色朦胧细雪零，

沿塘漫步少人行。

相扶老伴寒风里，

耳送嚓嚓踏雪声。

京华续章 2009：紫竹院春景纪实

紫竹院春景纪实

（2009 年 3 月 14 日 10 时）

紫竹公园阳光灿烂，

绿竹绿树绿水蓝天。

喜鹊绕林鹅鸭戏水，

游园人儿来往不断。

这边唱歌歌声灌耳，

那边跳舞舞姿翩翩。

这边空竹翻飞滚动，

那边彩绸舞动正欢。

这边太极功夫了得，

那边长剑银光生寒。

黄发垂髫俊男靓女，

人人尽享美好春天。

京华续章 2009：七绝 · 咏竹

七　绝

咏　竹

（2009 年 3 月 26 日）

于紫竹院公园观竹，由成语“势如破竹”想到的……

生来有节向高天，
宁被分身不苟全。
留得千秋本色在，
一青一白是尊严。

京华续章 2009：七绝 · 咏竹叶

七　绝

咏竹叶

（2009 年 3 月 28 日 14 时）

是日，于紫竹院遛弯儿，面对竹林，看竹叶个个都向下低垂，偶有所触，是以记之。

节外生枝不自由①，
更非有意要低头。
天生我处即安处②，
无论冬春与夏秋。

注：①不自由，即不由自，由不得自己。

②处，前一个读去声，后一个读上声。

2006年4月16日在紫竹院公园竹林中照

京华续章 2009：七绝·白玉兰

七　绝

白玉兰

（2009 年 3 月 29 日，周日）

晨起，去紫竹院公园遛弯儿，蓦见荷花渡对面一高大玉兰树洁白的花朵绽满枝头，不少人仰面观赏，感而记之。

一树玉兰挂满银，
花开自有赏花人。
千枝万朵竞相放，
相伴霞光万里春。

京华续章 2009：七绝二首·题花枝

七绝二首

题花枝

（2009 年 4 月 8 日）

是日，陪老伴儿来紫竹院公园赏花，面对鲜花绽放，观者甚众，余却对默默支持着花儿的枝条生感，是以记之。

（一）

蜂来蝶绕默相持，

吐艳飘芳终有时。

一旦香消花落去，

有谁还会顾枯枝？

（二）

追芳逐艳满园人，

尽赏仙葩谁见君？

只要人夸花儿好，

承香乐在卧花荫。

京华续章 2009：遛弯儿路上观花随感

遛弯儿路上观花随感

（2009 年 4 月 30 日 8 时）

五月的鲜花开遍原野，

鲜花装扮着美丽世界。

地上的鲜花有开有落，

心中的鲜花永不凋谢。

京华续章 2009：七绝·京城月季花

七　绝

京城月季花

（2009 年 5 月 12 日）

五月京城月季开，

街中竞放一排排①。

五颜六色齐招展，

花样年华相伴来。

注：①街中和街两旁栅栏上都开满了绽放的月季花。

2009年4月9日（农历三月十四）彦梅生日夫妻照

2009年4月9日（农历三月十四）彦梅生日与强、娟在饭店照

2009年5月28日与彦梅于北京潭柘寺菩提树下照

京华续章 2009：七绝 · 白毛女洞

七　绝

白毛女洞①

（2009 年 6 月 13 日）

2009年6月13日，余随理工附中及分校党员去西柏坡接受革命传统教育，同时去了天桂山白毛女洞，感而记之。

北国奇观天桂山①，
山间有洞白毛仙。
白毛仙本寒门女，
苦乐恩仇代代传②。

注：①天桂山，位于河北省会石家庄市西北 90 公里处的平山县境内。山上洞穴遍布，其一洞名三眼洞，当年电影《白毛女》大春与喜儿相会的镜头于此拍摄，遂被称为白毛女洞。天桂山也因此被称为“白毛女”的故乡。

②白毛女故事起源于晋察冀边区白毛仙姑的民间传说，大致情节是，地主恶霸黄世仁逼死佃户杨白劳，污辱其女喜儿，喜儿被迫逃入深山成了“白毛女”。八路军来到了该地区，喜儿重见天日。其主题是“旧社会把人变成鬼，新社会把鬼变成人”。1945 年，延安鲁迅艺术学院据此集体创作出歌剧《白毛女》。中华人民共和国成立后，根据歌剧题材，改写成电影故事片、京剧、舞剧等。

京华续章 2009：东风第一枝·西柏坡抒怀

东风第一枝

西柏坡抒怀

（2009 年 6 月 15 日）

2009年6月12日和13日，北京理工附中和附中分校的全体党员去西柏坡接受党的革命传统教育。余有感，翌日草填此词，以明心志。

五井花红①，
延河水碧，
青青柏树扬绿。
斧镰②一路高擎，
披荆斩棘万里。
前仆后继，
终赢得，
九州新宇。
惊世城楼那声呼，
从此国人站起③。

山水在，
伟人早去，
天地转，
后人有续。
秉持思想传承，
牢记“两个务必”④。
长征路远⑤，

更何惧、

有风和雨。

与时俱进创和谐，

看我中华雄立。

注：①井冈山有五个村庄，每个村庄都呈井状盆态，故叫大井、小井、中井、上井和下井，统称“大小五井”。花，指杜鹃花，又名映山红，是今井冈山的市花。

②斧镰，党旗标志，指代党。

③ 1949 年 10 月 1 日，毛泽东主席在天安门城楼上向全世界庄严宣告：“中华人民共和国中央人民政府今天成立了！”同年 9 月 21 日，在中国人民政治协商会议第一届全体会议上，毛主席在致开幕词时说：“我们有一个共同的感觉，这就是我们的工作将写在人类的历史上，它将表明：占人类总数四分之一的中国人从此站立起来了。”

④党的七届二中全会在西柏坡召开，毛主席在会议报告中指出：“中国的革命是伟大的，但革命以后的路程更长，工作更伟大，更艰苦。这一点现在就必须向党内讲明白，务必使同志们继续地保持谦虚、谨慎、不骄、不躁的作风，务必使同志们继续地保持艰苦奋斗的作风。”

⑤在七届二中全会的报告中，毛主席还将到：“夺取全国胜利，这只是万里长征走完了第一步。”

2009年6月13日天桂山白毛女洞前照

天桂山白毛女洞

2009年6月13日与分校部分党员在七届二中会址前合影

2009年6月13日于七届二中会礼堂内听讲解

2009年6月13日与分校部分党员于西柏坡五大领袖铜像前合影

京华续章 2009：七绝 · 小扇

七　绝

小　扇

（2009 年 6 月 27 日　周六）

赤日炎炎似火烧，

难眠彻夜汗滔滔。

得闲今日赖床上，

小扇轻轻自在摇。

京华续章 2009：自得其乐

自得其乐

（2009 年 7 月 4 日　周六）

天热不得了，

午睡难睡着。

空调能送冷，

又怕弄感冒。

心静自然凉，

躺床万念抛。

四肢平放开，

紧把小扇摇。

京华续章 2009：云南二题

云南二题

2009年暑假与老伴儿携儿媳、孙子、女儿、女婿于云南度假，即时吟。

大理行

（2009 年 7 月 23 日）

大理风光美，

苍山洱海水。

最美蝴蝶泉，

有情人对对。

丽江行

（2009 年 7 月 24 日）

丽江老古城，

曲巷门连门。

玉龙雪山雨①，

纳西风土情。

注：①是日，去玉龙雪山，一路大雨。

孙子瞳瞳2009年7月22日在洱海游艇上照

与彦梅、曹阳、瞳瞳、寄宇、天武在丽江古城四方街合影

2009年7月22日女儿寄宇与女婿天武在蝴蝶泉边照

2009年7月23日丽江四方街彦梅、寄宇与当地人一起跳舞

2009年7月23日与彦梅在玉龙雪山下合影

京华续章 2009：水鸟

水　鸟

（2009 年 8 月 1 日）

是日中午，应邀嫩江边赴宴，即景生感。

江面，
小船儿轻轻漂荡；
岸上，
绿草鲜花覆满山冈。
一只水鸟掠过水面，
飞向远方，远方……

京华续章 2009：七绝・致友人

七　绝

致友人

（2009 年 8 月 4 日）

闲来凑句送光阴，
不敢高攀雅士风。
弄个闲章搏一笑，
相托鸿雁为传情。

京华续章 2009：火葬场

火葬场

（2009 年 8 月 10 日）

一周两去火葬场，
没了忧愁没悲伤。
人生有来就有去，
生死不过换个房。

京华续章 2009：七绝 · 大连观海

七　绝

大连观海

（2009 年 8 月 18 日）

应好友陈杰之约，与老伴儿、孙儿回京途经大连。此为晚宴后于海边记之。

大连几赴几流连，
最爱大连大海边。
站在海边静静望，
天连海水水连天。

2009年8月18日于大连海边照

2004年6月22日在大连与同学好友陈杰（左）、张东林（右）合影

京华续章 2009：七绝·说雅俗

七　绝

说雅俗

（2009 年 8 月 23 日）

何谓雅来何谓俗，
慢言白话不功夫。
贴金瓦罐徒其表，
河蚌寻常内有珠。

京华续章 2009：七绝·紫竹院荷花渡即景口占

七　绝

紫竹院荷花渡即景口占

（2009 年 9 月 19 日）

晚风拂柳下夕阳，
满目荷塘半绿黄。
往日花容何处去？
莲蓬无语点头忙。

京华续章 2009：花季

花　季

（2009 年 10 月 10 日）

秋风起，

天转凉。

满目荷塘半绿黄。

这边荷花虽凋落，

那畔菊花正飘香。

鲜花四季开不败，

相伴人间度时光。

京华续章 2009：七绝 · 秋风

七　绝

秋　风

（2009 年 10 月 19 日）

昨日余去紫竹院公园，突起大风，一时间枯枝败叶漫空飞舞。今日则天高气爽，一派深秋景象。是为感。

摧枯拉朽起突然，

双目难睁步履艰。

待到隆隆呼啸住，

抬头一片湛蓝天。

京华续章 2009：七绝 · 深秋柳叶

七　绝

深秋柳叶

（2009 年 10 月 19 日）

不似阳春嫩满枝，
亦非仲夏蔽荫低。
秋风几度吹仍在，
只为人间多绿时。

2009年10月5日与彦梅在官厅水库照

2009年10月5日彦梅在官厅青枣园照

京华续章 2009：七绝 · 题儿媳曹阳生日

七　绝

题儿媳曹阳生日

（2009 年 10 月 26 日，农历九月初九）

嫁进朱门十二年，
同堂四世举家欢[1]。
而今老少居南北[2]，

人有离合月有圆。

注：①儿媳进家时，余老母尚在，待孙儿出生，四世同堂。

②现今老母过世已六年余，余与老伴儿携孙儿并小儿两口在京，而大儿两口在东北老家，女儿两口在长春。

2010年1月16日儿媳曹阳与儿寄明合影

2006年10月1日寄明、曹阳、曈曈在北京合影

京华续章 2009：七绝·踏雪伴妻买菜

七　绝

踏雪伴妻买菜

（2009 年 11 月 1 日）

是日，京城多年未见如此大雪。与老伴儿冒雪出门买菜，一路相携，亦不无乐趣，是以记之。

骤起清晨大雪扬，
凭窗一片白茫茫。
踏雪出门买菜去，
蹒跚路上两扶将。

京华续章 2009：五律·听《风雨张居正》有感

五　律

听《风雨张居正》有感

（2009 年 11 月 6 日）

南京师范大学郦波副教授在“百家讲坛”说讲《风雨张居正》。余对张居正没有研究，断断续续听了一些，但愈到后来，听致愈浓。迨即日中午随着郦波副教授的激情说讲告终，余颇受感染，即占五律一首，聊表心情。

风雨张居正，
一生风雨行。
扶危于困厄①，
卒志始“夺情”②。
一日“奉尘刹”③，
首辅十年功④。
斯人长已矣⑤，
听任后生评。

注：①明王朝经过两百多年的风风雨雨，到了嘉靖年间已是百病丛生，危机四伏。在这样的时代背景下，平民出身的内阁首辅张居正被推上了历史的前台，以其非凡的魄力和智慧，面对重重阻力，整饬朝纲，巩固国防，浚治黄淮，推行一条鞭法，使奄奄一息的明王朝重新获得勃勃生机。困厄，处境艰难。

②在张居正施行的万历新政取得阶段性成果的时候，他的父亲去世了。按当时“以孝治天下”的大背景下，张居正应当回乡为父守孝三年。但如此，他的改革就可能夭折。这让张居正陷入去留两难的境地。面对朝廷里掀起的层层反对波浪，张居正为了将万历新政继续推行下去，也是为了最终实现自己的志向，毅然接受了万历皇帝“父丧夺情”的主张，留了下来。卒，终于，最终。

③“奉尘刹”，援引张居正的话。 张居正在整顿吏治、厉行节约的过程中，不仅自己廉洁奉公，而且对家属也严格要求。儿子回江陵应试，他吩咐儿子自己雇车；父亲生日，他吩咐仆人带着寿礼，骑驴回乡祝寿。万历八年，张居正次弟张居敬病重，回乡调治，保定巡抚张卤例外发给“勘合”（使用驿站的证明书），张居正立即交还，并附信说要为朝廷执法，就不能有“例外”。对于明王朝来说，张居正确实是难得的治国之才。他早在内阁混斗、自己政治生命岌岌不保的时候，写过一偈：“愿以深心奉尘刹，不予自身求利益。”他的确是做到了。尘刹，刹，梵语 ks!etra，为国土之意。尘刹，谓多如微尘数之无量世界。《楞严经》：“将此深心奉尘刹，是则名为报佛恩。”

④张居正于万历初年，代高拱为首辅。当时明神宗年幼，一切军政大事均由居正主持裁决，前后当国10年。首辅，即内阁首辅，相当于宰相职。

⑤杜甫《石壕吏》中有句“存者且偷生，死者长已矣。”长已矣，这里指死去。

京华续章2009：七律·题长兄靖远生日

七 律

题长兄靖远生日①

（2009年12月5日）

四个苦瓜一个根②，
饱尝苦水长成人。
心常系恋诸兄长，
梦屡牵依老母亲③。
冷对人生棘满路，
笑看晚辈喜盈门。
路迢小弟无相送，
一首小诗祝寿辰。

注：①长兄靖远生日为农历十月二十一，当在后天，因后日是周一，所以侄女们将寿

筵安排在了今天。余在北京，寄一首小诗以为贺。

②余兄弟四人，赖母亲一人抚养成人。

③老母于2002年冬月初七逝世，享年八十八岁。

大哥大嫂金婚照

大哥大嫂金婚照与兄弟及弟媳合影

京华续章2009：采桑子·元旦

采桑子

元　旦

（2009年12月26日）

摘自教职工迎新联欢会的发言中，仿毛主席《采桑子》作。

人生易老天难老，
岁岁新年。
今又新年，
不觉晓来两鬓斑。

一年一度迎新会，
不似春晚。
胜似春晚，
不老人生在校园。

2009年12月26日在教职工迎新联欢会上观看老师们表演节目

京华续章 2010：七绝·有感枯木

七 绝

有感枯木

（2010 年 2 月 3 日）

是日，余于长春女儿家中，闲来凭窗望楼下行人小径上徐徐踏雪而行，偶见一枯树迎雪立于路旁，心有所感，记之。

白雪皑皑落满城，
闲观小径有人行。
一株枯木道旁立，
可待明朝吹又生[①]。

注：①次日立春，成语有枯木逢春。

京华续章 2010：七律·过年

七 律

过 年[1]

（2010 年 2 月 13 日　农历腊月三十）

是日，余于长春红苹果家园女儿家，晨来便听鞭炮声不断。待步出房门，处处可见迎新的喜庆景象，即便是在建筑工地的打工者住地也是一样的欢腾热闹。余感从中来，是以记之。

斗转星移又一春，
家家户户喜迎新。
左邻爆竹声盈耳，
右舍对联福满门。
孩子欢歌忙戏耍，
老人笑语话天伦。
过年[1]都盼过年[2]好，
无论尊卑与富贫。

注：①指过春节。

②指明年，下一年。

2010年2月13日（除夕）寄明、曹阳、寄宇、天武在长春宇家合影

2010年2月18日（正月初五）在长春宇家合影

2010年2月18日（正月初五）在长春瞳瞳与姑姑、姑父合影

2010年2月18日（正月初五）在长春彦梅与儿媳、女儿合影

京华续章 2010：十六字令·雁荡山

十六字令

雁荡山[1]

（2010 年 3 月 30 日）

山，

久闻其名未得观[2]。

而今至，

一把杖乡年[3]。

山，

路转峰回态万千④。

观山景，

在品不在看⑤。

山，

怪状奇形本自天⑥。

见诸世，

莫忘敬先贤⑦。

注：①雁荡山位于中国浙江省乐清市境内，部分位于永嘉县及温岭市。是日上午从杭州至此。午饭后、晚饭后、翌日早饭后，随考察团一行三进雁荡山。此词填写于是日夜雁荡山下所住宾馆。

②20世纪80年代，余盛年时讲高中语文课，曾讲过宋人沈括《梦溪笔谈》之《雁荡山》文。

③《礼记·王制》："六十杖於乡。"南朝·梁·沉约《让仆射表》："养老杖乡，抑推前典。"后作为六十岁的代称。唐玄宗《千秋节宴》诗："月衔花绶镜，露缀彩丝囊。处处祠四祖，年年宴杖乡。"时余六十有三，可谓杖乡年。

④雁荡山如果从不同的角度不同的时间去观赏，则有一峰多态之神妙。是日晚，导游引领进山观雁荡山夜景。经指点，无论"玉兔献宝""犀牛望月""雄鹰敛翅"，还是"少女望夫""夫妇团聚""牧童偷觑""婆婆羞首""公婆悄语"，抑或"少女飞天""老人送归"等，随着观看的位置、角度不同，在朦胧的夜色下，还真像那么回事。叹造化之神工，叹乡人之才智。

⑤导游的提示语，余颇以为然。

⑥"本自天"，本来出自天然。

⑦沈括《梦溪笔谈》：温州雁荡山，天下奇秀，然自古图牒，未尝有言者。祥符中，因造玉清宫，伐山取材，方有人见之，此时尚未有名。按西域书，阿罗汉诺矩罗居震旦东南大海际雁荡山芙蓉峰龙湫。唐僧贯休为《诺矩罗赞》，有"雁荡经行云漠漠，龙湫宴坐雨蒙蒙"之句。山中有明地理学、旅行家、文学家家徐霞客塑像。余面像伫立良久。

京华续章 2010：西湖四题（下）

西湖四题（下）

（2010 年 3 月 30 日）

（一）一线天[①]

游者争观一线天，
我观有顷亦茫然。
回身洞外留个影，
没有天缘有地缘[②]。

注：①灵隐寺前有座“飞来峰”，飞来峰上有个小孔。站在山洞下仰望，可见山外一点天空，故叫“一线天”。

②导游讲，见到一线天者有“佛缘”。同来多有见者。余于众人中也仰视了一会儿，不知是位置不对，还是心不够诚，终未有见。

（二）西湖龙井[①]

西湖龙井正当时，
“宝宝”“姑娘”最为知[②]。
我自生来口福浅，
只拿白水作甘汁[③]。

注：①西湖龙井茶是我国的第一名茶，产于浙江杭州西湖的狮峰、龙井、五云山、虎跑一带，历史上曾分为“狮、龙、云、虎”四个品类，其中多认为以产于狮峰的品质为最佳。当此，正是新茶上市时。

②听当地茶师讲，龙井茶分为许多品种，如宝宝茶为 3 月所采，最好；姑娘茶是清明前采的茶，次之；媳妇茶又次之；到了婆婆茶，则是老叶了，更次了。

③余没有品茶嗜好，亦不懂茶，唯以喝白开水为乐。

（三）苏堤[①]

又见苏堤二月中[②]，

水清柳绿正桃红。

西湖景色韵依旧，

只是昔人已老翁[③]。

注：①苏堤南起南屏山麓，北到栖霞岭下，全长近三公里。北宋大诗人苏东坡任杭州知州时，疏浚西湖，利用挖出的葑泥构筑而成，故名苏堤。

②余 1986 年 7 月曾来过这里。今再来为农历二月十七。

③ 1986 年余 39 岁，而今六十有三矣。

（四）雷峰塔[①]

倒掉本来已有年，

缘何再造竖人间？

曾经有过曾经有，

新景难为[②]旧景观。

注：①雷峰塔址位于杭州西湖南岸南屏山日慧峰下净慈寺前。因建在雷峰之上，故呼之为雷峰塔。1924 年 9 月 25 日倒掉。鲁迅先生曾为此写过两篇杂文：《论雷峰塔的倒掉》《再论雷峰塔的倒掉》。1999 年底，浙江省和杭州市人民政府决定重建。2002 年 10 月 25 日，雷峰新塔如期落成。

②为，读阳平声，成为，作为。

京华续章 2010：溪口访蒋介石故居

溪口访蒋介石故居[①]

（2010 年 4 月 1 日）

说君没有功，委实欠公平。

问君功何在？南京大总统。

总统当怎样？话还真难讲。
功罪在民心，民心有本账。

众人溪口来，皆因有君宅。
乡邻当谢君，为之广招财。

注：①4月1日晨随团从温州乘车出发至奉化市溪口镇。吃过中饭后，起程去宁波。此诗写于途中车上。

2010年3月31日于雁荡山大龙湫下照

2010年3月29日于杭州一线天照

2010年3月29日于杭州西湖龙井茶点照

2010年3月29日于杭州西湖苏堤照

2010年3月29日于杭州西湖新建雷峰塔远景照

2010年4月1日于溪口蒋介石故居照

2010年4月2日于上海一大会址照

京华续章 2010：七绝·端午前赋得紫竹院荷花塘

七　绝

端午前赋得紫竹院荷花塘

（2010 年 6 月 12 日）

不觉端阳又到来，

得闲湖畔独徘徊。

晚风吹动田田叶，

明日且看小荷开。

京华续章 2010：五绝·晨起偶得

五　绝

晨起偶得

（2010 年 7 月 11 日）

醒来天未晓，

回味梦多少。

心欲踏晨去，

恐惊栖憩鸟。

京华续章 2010：七绝·题雨天中的一抹晚霞

七　绝

题雨天中的一抹晚霞

（2010 年 7 月 18 日）

7月16日余至长春。近两日一直下雨。晚饭后，凭窗遥望西天，偶见云层中现出一抹霞光，感而记之。

绵绵细雨不停下，
忽见西天一抹霞。
即便瞬间消逝去，
亦将余力放光华。

京华续章 2010：七绝·晨起对楼有感

七　绝

晨起对楼有感

（2010 年 7 月 19 日）

是日，于长春女儿家凭窗望外，但见高楼耸立，相望近在咫尺，可多不相识，感而记之。

楼对楼来窗对窗，
隔窗相望似隔墙。
高楼高了人心远，
难忘儿时杂院房。

京华续章 2010：七绝二首·说人生

七绝二首

说人生

（2010 年 7 月 20 日）

（一）

人生得意莫逞欢，

福祸从来相与连。
极乐悲生为古训，
做人低调保平安。

（二）

人生失意莫悲观，
得失常于转瞬间。
天不弃人不自弃，
寒冬过后是春天。

京华续章 2010：贺新郎·读毛主席《贺新郎·读史》有感

贺新郎

读毛主席《贺新郎·读史》有感[1]

（2010 年 7 月 22 日）

今昨[2]相承接。只几个、石头摸过[3]，早春时节[4]。思想理论并代表，还有发展科学[5]，不过六十寒热[6]。人世沧桑谁料得？与时进、内外倡和谐[7]。黯淡了，郊原血[8]。

百家讲史如飞雪，但见得、漫天飘舞，不由迷离[9]。五帝三皇神圣事[10]，总是任人评说。有多少风流人物[11]？盗跖庄蹻陈王[12]后，更斧镰[13]引领从头越[14]。歌[15]尚在，斯人[16]去。

注：①是日于长春女儿家，闲来再读毛主席这首词，颇有感受，是以记之。

②指改革开放前后。

③ 1980 年 12 月在中央工作会议上，陈云发表重要讲话指出，“我们要改革，但是步子要稳。……随时总结经验，也就是要‘摸着石头过河’……”（《陈云文选》第 3 卷第 279 页）。邓小平对陈云提出的“摸着石头过河”方法完全赞同。在

邓小平看来，中国特色社会主义建设是一项前无古人的事业，既不可能在马列主义本本上找到现成答案，也没有任何现成的实践经验可以照搬照抄，所以只能“摸着石头过河”。邓小平指出：“我们现在做的事都是一个试验，对我们来说，都是新事物，所以要摸索前进。”（《邓小平文选》第 3 卷 174 页）

④指改革开放之初。

⑤ 指毛泽东思想、邓小平理论、“三个代表”和科学发展观。

⑥从 1945 年党的七大上把毛泽东思想确立为党的指导思想写进党章，其间经历党的二代、三代领导核心，直至以胡锦涛为总书记的党中央，不过六十余年。

⑦指域内外，倡导和谐中国、和谐世界。

⑧毛主席原词：“流遍了，郊原血。”

⑨改革开放以来，思想解放，言论自由，见于各种媒体或出版社的回忆历史、评论历史的著作、文章随处可见，但亦良莠混杂，有一些背离了马克思主义的唯物史观，故作标新立异，甚至不实事求是，颠倒黑白，给青少年造成了很不好的影响。

⑩ 毛主席原词中的词句。本词指以往的一切历史人物及事件。

⑪ “有多少风流人物”，系毛主席原词中句。风流人物，指英雄人物。毛主席《沁园春·雪》：“数风流人物，还看今朝。”

⑫ 毛主席原词中提到的几个人物。盗跖（音同“直”），春秋末年鲁国柳下人，为奴隶起义领袖。庄蹻（音同“决”），战国时楚国奴隶起义领袖。陈王，即陈胜，字涉，秦末农民起义领袖，后称王建国，国号“张楚”。

⑬ 中国共产党的党旗标志。

⑭ 毛主席《忆秦娥·娄山关》词：“雄关漫道真如铁，而今迈步从头越。”

⑮ 指毛主席《贺新郎·读史》词。

⑯ 指毛主席。

附：毛主席《贺新郎·读史》

人猿相揖别。只几个石头磨过，小儿时节。铜铁炉中翻火焰，为问何时猜得，不过几千寒热。人世难逢开口笑，上疆场彼此弯弓月。流遍了，郊原血。

一篇读罢头飞雪，但记得斑斑点点，几行陈迹。五帝三皇神圣事，骗了无涯过客。有多少风流人物？盗跖庄蹻流誉后，更陈王奋起挥黄钺。歌未竟，东方白。

京华续章 2010：杂诗二则

杂诗二则

（2010 年 7 月 31 日）

（一）路行

马路新铺又“破膛”[①]，
不过两年泛泥浆。
道路中央安井盖[②]，
两旁老树都砍光。
人行路砖凸凹显，
垃圾箱旁物琳琅。
红灯难挡人车过，
纸团瓶子顺手扬。
礼仪之邦何处去？
兴国首要国人强。

注：①马路铺完，再掘沟，铺下水管。

②下水井盖。

（二）楼居

各家室内亮堂堂，
楼道杂物随处放。
左邻昨日变公寓，
右邻今天成课堂。

楼上麻将哗哗响，
楼下乐曲夜空扬。
行路楼下天降物，
躲避不及狗汪汪。
文明之邦何处去？
兴国首要国人强。

京华续章 2010：五绝·看云

五　绝

看　云

（2010 年 8 月 3 日）

遥看天上云，
打发寂寥心。
欲探云深处，
恐惊云内人。

京华续章 2010：七绝·有感于自然灾害

七　绝

有感于自然灾害

（2010 年 8 月 5 日）

百年不遇年年遇[①]，
此处未来彼处来。
莫怪天公心不善，
逆天[②]行事必成灾。

注：①近些年来，一些自然灾害发生，时有“百年不遇”的报道。见网上有“百年不

遇年年遇”的说法，试引用之。

②天、天公，均指自然规律。

京华续章 2010：七绝·看电视连续剧《洪湖赤卫队》和《江姐》

七　绝

看电视连续剧《洪湖赤卫队》和《江姐》

（2010 年 8 月 9 日）

新拍两剧亮荧屏，
一扫多年滥制风。
不为追俗迷众眼，
创新本在“二为”①中。

注：①“二为”是指文学艺术要“为人民服务，为社会主义服务”。

京华续章 2010：刘玉萍赞

刘玉萍赞①

（2010 年 8 月 21 日）

白衣天使刘玉萍，
众口称赞好医生。
医术精湛不消说，
更令人敬好医风。
全心全意为患者，
周到细致又热情。
不管多忙或多累，
脸上总是笑盈盈。
平凡岗位不平凡，

卫生战线一标兵。

注：①刘玉萍系长春中日联谊医院教授、产科大夫。女儿生产幸由刘医生负责。

京华续章 2010：七绝 · 观荷有感

七　绝

观荷有感

（2010 年 8 月 29 日）

7月15日，余离京前去紫竹院公园遛弯儿，满塘荷花竞放正浓；而今东北归来再至此处，见荷花大多已谢了，只有青青荷叶及之上的莲蓬覆满荷塘。

昨日盛开正满塘，
不及驻足过匆忙。
而今又至前行处，
一片青青早谢芳。

京华续章 2010：七绝 · 观谢荷有感

七　绝

观谢荷有感

（2010 年 9 月 1 日）

是日晚饭后又与老伴儿至紫竹院遛弯儿，见满塘荷花已尽谢，感而口占一绝。

天道有常似可知，
此消彼长总相持。
谢芳自有芳香日，
只待东风化雨时。

京华续章 2010：七律·生日自题

七 律

生日自题

（2010 年 9 月 16 日，农历八月初九）

惯看百态世炎凉，
矢志不渝自奋强。
雨打穷途锤硬骨①，
风填饥腹铸柔肠②。
悲欢岁月等闲度，
冷暖人情放眼量。
顾后瞻前心愈壮，
京华夕照续新章③。

注：①余十二三岁时的一天，与几个小学同学放学时玩耍，不知怎么惹怒了附近街道办事处的几个混混儿（当时人们称那些不读书、又无正当职业，整天泡在街道里的小青年）。一个本来曾与我在同一年级上学、要大我几岁的人也在其中。当我为一小伙伴儿说话时，他猛然冲我来一句："你爸是个什么身份你不知道吗？"我生来没有见过爸爸的面。我爸是个什么身份，当时我还真不知道。不过，从他的话中我感觉到我爸爸不是个好身份。至此，我无话可说。后来，我知道了我父亲是个国民党员。这是我人生第一次受到的打击，完全是心灵上的打击，以后再不敢与人争论，更忌讳谈论家事。

初二时，国家招收空军滑翔员，数百人参选，最后只剩下四五个人身体条件合格，我是其中之一。在部队人员领我们去部队时，学校连续派来了两位老师，最终把我从车站上追了回来。虽然当时我还不懂得更多事情，但我知道是因为我父亲。自小崇敬战斗英雄，想当解放军的梦破灭了。这应是对我的一次很大打击。

17岁时上高中，从高一到高二，学校连续给我填报了两次共青团员表，但拿到县团委都没有被批准。入团的愿望受阻了，感受到打击是自然的，但这并没有阻止我对信仰的追求。以后在下乡插队时，再次填写了入团申请表，所有填表人都被批准了，唯独我一个又未被通过。不过，很快地到了1969年6月23日，我第四次填写入团申请表，终于成为一名中国共产主义青年团员，此时我虚龄已23岁。

1966年"文革"开始。我的"红卫兵"袖标在开始一度戴上后，又被摘下了。在班级的讨论会上，作为班委委员，我为班长刚说了一句话，就有人打断我的话，提请班级"文革"小组领导"注意阶级斗争的新动向"。之后，全国"大串连"开始，一批批红卫兵去北京接受毛主席检阅。我多么渴望啊！可是，我不能去，因为学校"文革"领导组的人说了，让我们这样的人去北京会"影响伟大领袖的安全"。正是秋收季节，我跟随一批有着这样那样问题的师生一直在农村劳动了两个月。几十年过去了，至今仍觉得当时没能去北京见上毛主席是人生一件憾事。1986年、1991年、1993年，我三次进京，三次拜谒毛主席纪念堂，假此以偿年少时的一腔情怀。

1968年10月4日，我作为第一批知识青年，到农村插队。从1970年春开始，大批下乡知识青年开始陆续返城。我参军不成，从政不成（当时有许多知青被提拔到公社或县，列为后备干部培养。我与另一知青同时被抽调公社写作组。五个月后，他进了团县委机关，我又回到了集体户）。当年夏季，适逢当地新建工厂招工，大队和公社再次推荐了我，并让我填写了抽工表。能当个工人，也是我当时理想的追求。可是当我作为优秀的知青代表在大队礼堂为数百名县城里来的中学生做报告后，却被告知县"五七办"意见，还需要我在农村继续接受考验。当工人的理想也破灭了。

到了1971年春天，地区师范学校开始招生，我作为"老三届"高中生终于被吸纳为师范短训班的一名学员，从此走上了从教之路。

1970年夏，与当时同为一集体户知情的妻相恋，可却遭到了妻家坚决反对，当然，主要原因还是我的父亲。1971年冬，我与妻结婚，没有婚礼，没有亲人到场。我理解妻家的态度，更感恩妻对我的始终不弃。

团入了，工作有了，家有了。以后的“雨打穷途”，余都不在乎了。生活中有了这些就够了。

②余生下三天失父。母亲带我们兄弟四人艰苦度日，无米之炊恒有之，吃糠咽菜恒有之，不尽备述。成家之后，仍是苦熬岁月。二子一女，嗷嗷待哺。粮食不够吃，我与妻一冬春，曾吃下一千斤土豆。

苦难的生活，锤硬了我的筋骨，也铸就了我人性的心肠。困难之时，我没有失去做人的原则和尊严；境遇有所好转，我没有对任何伤害过自己的人以怨报怨，没有拒绝过任何人提出的自己可以帮忙做到的事情。即使在自己饥寒交迫时，没有拒绝过任何一个讨要者，哪怕分给一碗稀饭。往事历历，难以尽诉。

我能入上团，入上党（1982 年 10 月 28 日），能成家立业，除了自身努力外，更为有更多的好人秉持公正。人间自有真情在。我相信大多数的人心是向善的。我的人生格言是：“天道酬勤，人心向善。”

③余 2005 年从原学校领导岗位退下来后应聘来京，仍在学校耕耘，能为党、为国家、为社会继续做些事，能在自己喜爱的教育事业上继续发挥一点余热，是我非常高兴的事情，也自觉年纪虽老心还壮。

京华续章 2010：七绝·看天气有感

七　绝

看天气有感

（2010 年 9 月 22 日，中秋节）

昨早蓝天万里空，

今晨雾重灰蒙蒙。

天时变幻有规律，

人要顺应才可行。

京华续章 2010：七绝·题秋菊

七　绝

题秋菊

（2010 年 9 月 22 日，丙寅中秋节）

岁至中秋日转凉，
寻芳阆院[1]赏花黄。
虽非国色花君子[2]，
最爱偏从冷处香。

注：①阆院，指北京紫竹院公园。

②国色，指牡丹，为国花，被誉为“国色天香”。花君子，指荷花，被誉为“君子之花”。

京华续章 2010：七律·黄鹤楼

七　律

黄鹤楼[1]

（2010 年 9 月 27 日）

屹立千年几变迁，
饱经华夏起狼烟[2]。
惯看秋月春风去[3]，
不见昔人乘鹤还[4]。
送往迎来今古客，
承前续后老新篇[5]。
长江后浪推前浪，
不尽英雄代代传。

注：①外甥宇辉结婚，应邀乘 Z11 次火车于 2010 年 9 月 27 日晨由北京抵达武汉。是日上午妹夫兴忠相陪去黄鹤楼。

②黄鹤楼始建于三国时期吴黄武二年（公元 223 年），传说是为了军事目的而建，孙权为实现“以武治国而昌”（“武昌”的名称由来于此），筑城为守，建楼以瞭望。但建成以来，屡建屡毁，光明清期间就毁了 7 次，重建和维修了 10 次。1957 年建武汉长江大桥武昌引桥时，占用了黄鹤楼旧址，如今重建的黄鹤楼在距旧址约 1 千米左右的蛇山峰岭上。1981 年 10 月，黄鹤楼重修工程破土开工，1985 年 6 月落成，主楼以清同治楼为蓝本，但更高大雄伟。

③明人杨慎《临江仙》词句：“白发渔樵江渚上，惯看秋月春风。”

④唐代诗人崔颢一首“昔人已乘黄鹤去，此地空余黄鹤楼。黄鹤一去不复返，白云千载空悠悠。晴川历历汉阳树，芳草萋萋鹦鹉洲。日暮乡关何处是，烟波江上使人愁。”

⑤至唐朝，其军事性质逐渐演变为著名的名胜景点，历代文人墨客到此游览，留下不少脍炙人口的诗篇。

2010年9月27日武汉黄鹤楼下照

2010年9月27日武汉中国地质大学院内树化石园林照，左姨表妹夫孙兴忠，中姨表姐夫退休教授金贵青

京华续章 2010：外孙心宁满月寄语

外孙心宁满月寄语

（2010 年 10 月 6 日）

天地归心，

万物安宁。

否去泰来，

佑尔一生。

2010年7月16日长春女儿家，顽皮的瞳瞳在听老姑肚里的胎动

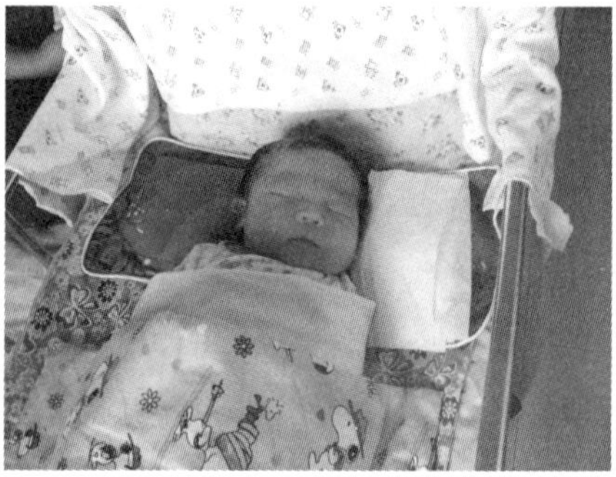

2010年9月7日外孙心宁问世

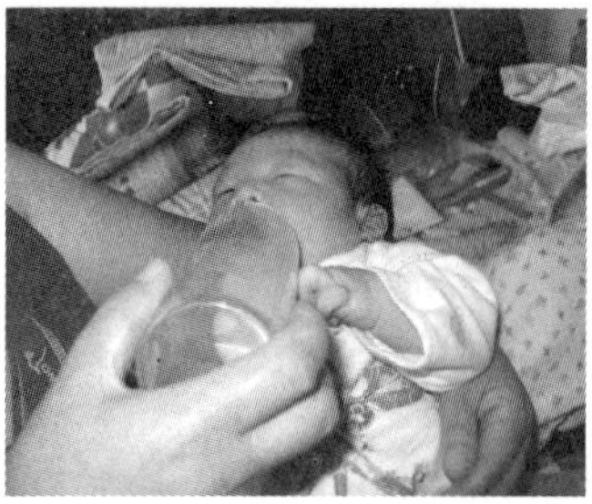

2010年9月13日彦梅在给外孙喂奶粉

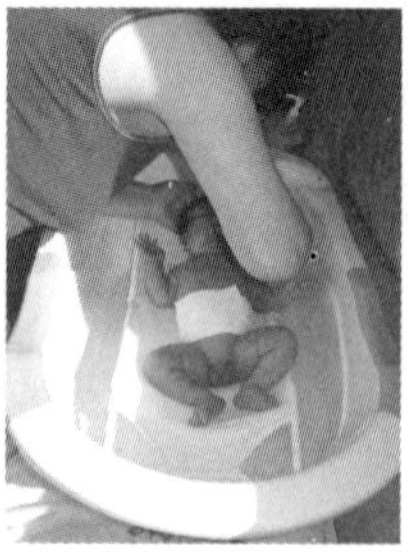

2010年9月14日彦梅在给外孙洗澡

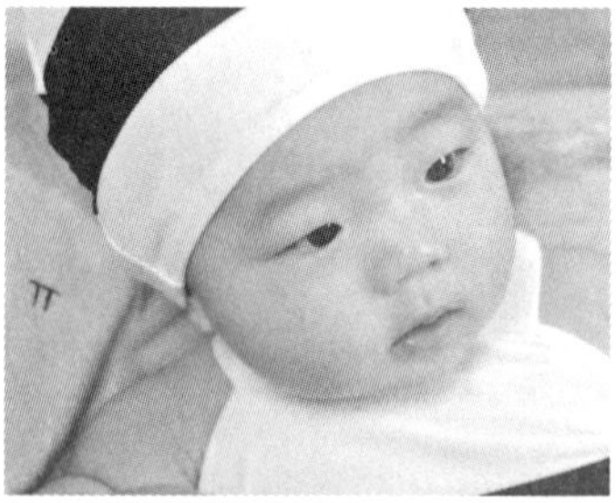

2010年12月15日心宁百天照

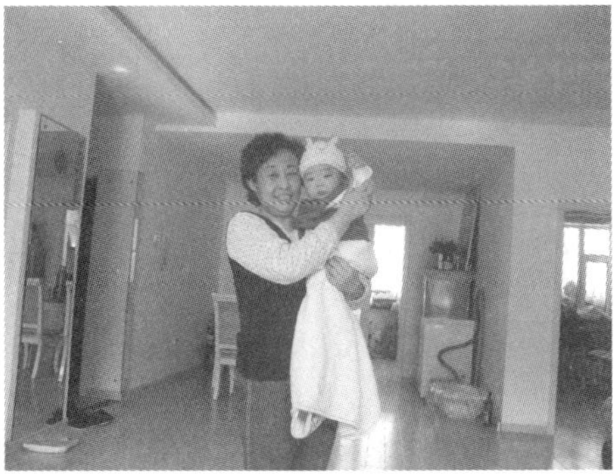

2011年2月12日彦梅与外孙心宁

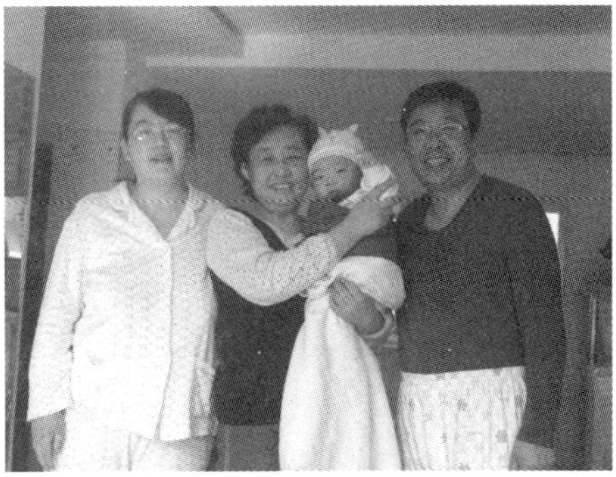

2011年2月12日彦梅与外孙、女儿、女婿照

2011年2月12日与彦梅、外孙照

2011年2月12日与外孙心宁在一起照

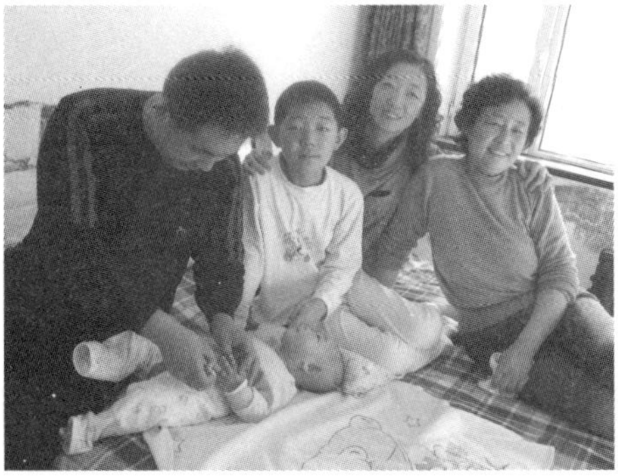

2011年2月15日外孙在大舅家与姥姥、大舅、大舅妈、大表哥瞳瞳在一起，大舅在为其剪脚指甲

2011年2月15日外孙心宁在大舅家过年

京华续章 2010：七绝·重阳节晨起遛弯儿口占

七　绝

重阳节晨起遛弯儿口占

（2010 年 10 月 16 日）

一缕晨风迎面来，

清凉入口爽心怀。

枝头喜鹊身边绕，

又有朝阳把路开。

京华续章 2010：七绝·初冬月季

七　绝

初冬月季

（2010 年 11 月 14 日）

是日向晚，寒风四起，落叶纷飞。余归途中，见一月季花从道旁栅栏处向外伸出，摇曳不定，粲然依旧。顿感由心生，口占一绝。

紧衣赶路正匆忙，

冷见一枝过眼旁。

凭任寒风摧弱体，

敢于恶境示坚强。

京华续章 2010：七绝·冬日紫竹院湖畔观柳落叶口占

七　绝

冬日紫竹院湖畔观柳落叶口占

（2010 年 12 月 4 日）

晓来湖面已半冰，

岸柳稀疏尚飘零。

傍地长枝留不住，

寒冬过后有新生。

京华续章 2011：七绝·元旦有感

七　绝

元旦有感

（2011 年 1 月 1 日）

斗转星移又一年，

阴晴冷暖伴忙闲。

春花秋月不及赏，

一夜醒来两鬓斑。

京华续章 2011：七绝·花赞

七　绝

花　赞

（2011 年 1 月 2 日）

是日，余与老伴儿往美廉美超市购物，一株深红色的月季花挂于路旁栅栏上，迎着寒风，瑟瑟抖动。因常行路于此，感而记之。

寒气袭来万木疏，
寻芳不得正踌躇。
蓦然回首曾经处，
绽放如昔是故株。

京华续章 2011：七绝·晨起随感

七 绝

晨起随感

（2011 年 1 月 15 日）

儿时日月老时星，
一梦醒来华发生。
苦乐人间多少事，
白头乐见晚霞红。

京华续章 2011：七律·过年自嘲

七 律

过年自嘲[1]

（2011 年 2 月 2 日除夕）

斗转星移又一年，
晓来窥镜鬓双斑。
老天不识人间事，
来去匆匆忙转圈。
今晚雪花辞旧岁，

明朝爆竹报新天。

人生苦乐寻常过，

心有青春见在颜。

注：① 2011 年 2 月 2 日除夕日，于长春女儿家。

京华续章 2011：五绝 · 早春感怀

五　绝

早春感怀

（2011 年 2 月 5 日，农历正月初三）

雪飞正月天，

洁白细如盐。

谁道天转暖[①]？

春风入骨寒。

注：①昨日立春，农谚有“打春阳气转”之说。作于长春女儿家。

京华续章 2011：七绝 · 题情人节

七　绝

题情人节[①]

（2011 年 2 月 12 日）

斗转星移又一年，

天南地北共今天。

人间为有真情在，

热血可消二月寒。

注：①原本不知今为何日，晨来接到一些短信，闲来凑趣，草拟一首以回之。

京华续章 2011：七绝·题雁

七　绝

题　雁

（2011 年 2 月 16 日）

凭窗遥见雁飞来，
屋下盘旋不落埃。
莫是浮尘遮住眼？
柴门早已为君开。

京华续章 2011：七绝·感冒遐想

七　绝

感冒遐想

（2011 年 2 月 22 日）

小恙居家百念生，
床头辗转意难平。
问谁解得人心事？
二月春风不了情。

京华续章 2011：七绝·晚来偶得

七　绝

晚来偶得[①]

（2011 年 2 月 23 日）

潇潇暮雨洒江天，

历历汉阳树愈鲜。

眷眷情随黄鹤去，

好看夕照在心间。

注：①去年九月底余赴武汉，妹夫兴忠和外甥宇辉小雨中陪余登黄鹤楼。

京华续章 2011：五绝·说人事

五 绝

说人事

（2011 年 2 月 25 日）

人生多少事，

事事难由己。

要想做成事，

信心加耐力。

京华续章 2011：七绝·日晚遛弯儿题紫竹院牡丹园

七 绝

日晚遛弯儿题紫竹院牡丹园

（2011 年 4 月 28 日）

姹紫嫣红次第开，

晚霞正好伴人来。

得闲几度流连处，

不为寻芳为释怀。

京华续章 2011：七绝 · 三八祝语

七　绝

三八祝语

（2011 年 3 月 8 日）

春风三月暖人间，
又到一年这一天。
我借春风捎个信，
祝君个个笑开颜。

京华续章 2011：七绝 · 梦醒随记

七　绝

梦醒随记

（2011 年 3 月 12 日）

人生短暂路途艰，
常与忧愁伴入眠。
几度春风吹梦醒，
无由美景化云烟。

京华续章 2011：五绝 · 说诗

五　绝

说　诗

（2011 年 3 月 18 日）

时而弄章句，

常于心有闲。

诗缘情而发，

情为诗之源。

京华续章 2011：七绝·日晚紫竹院公园遛弯儿随记

七　绝

日晚紫竹院公园遛弯儿随记

（2011 年 5 月 5 日）

谢了花红绿满园，

林荫漫步享悠闲。

晚风拂面心舒畅，

喜鹊欢歌飞在前。

京华续章 2011：感于天气

感于天气

（2011 年 5 月 18 日）

室外云沉沉，

室内心闷闷。

只待雷声响，

震出天地新。

京华续章 2011：七绝 · 日晚紫竹院公园遛弯儿口占

七　绝

日晚紫竹院公园遛弯儿口占

（2011 年 5 月 22 日）

惯于日晚遛弯来，
夕照满身情满怀。
小径林中听鸟唱，
微风拂面洗尘埃。

京华续章 2011：七绝 · 紫竹院遛弯儿于荷花渡口占

七　绝

紫竹院遛弯儿于荷花渡口占

（2011 年 5 月 29 日，周日）

日近端阳朗朗天，
白云淡淡水潺潺。
岸边垂柳轻轻摆，
水面小荷正冒尖。

京华续章 2011：七绝 · 日晚遛弯儿于过街桥上

七　绝

日晚遛弯儿于过街桥上

（2011 年 6 月 3 日）

未行几步已沾衣，

抬眼楼高云脚低。

暮霭沉沉压大地，

清霾只待响雷时。

京华续章 2011：七绝 · 日晚紫竹院公园遛弯儿荷塘拾趣

七 绝

日晚紫竹院公园遛弯儿荷塘拾趣

（2011 年 6 月 13 日）

夕照半塘绿叶红，

岸边垂柳寂无声。

碧波陡起田田动[①]，

原是一鸭叶下行。

注：①田田，指密密相连的荷叶。见朱自清《荷塘月色》。

京华续章 2011：七绝 · 常营公园遛弯儿口占

七 绝

常营公园遛弯儿口占[①]

（2011 年 8 月 11 日）

漫步林荫缓缓行，

耳边知了不停鸣。

游人时有身边过，

尽享天伦人世情。

注：①儿媳娟待产。是日，与老伴彦梅、孙儿曈曈去看望，并强儿共在其家附近公园遛弯儿。

京华续章 2011：七绝·日晚遛弯儿紫竹院荷塘观花有感

七　绝

日晚遛弯儿紫竹院荷塘观花有感

（2011 年 8 月 12 日）

其时虽花开正艳，余见花下已有败叶片片，是以生问：得无由彼之牺牲延续花之生命乎？

高温连日热难当，
饭后河边寻晚凉。
都赞群芳开得好，
谁知花下有枯黄？

京华续章 2011：七绝·干打雷不下雨

七　绝

干打雷不下雨

（2011 年 8 月 12 日）

电闪雷鸣夜半中，
盼将沉闷一清空。
晨来未见地皮湿，
却是天公虚发声。

京华续章 2011：七绝 · 紫竹院遛弯儿见荷花多谢已为莲房

七　绝

紫竹院遛弯儿见荷花多谢已为莲房

（2011 年 8 月 18 日，农历七月十九）

甫过立秋天渐凉，

看花已是半为房。

耳边知了声声叫，

敢是天行自有常。

京华续章 2011：七绝 · 周日有感

七　绝

周日有感

（2011 年 8 月 28 日）

忙忙碌碌度时光，

不觉何时鬓有霜。

苦乐人生成以往，

自歌一曲唱夕阳。

京华续章 2011：七绝 · 重阳有感

七　绝

重阳有感

（2011 年 10 月 5 日）

依然白日暖清秋，

万类霜天竞自由。
岁月无痕东逝水，
等闲白了少年头。

京华续章 2011：七绝·对花有感

七 绝

对花有感

（2011 年 10 月 10 日）

观花初绽觉新鲜，
日久天长亦淡然。
即便门前遭冷落，
有香自会有人怜。

京华续章 2011：七绝·初冬夜紫竹院遛弯儿感怀

七 绝

初冬夜紫竹院遛弯儿感怀

（2011 年 11 月 16 日，农历十月廿十）

秋去冬来天骤凉，
沉沉夜色罩枯黄。
突如一阵寒风过，
落叶满身情满肠。

京华续章 2011：七绝·初冬日晚紫竹院公园遛弯儿有感

七　绝

初冬晚紫竹院公园遛弯儿有感

（2011 年 11 月 18 日，农历十月廿三）

小径弯弯绕水塘，

路灯依柳透昏黄。

风吹落叶沙沙响，

久驻他乡亦故乡。

京华续章 2011：七律·忆年轻时事

七　律

忆年轻时事

（2011 年 12 月 31 日）

早岁饱尝世事艰①，

贫穷交迫长成年②。

时将野菜和粥煮，

常把旧衣带水穿③。

把卷挑灯迎酷暑，

钓鱼踏雪冒严寒④。

老来忆起陈年事，

一切悲欢尽释然。

注：①陆游《七律·书愤》有句："早岁那知世事艰"。

②贫，经济上困窘；穷，受家父影响，政治上出路难。

③没有换洗衣服，常常是洗后不待干就穿在了身上。

④家住嫩江边，打柴钓鱼是年轻时常干的事。

2011年3月31日参加时初一（一）班班会

2011年3月31日时初一（一）班班会，孙子朱瞳（右）和同学马玉枭在表演节目

2011年4月16日参加全国中小学校长论坛

2011年4月30日与彦梅、瞳瞳、姨表哥刘凤梧夫妇在秦皇岛与姨表妹王霞（右一）合影

2011年8月5日彦梅、寄宇、寄明、曹阳与外孙心宁在老坎子照

2011年8月7日与彦梅、寄宇、寄明及外孙心宁在查干湖竹筏上照

2011年4月14日董事会照，前中为前任理工附中校长、副董事长曲艳霞，前左二为接任校长陆云泉

2011年8月22日视察校安工程照

2011年8月22日视察校安工程照

2011年10月20日校安工程验收现场会

2011年10月11日为新初一建队发队旗

2011年11月4日与教职工紫竹院公园健步走集体合影

2011年12月13日董事会照

2011年12月31日参加初三学生迎新联欢会讲话

京华续章 2012：七绝·元旦

七　绝

元　旦

（2012 年 1 月 1 日）

忙忙碌碌一天天，

不觉何时鬓有斑。

苦乐年华成以往，

共君一曲度新年。

京华续章 2012：五绝·叹流年似水

五　绝

叹流年似水

（2012 年 1 月 1 日）

元旦年年有，

生活日日新。

草枯吹又绿，

不见之前人。

京华续章 2012：七绝·忆往事

七　绝

忆往事

（2012 年 1 月 11 日）

去年以来，学校搞抗震加固工程增添了很多工作，老伴儿肾病已近两年，外孙出生八个月出现血尿至今数月一直未查出病因，本人头痛一年多，经多方诊治没有效果……时余已六十有四，诸多事挂于心上，颇有些力难从心之感，内心纠结，无从诉说，但还是要担当起来，坚强起来。

榻上不眠花甲翁，
寒冬夜晚望寒空。
星光闪烁精神爽，
为是心头不了情。

京华续章 2012：七绝·迎春

七　绝

题迎春

（2012 年 1 月 21 日）

今天是农历腊月二十八，大寒，为北京入冬以来最寒冷的一天。

花谢花开谁主持，
香飘四季各当时。
一年最冷寒冬日，
且待东风第一枝。

京华续章 2012：七绝·候寄明手术

七　绝

候寄明手术

（2012 年 2 月 3 日）

正月初六，从电话里听出寄明声音不对，追问，方知前几天腹痛难忍，甚至用了杜冷丁。急令其立即来京，经查，诊断为胆囊炎，有胆结石，且息肉已超一厘米，必须手术切除治疗。今为正月十二，晚5点多明儿便已进入手术室，现已八点多，余一直在室外等候……

寄明手术进行中，
心里紧张面色平。
虽有良医朋友在，
谁能替得疼儿情？

2014年7月27日与寄明在其所在单位门前合影

2006年12月11日寄明来京家中和妈妈合影

2006年12月11日寄明来京家中与寄强和妈妈合影

2014年10月7日寄明来京家中合影

京华续章 2012：七绝·春夜闻雨

七　绝

春夜闻雨

（2012 年 3 月 3 日）

夜来为京城第一场春雨，未寐有思。

好雨正当时，
故交应有知。
卧听窗外雨，
千里作遥思。

京华续章 2012：七绝·紫竹院公园咏春

七　绝

紫竹院公园咏春

（2012 年 3 月 13 日）

得闲信步几曾来？
相伴春光大地回。
杨柳泛青鸦戏水，
不时便见百花开。

京华续章 2012：七绝·春夜雪来

七　绝

春夜雪来

（2012 年 3 月 18 日）

北京连日多阴霾天气，昨下午渐有小雨。今晨起推窗，只见到处白雪覆盖，蓝天辉映，煞是好看。

晨来一片白茫茫，
满树银花披素装。
不是夜来飞白雪，
满天何得亮堂堂？

京华续章 2012：七绝·紫竹院公园遛弯儿有感

七　绝

紫竹院公园遛弯儿有感

（2012 年 3 月 23 日）

多日未来紫竹院，
枯枝依旧夜光寒。
有常天道不常有，
该是问人是问天？

京华续章 2012：七绝 · 大风后口占

七　绝

大风后口占

（2012 年 3 月 24 日）

昨日北京刮起大风，据电视报风达8级，伤数十人，为历史罕见……

昨日大风肆虐狂，
摧枯拉朽漫天扬。
阴霾久滞一朝去，
又见蓝天好日光。

京华续章 2012：七绝 · 晨窗外拾趣

七　绝

晨窗外拾趣

（2012 年 3 月 28 日）

吾办公室窗下为二层楼顶。楼顶边角多有树木散落的枝叶。晨来无意中见一喜鹊蹦蹦跳跳中衔起一枚细枝朝路旁一有巢高树的方向飞去，偶得其趣，是以记之。

一只喜鹊窗前落，
白白肚皮黑黑脖。
衔起一枝展翅去，
高高树上有其窝。

京华续章 2012：七绝·明日清明紫竹院公园遛弯儿有感

七　绝

明日清明紫竹院公园遛弯儿有感

（2012 年 4 月 3 日）

晨来迈步出家门，
朗朗乾坤气象新。
正是一年最好处，
满园春色满园人。

2012年4月3日在紫竹院公园照

2012年4月3日彦梅在紫竹院公园照

2012年5月5日天武、寄宇、心宁在紫竹院门前照

2012年5月5日外孙心宁在紫竹院公园牡丹花前照

京华续章 2012：五律·谒武侯祠

五　律

谒武侯祠[1]

（2012 年 4 月 23 日）

幼读少陵诗[2]，

方知锦有祠[3]。

久怀参谒志，

今始得其时。

静远堂前诵[4]，

武侯祠下思。

人亡声在后，

百感发于兹。

注：①成都武侯祠，位于四川省成都市南门武侯祠大街，是中国唯一的君臣合祀祠庙，由刘备、诸葛亮蜀汉君臣合祀祠宇及惠陵组成。始建于公元 223 年修建刘备陵寝。千多年来几经毁损，屡有变迁。武侯祠（指诸葛亮的专祠）建于唐以前，初与祭祀刘备（汉昭烈帝）的昭烈庙相邻，明朝初年重建时将武侯祠并入了“汉昭烈庙”，形成现存武侯祠君臣合庙。现存祠庙的主体建筑 1672 年（康熙十一年）重建。1961 年公布为全国重点文物保护单位。1984 年成立博物馆，2008 年被评为首批国家一级博物馆，享有“三国圣地”之美誉。

②少陵诗，指杜甫定居成都草堂后、翌年游览武侯祠时创作的一首咏史诗《蜀相》：“丞相祠堂何处寻？锦官城外柏森森。映阶碧草自春色，隔叶黄鹂空好音。三顾频烦天下计，两朝开济老臣心。出师未捷身先死，长使英雄泪满襟。”杜甫，字子美，自号少陵野老。

③锦，指成都。汉朝盛产蜀锦，故有锦城、锦官城之称。

④诸葛亮《诫子书》有：“非淡泊无以明志，非宁静无以致远。”静远堂，为武侯

祠中一室，民国初年但懋辛书“静远堂”横匾。

京华续章 2012：七绝·访浣花溪口占

七 绝

访浣花溪口占[1]

（2012年4月24日上午）

浣花溪畔访花蹊，

一路徘徊觅旧迹。

无奈物非人亦去，

空留蝶舞与莺啼。

注：①公元760年（上元元年）杜甫定居成都西郊草堂，其邻居有位黄四娘。春暖花开时节，他独自沿江畔散步，情随景生，写有《江畔独步寻花》：“黄四娘家花满蹊，千朵万朵压枝低。留连戏蝶时时舞，自在娇莺恰恰啼。”

京华续章 2012：七律·访杜甫草堂

七 律

访杜甫草堂[1]

（2012年4月24日）

久伫庭前始入门，

油然敬意发于心。

细瞻眼下陈年物[2]，

遐想当年陋室人[3]。

几度烽烟无所在，

千年茅屋有诗吟。

秋风不解人间苦，

春雨时来喜在民[5]。

注：①公元759年冬天，杜甫为避“安史之乱”，携家入蜀，在成都营建茅屋而居，称“成都草堂”。杜甫先后在此居住近四年，创作诗歌流传至今的有240余首，故居被视为中国文学史上的“圣地”。

②陋室，指草堂。

③瞻，本指向远处、高处看，用这里是表达自己内心的感情，与上句“油然敬意发于心”呼应。

④杜甫离开成都后，草堂便不存，五代前蜀时诗人韦庄寻得草堂遗址，重结茅屋再现成都杜甫草堂景观，使之得以保存。杜甫草堂是经宋、元、明、清多次修复而成，其中最大的两次重修，是在公元1500年（明弘治十三年）和公元1811年（清嘉庆十六年），基本上奠定了杜甫草堂的规模和布局，演变成一处集纪念祠堂格局和诗人旧居风貌为一体的博物馆。1961年3月被国务院公布为第一批全国重点文物保护单位，1985年5月成立杜甫草堂博物馆，2006年12月被国家旅游局评为国家4A级旅游景区，2008年5月被国家文物局评为首批国家一级博物馆。

⑤见杜诗:《春夜喜雨》《茅屋为秋风所破歌》。

京华续章2012：七律·访都江堰感怀

七　律

访都江堰感怀[1]

（2012年4月25日）

问君知否堰非堤[2]？
羞对江中那一鱼[3]。
筑坝拦洪无奥妙，
去沙分水有玄机[4]。
三江水润一天府[5]，
二李功垂万庶黎[6]。

千载工程今尚用，

堪称举世大奇迹⑦。

注：①是日，余早 8 时打的去成都长途站，然后乘长途公交奔都江堰。都江堰坐落于四川省都江堰市城西，位于成都平原西部的岷江上。都江堰水利工程建于公元前 256 年，是全世界迄今为止，年代最久、唯一留存、以无坝引水为特征的宏大水利工程，属全国重点文物保护单位。

②堰、堤，余过去从书本上没有认识到它们的区别，可导游讲，堤是堵水的，而堰是疏水的。他可能是从都江堰的作用来讲的。

③都江堰呈鱼形。据导游讲，全长 800 米，如今已被水将鱼头和鱼尾冲断。羞，以少知自嘲。

④去沙分水，讲都江堰的功能，能将汹涌的岷江水四、六分流成内江和外江，同时还能实现去泥沙，防江道淤积。

⑤指岷江、大渡河、青衣江。成都平原成都平原在古代是一个水旱灾害十分严重的地方，李白在《蜀道难》中所写“蚕丛与鸟凫，开国何茫然”“人或成鱼鳖”的感叹和惨状，就是那个时代的真实写照。正是有了都江堰，才使巴蜀大地有了“天府之国”的美名。

⑥二李，指主持创建都江堰的秦国蜀郡太守李冰父子。庶黎，指百姓。

⑦都江堰水利工程建于公元前 256 年，是全世界迄今为止，年代最久、唯一留存、以无坝引水为特征的宏大水利工程，世界绝无仅有，至今仍是世界水利工程的最佳作品。

京华续章 2012：七绝·乐山大佛题照

七　绝

乐山大佛题照①

（2012 年 4 月 26 日上午）

得闲一日乐山游，

秀美三江眼底收②。

风雨千年仍驻守[3]，

潜生敬意在心头。

注：①4月26日早9点自报一团共8人作乐山、峨眉山一日游，至大佛下花每张15元钱拍照5张。

②乐山大佛依岷江南岸凌云山栖霞峰临江峭壁凿造而成，又名凌云大佛，为弥勒佛坐像。1996年12月峨眉山—乐山大佛被联合国教科文组织遗产委员会列入《世界遗产名录》。乐山大佛地处四川省乐山市，岷江、青衣江、大渡河三江汇流处。

③佛像开凿于唐玄宗开元初年（公元713年），是海通和尚为减杀水势，普度众生而发起，召集人力、物力修凿的，海通死后，海通的弟子接手修筑。直至唐德宗贞元十九年（公元803年）完工，历时90年，距今已1000多年。

京华续章2012：七律·坐滑竿

七　律

坐滑竿[1]

（2012年4月26日）

山路崎岖步履难，

相拥从众上滑竿。

竿夫卖力谋生计，

我等出钱为找玩。

起起伏伏卧竿上，

颠颠簸簸动心间。

于情难过自行半，

小费外加一百元。

注：①是日午后从乐山至峨眉山下，步行上山已没有力气。余不习惯被人抬着，本欲乘缆车，但同团众人纷纷上了滑竿，加之竿夫热情相约，亦便花了70元买票随之了。可坐上去感觉很不舒服。遇陡处，便下竿步行，不过四华里行程，余步行过半。

京华续章 2012：七绝 · 白龙洞口占

七　绝

白龙洞口占①

（2012 年 4 月 26 日下午）

峨眉山上有蛇仙，
此事已传千百年。
莫论此传虚与实，
真情自有在民间②。

注：①是日下午从峨眉山步行下来，至白龙洞处口占。

②据说这里原有一个很深的洞，是当年白蛇修道的地方，后来因山滑坡，山洞被封了，只给人们留下了一些遐想。白龙洞，亦称白龙寺，明嘉靖年间别传禅师创建，1909 年重修，民国十七年（公元 1928 年）毁于火，1953 年维修，1980 年修复。内供“西方三圣”、韦驮、释迦牟尼玉佛像。民间有白娘子与许仙的传说故事。

2012年4月24日于成都杜甫草堂照

2012年4月24日于杜甫草堂花蹊照

2012年4月24日于成都宽窄巷子照

2012年4月25日于都江堰照

2012年4月26日于乐山大佛旁照

2012年4月26日于峨眉山前照

2012年4月26日峨眉山乘坐滑竿照

2012年4月26日于峨眉山恐龙时代沙罗树前照

2012年4月28日于成都孙中山雕像下照

京华续章 2012：七绝·日晚紫竹院遛弯儿口占

七　绝

日晚紫竹院遛弯儿口占①

（2012 年 6 月 17 日）

惯于日晚作园行，
吹面习习杨柳风。
非是有闲光顾客，
一枝一叶总关情。

京华续章 2012：五绝·题荷蕾

五　绝

题荷蕾

（2012 年 6 月 19 日）

欲放且先收，

含苞似掩羞。
婷婷夕照里，
不动亦风流。

京华续章 2012：七绝·日晚紫竹院公园遛弯儿口占

七　绝

日晚紫竹院公园遛弯儿口占

（2012 年 6 月 21 日，农历夏至日）

今年闰四月，紫竹院的荷花似乎比往年来得早，碧绿的荷叶上面，弥望去零星可见高高挺立的荷花箭上的小荷已吐蕾，红的、白的，很是亮眼。

时光荏苒又端阳，
漫步荷塘寻晚凉。
岸柳枝垂昏欲睡，
小荷箭挺吐芳忙。

京华续章 2012：七绝·复刘鲜花女士短信

七　绝

复刘鲜花女士短信①

（2012 年 6 月 22 日）

时光荏苒又端阳，
漫步荷塘寻晚凉。
岸柳无心垂欲睡，
清风有意送花香。

注：①刘鲜花女士，学生家长。时余接其短信，即复之。

京华续章 2012：雨后杨柳

雨后杨柳

（2012 年 6 月 25 日）

昨夜雨不小，

今晨醒来早。

出门看杨柳，

承重知多少？

京华续章 2012：五绝 · 回京

五　绝

回　京

（2012 年 8 月 16 日）

昨晚离春城，

有情别样生。

梦行千里路，

拂晓到家中。

京华续章 2012：七绝 · 七夕

七　绝

七　夕

（2012 年 8 月 23 日）

七夕之夜望星空，

星海茫茫不夜城。

织女牛郎天上会，

人间处处有真情。

京华续章 2012：七绝·感于菊花

七　绝

感于菊花

（2012 年 9 月 10 日）

昨日春游杨柳绿，

今来却见菊花黄。

人生一世何其短，

心有青春日月长。

京华续章 2012：五绝·题夕阳

五　绝

题夕阳

（2012 年 9 月 19 日）

夕阳落满身，

温暖感于心。

莫叹黄昏近①，

且看是处金。

注：①唐.李商隐《登乐游原》："向晚意不适，驱车登古原。夕阳无限好，只是近黄昏。"

京华续章 2012：中秋节有感于友人问候

中秋节有感于友人问候

（2012 年 9 月 30 日）

一声问候，

情浓意稠，

天正凉时暖心头。

往事已去，

岁月难留，

海角天涯共中秋。

京华续章 2012：七绝·国庆假日晨紫竹院公园遛弯儿口占

七 绝

国庆假日晨紫竹院公园遛弯儿口占

（2012 年 10 月 5 日）

沐浴秋阳朗朗天，

清风入口爽心田。

闲来漫步观风景，

秋色满园情满园。

京华续章 2012：走路自勉

走路自勉

（2012 年 10 月 5 日）

健康在哪里？

就在人脚底。
坚持日行路，
步步长力气。

健康在哪里？
就在人手里。
坚持日动手，
活血又化瘀。

健康在哪里？
就在人脑里。
坚持日用脑，
养心又益智。

京华续章 2012：望云遐想

望云遐想

（2012年10月5日）

云朵飘在天上，
我在地上仰望。
云有多少变幻，
我有多少遐想。

儿时往事难忘，
仿佛就在眼旁。
随母和兄打草[1]，
汗水浸透衣裳。

割得靰鞡草卖，
换钱苦度时光。
割草经常伤手，
鲜血染红手掌。

而今日虽早好，
苦日总要想想。
记得过去苦日，
才会活得更强。

患难兄弟情深，
总是牵挂在肠。
忆起苦乐童年，
难忘天上老娘。

注：①参见后面散文《靰鞡草的记忆》。

京华续章 2012：七绝·题画梅花的女人

七 绝

题画梅花的女人

（2012年10月6日）

万花敢向雪中出，
一树独先天下春①。
慢道红颜才女少，
且看此处画梅人。

注：①前两句出自元诗人杨维帧《道梅之气节》诗。

京华续章 2012：七绝·题梦

七　绝

题　梦

（2012 年 10 月 19 日）

梦醒时仍似梦中，
依稀在梦味回浓。
人生路上常追梦，
不信不能不可能。

京华续章 2012：五绝·题落荷

五　绝

题落荷

（2012 年 10 月 27 日）

昨日满塘芳，
今来满目黄。
虽然花早谢，
风过有余香。

京华续章 2012：五绝·风吹落树

五　绝

风吹落树

（2012 年 10 月 27 日）

秋风吹落树，

落叶满空旋。
若要枝头绿，
静心待下年。

京华续章 2012：越野走

越野走

（2012 年 11 月 2 日）

海淀区教委工会为迎接党的十八大，于是日在国家奥林匹克森林公园，组织全区教育系统党政工干部进行越野走比赛。余亦应召参加。

一

步履轻盈越野走，
一路小曲哼在喉。
多彩秋色相陪伴，
清风入口爽心头。

二

渐有热汗身上出，
不觉疲惫更抖擞。
身边后生匆匆过，
我步依然行自由。

三

年逾六旬来参赛，
体力有限心劲足。
太阳有升也有降，
晚霞不逊朝霞秀。

2012年11月2日参加区教委工会组织的奥体公园健步走活动

京华续章 2012：五绝 · 题冷梅

五　绝

题冷梅

（2012 年 11 月 16 日）

丽质天生就，
偏从冷处香。
花开春万里，
不怕雪埋藏。

2012年7月10日彦梅与亲家母云华在北京紫竹路上照

2008年4月23日彦梅与亲家母云华在北京紫竹院公园过街桥上照

京华续章 2012：悼母三章

悼母三章

（2012 年 12 月 1 日）

余2004年秋便来京城。本年12月10日为母逝世十周年纪念日，拙就三首小诗，是为祭。

一

老母鹤归已十年，
常于梦里会慈颜。
一如往日乳名唤，
关切目光身上牵。

注：母于 2002 年 12 月 10 日冬月初七以 88 岁高龄辞世，于今整十年矣。母去世后，余常梦母，或直呼余乳名说着话儿，或目光追随着余的身影转来转去。此情此景，那种关切、熟悉的目光一如生前，常令余醒来泪不能禁。

二

母子相依苦难深，
缺衣少食日频频。
自身宁受千般苦，
一一将儿送学门。

注：余生三日失父，母年甫过三十。为我等兄弟计，母终生未再嫁，各种苦累吃尽受尽，将儿一一送进学堂。我兄弟四人未失母望，三人获高级专业职称，一人获中级专业职称，或可告慰母之苦心。

三

莲花水润道山松，

犹见萱堂爱子情。

千里京华怀思远，

春晖依旧暖寒冬。

注：道山，指我母去世后为母所购家族墓地，位于莲花水畔（当地人俗称莲花泡）。葬母时余兄弟等亲植六颗黑松，一直长得枝繁叶茂，郁郁青青。母生前喜爱莲花，而母一生虽饱受屈辱，但始终保持着做人的尊严，深得亲邻老幼赞赏和爱戴。而今吾兄弟四人均子孙满堂，各有所成，得无母在天之灵仍佑其子孙乎？

2003年10月14日安葬母亲家族墓地落成照

2016年4月4日摄于我家墓地

2016年4月4日摄于我家墓地莲花泡

京华续章 2013：七绝·叹年华

七　绝

咏年华

（2013 年 1 月 8 日）

斗转星移又一年，
等闲旧发早新颜。
无痕岁月催人老，
留驻青春心里边。

京华续章 2013：七绝·台湾行四题

七　绝

台湾行四题

一、士林官邸

士林官邸位于台北市，是蒋介石、宋美龄旧日官邸，花园式建筑，现向外界开放。玫瑰园是园中一重要景点，据说是宋美龄最爱。

前人寓所后人来，
玫瑰温馨可缅怀。
旧主虽离园尚在，
花儿依旧适时开。

二、邓丽君纪念文物馆

邓丽君纪念文物馆位于高雄市，建在一个仓库里。置身邓丽君纪念文物馆，耳边会传来邓丽君甜美的歌声，目光所及尽为邓丽君的照片，还有她穿过的衣服、用过的皮包、香水、登台的饰品、使用过的奔驰车、公主床等。

普普通通小库房，
引来造访客八方。
一如陈设生前样，
似待香魂返故乡。

三、长春祠

台湾有一条横贯全岛东西的公路，叫中横公路，是20世纪50年代由大陆败退台湾的原国民党老兵所建。公路贯穿分隔台湾东岸与西岸的中央山脉，所经地形异常多样，从平地直到三千多米高的合欢山，中间有隧道、河谷等需开凿。修筑这条公路时，由于当时机械设备和施工技术都很落后，开凿、搬运大部分靠手工，每修进一段，老兵们都要付出沉重代价。工程历时三年，先后有225人为之付出生命的代价。

长春祠便是为纪念这些死去的老兵所建，里面供奉着他们的灵位。它位于花莲县太鲁阁峡谷入口不远的断崖处，下临台湾知名河川立雾溪。祠外有一汪清泉，泉边石上刻有“澄思”二字。溪水从泉眼里潺潺而出，穿过祠堂下面的山壁涌出，由于岩石所阻，形成两道飞瀑直泻而下，终年不息，被称“长春飞瀑”。长春祠现在是太鲁阁公园内的一个著名景点。

本是同宗罹战乱，
远离故土葬他乡。
遥看祠下澄思水，
应是老兵泪两行。

四、太平洋

台湾东临太平洋，遥对美国的西海岸。

天低水远望无边，
面对波涛冷眼观。
为有西风时作浪，
太平洋上太平难。

2013年1月29日于台湾自由广场照

2013年1月29日于台湾士林官邸照

2013年1月30日于台湾日月潭照

2013年1月31日于台湾阿里山照

2013年2月1日于邓丽君纪念文物馆门前与彦梅照

2013年2月3日于台湾太平洋岸边照

2013年2月3日于台湾老兵道照

2013年2月3日于长春祠照

京华续章 2013：七绝 · 癸巳上元节前夜紫竹院望月偶得

七　绝

癸巳上元节前夜紫竹院望月偶得

（2013 年 2 月 24 日）

抬头又见月圆时，
如水清光洒满衣。
洗尽一年尘与土，
新春新貌赋新诗。

京华续章 2013：五绝 · 春分看雪

五　绝

春分看雪

（2013 年 3 月 20 日）

是日春分，北京夜里飘起了雪花。

春分一半春，
是夜雪纷纷。
晨起出门去，
满街都挂银。

京华续章 2013：七绝二首 · 春雪

七绝二首

春　雪

（2013 年 3 月 20 日）

一

推门一片白茫茫，
满树银花压海棠。
难得春来三月雪，
阴霾尽去亮天光。

二

连日阴霾不见天，
沙尘封口苦难言。
夜来幸有春分雪，
洗我喉咙去我痰。

京华续章 2013：七绝 · 赏花

七　绝

赏　花

（2013 年 3 月 24 日）

春天到了百花开，
一阵清风拂面来。
走进花间细细赏，
老翁不觉喜开怀。

京华续章 2013：七绝·夏至日紫竹院遛弯儿随感

七　绝

立夏前日紫竹院遛弯儿随感

（2013 年 5 月 4 日）

桃花谢了牡丹开，
相伴春归夏日来。
火热生活今又至，
老来益壮满情怀。

京华续章 2013：七绝·答友人

七　绝

答友人

（2013 年 5 月 11 日）

有限人生苦乐多，
风霜雨雪等闲过。
时常留意身边事，
感悟在心有快活。

京华续章 2013：七绝·紫竹院遛弯儿口占

七　绝

紫竹院遛弯儿口占

（2013 年 5 月 11 日）

迎来立夏天趋热，

花木满园绿色多。

天运有常生万物，

顺应四季好生活。

京华续章 2013：七绝·假日紫竹院遛弯儿随感

七　绝

紫竹院假日遛弯儿随感

（2013 年 5 月 12 日）

迎春谢了牡丹开，

相伴春归夏日来[①]。

四季轮回天有道，

老当益壮满情怀。

注：① 2013 年 5 月 5 日立夏。

京华续章 2013：七绝·访沈阳大帅府有感于张学良

七　绝

访沈阳大帅府有感于张学良

（2013 年 5 月 14 日）

英明一世在西安，

可叹愚忠困百年。

帅府而今依旧在，

何时待得汉卿还？

京华续章 2013：七绝二首·游本溪水洞

七绝二首

游本溪水洞①

（2013 年 5 月 15 日）

（一）

扁舟一叶洞中行，
曲曲弯弯万象生。
此景若非亲历过，
怎知造化有神功？

（二）

九大洞天②先有知，
而今至此悔来迟。
慢道塞外少佳景，
溶洞奇观在本溪。

注：① 2013 年 4 月 15 日至 19 日，余随海淀教委社管科组织的教育考察团赴辽宁。期间有幸前往位于本溪市的水洞观光，颇感奇妙，遂口占两首小诗以赞。

② 1986 年 7 月，余有幸去苏州开会，造访了林屋洞，得知其号称第九洞天。

2014年5月14日于沈阳大帅府张学良铜像前照

2014年5月15日于本溪水洞前照

2014年5月15日于本溪水洞前内照

京华续章 2013：七绝·题“六一”

七　绝

题“六一”

（2013 年 6 月 1 日）

人有老时也有少，

老来难再还原少。

常将自己当年少，

人老童心不可少。

京华续章 2013：七绝·闻荷

七　绝

闻　荷①

（2013 年 6 月 5 日）

是日，余依惯常与老伴儿晚来紫竹院公园遛弯儿。见荷塘已绿叶覆水，且花箭多有冒出，晚风袭来，似有花香入鼻，遂感而吟之。

倏忽岁月近端阳，

绿叶田田覆满塘。

未见小荷新吐蕾，

晚风拂面有花香。

京华续章 2013：十六字令二首·病榻自娱

十六字令二首

病榻自娱

（2013 年 6 月 21 日）

时余患耳石症，为减轻耳鸣头晕痛苦，口占小令自娱。

鸣，
知了声声叫不停。
驱不去，
权当乐曲听。

晕，
地转天旋难动身。
合上眼，
作一太空巡。

京华续章 2013：七绝二首·病榻遐想

七绝二首

病榻遐想二首

（2013 年 6 月 22 日）

（一）

闲倚床头眼望窗，
诸多往事涌心房。
人生一世扁舟过，

世事无常天有常。

（二）

静卧床头百念生，

依依往事撞心灵。

老来忆起童年趣，

难掩几多不了情。

京华续章 2013：五绝·题雨后杨柳

五　绝

题雨后杨柳[①]

（2013 年 6 月 29 日）

杨柳披雨露，

远看近却无。

尘埃一洗去，

刮目看新株。

注：①头两句为时北京《现代教育报》副总编薛峰句，后两句为余续写。

京华续章 2013：七绝·感于人生

七　绝

感于人生

（2013 年 7 月 26 日）

人生一世何其短，

总角倏忽两鬓斑。

青壮不谙多少事，

老来自省笑当年。

京华续章2013：七绝·橘子洲头抒怀

题记：2013年7月18日余率团70人赴韶山，19日晨先抵长沙，于橘子洲头、岳麓书院参观后，下午赴韶山，瞻仰了毛主席铜像和故居。其间腿受了点伤，25日回到长春家，于床上整理出当时写于草纸上的几首小诗。

七　绝

橘子洲头抒怀

（2013年7月26日）

时正值盛夏，长沙市温高达38摄氏度。尽管汗水浃衣，余等仍于主席青年时期巨大雕像前瞻仰，留照。

橘子洲头湘水畔，
伟人像下几流连。
任凭汗水浃衣透，
为有心中信仰坚。

京华续章2013：七绝·题主席铜像

七　绝

题主席铜像

（2013年7月26日）

主席铜像位于韶山纪念馆前坪，高6米，重3.6吨，连底座共高10.1米，如同开国大典状，手持文稿。

立地顶天云为开，
手持文卷满情怀。
天安门上一声吼，
中国人民站起来。

京华续章 2013：七绝·题主席故居

七 绝

题主席故居①

（2013 年 7 月 26 日）

毛主席故居系土木结构的“凹”字形建筑，坐南偏东，东边是毛主席家，西边是邻居，中间堂屋两家共用。故居为南方农宅形式，泥砖墙，青瓦顶，背山面水。故居前有一亩地左右的荷塘，故居后青山上有苍松和翠竹。

后有青山前有塘，
竹林送翠伴荷香。
几间瓦舍寻常见，
天降斯人红太阳。

京华续章 2013：七律·访韶山

七 律

访韶山

（2013 年 7 月 26 日）

少时有梦老来圆，
年近古稀访韶山①。
瓦舍几间依旧貌，

江山万里已新颜。
秉持特色[2]莫丢本，
引领小康[3]需思源。
无论风云多变幻，
光辉思想[4]永相传。

注：①余时年虚龄已六十有七，实龄接近六十六。

②特色，指建设中国特色社会主义。

③小康，指在我国建成小康社会。

④光辉思想，指毛泽东思想。

京华续章 2013：五绝 · 念故旧有感

五　绝

念故旧有感

（2013 年 8 月 5 日）

暑假回东北，高中同学聚会，不足五十人同窗，相数已知故去者逾两位数矣。

故旧多离去，
唏嘘百叹生。
白头相把酒，
共话少年情。

京华续章 2013：蝶恋花·感于立秋

蝶恋花

感于立秋[①]

（2013 年 8 月 7 日，立秋）

似曾相识秋来早。闲倚床头，小扇手中摇。往事依依心里绕，几多情在谁知晓？

南国归来伤渐好。一路跛行，有众相关照。笑语欢歌忘年了，童心不泯人不老。

注：① 2013 年 7 月 19 日与老师们共 70 人赴韶山等地观光，不慎摔倒，伤双腿膝肉。是日，虽已立秋，但天仍很热，感觉秋来得有些早了。于长春家床上养腿伤时闲来随吟。

2013年7月19日于橘子洲头主席石像下照

2013年7月23日于张家界山与彦梅路上歇息照

2013年7月20日凤凰古城与彦梅合影

2013年7月19日于韶山主席铜像下与彦梅合影

2013年7月19日于韶山主席铜像下集体照

2013年7月19日于韶山主席故居前照

2013年7月19日于韶山主席故居前与彦梅合影

2013年7月23日于张家界与彦梅合影

2013年7月23日张家界山里与彦梅合影

2013年7月23日于张家界山集体照

京华续章 2013：七绝·题七夕（复朱波的诗）

七　绝

题七夕（复朱波的诗）[①]

（2013 年 8 月 13 日，农历七月初七）

七夕之夜望星空，
星海茫茫不夜城。
织女牛郎天上会，
人间是处有真情。

注：朱波，北京市甘家口地区公共健康联合会秘书长。2013 年 8 月北京市甘家口地区公共健康联合会成立，我校为会员单位。会后每逢节日常接到朱波秘书长通过短信发给大家的问候诗，余偶复之。后面还有几首复朱波的诗，不再说明。

附朱波诗：

牛郎织女喜相逢，鸟鹊临窗银汉通。七夕双星圆旧梦，三更两地醒秋忡。葡萄架下飞云雨，菡萏塘前立彩虹。万古佳节鸾凤聚，千年浪漫动时空。

京华续章 2013：七绝·生日自题

七　绝

生日自题

（2013 年 9 月 13 日农历八月初九）

初度又逢秋月近，

金风送爽满情怀。

峥嵘岁月朝霞远，

多彩人生夕照来。

京华续章 2013：五绝·中秋复朱波

五　绝

中秋复朱波

（2013 年 9 月 18 日）

又逢秋月白，

窥镜鬓毛衰。

心有朝霞在，

笑迎夕照来。

附朱波诗：

朱楼银阁一夜风，波上欢娱万国同。祝管五弦魂万里，中秋一月梦无穷。秋光飘逸追玉兔，节令逍遥问蟾宫。快意芳园人皆醉，乐摆华筵品桂丰。

京华续章 2013：七绝 · 有谢朱波

七　绝

有谢朱波

（2013 年 9 月 30 日）

有女谁家咏絮才？
谢公谦让吐情怀。
朱门更有大才女，
波涛滚滚送句来。

附朱波诗：

朱楼玉砚酝新诗，波涛入笔驱文辞。祝墨洒情红叶处，国人醉酒金秋时。庆云展翅凤舞月，节日呈祥龙悦池。快意高歌鸿运曲，乐游原上共举卮。

京华续章 2013：七绝 · 感谢朱波

七　绝

感谢朱波

（2013 年 9 月 30 日）

感受重阳又到来，
谢荷过后有菊开。
朱门把酒夕阳下，
波起浪回尽在怀。

附朱波诗：

朱楼到晓芳临门，波光山色两盈芬。祝君把酒金秋月，重九凭栏玉风晨。阳光初照霜色艳，节令正迎黄花尊。快展心怀撵云步，乐与飞鸿上昆仑。

京华续章 2013：采桑子·元旦复朱波诗

采桑子

元旦复朱波诗

（2013 年 12 月 30 日）

人生易老天难老，岁岁新年。今又新年，不觉晓来两鬓斑。

一年一度朔风劲，不似当年。胜似当年，放眼松林绿满山。

附朱波诗：

朱门华灯照玉堂，波送韵纸上君房。祝诗未就心先至，福笔墨润情更扬。元旭飞花辞旧岁，旦日落雪报新阳。快把丰收贺杯举，乐尝幸福美酒香。

京华续章 2014：七绝·访日有感

七　绝

访日有感[①]

（2014 年 1 月 28 日）

2014年1月22日至27日率部分教师赴日名古屋大学附属中学开展交流活动，有感记之。

寒冬时节访东邻，
感慨油然发自心。
带水邻邦积怨重，
解铃尚待系铃人。

2014年1月24日在日本名古屋大学附属中学交流会上讲话

2014年1月24日参观日本名古屋大学附属中学

2014年1月24日参观日本名古屋大学附属中学集体照

2014年1月25日与日本中学生合影

京华续章 2014：七绝 · 题迎春花

七　绝

题迎春花

（2014 年 3 月 15 日）

晨起公园散散心，
满园春色满园人。
心中最是好看处，
还是迎春花似金。

京华续章 2014：七绝·再题迎春花

七　绝

再题迎春花

（2014 年 3 月 15 日）

一枝独秀报春来，
引出群芳次第开。
万紫千红花满地，
春光尽在尔心怀。

京华续章 2014：参观周恩来邓颖超及平津战役纪念馆感怀

参观周恩来邓颖超及平津战役纪念馆感怀[①]

（2014 年 4 月 19 日）

走进纪念馆，
心潮逐浪翻[②]。
中华之崛起[③]，
得来多艰难。

黑暗旧中国，
内忧并外患。
百姓不聊生，
国家无主权。

戊戌到辛亥[④]，
最终都失败。

虽有蒋政权，
一心搞独裁。

唯有共产党，
为民求解放。
推翻三座山⑤，
人民把家当。

建国六十年，
日月换新天⑥。
外立世界林⑦，
内建好家园。

过上幸福日，
且莫忘过去。
红旗扛在肩，
传承前辈志。

注：① 2014 年 4 月 18 日率分校支部党员随同理工附中本校总支其他各支部党员乘车去天津，次日参观周恩来邓颖超纪念馆和平津战役纪念馆，颇有些感慨。回程路上，头脑中油然生出几句，是以记之。

②毛泽东《菩萨蛮 · 黄鹤楼》有句："把酒酹滔滔，心潮逐浪高。"

③周恩来 12 岁在沈阳读书时回答老师的问话"为什么读书"，他回答："为中华之崛起"。

④分别指戊戌变法和辛亥革命。

⑤指帝国主义、封建主义、官僚资本主义。

⑥毛泽东《七律 · 回韶山》有句："为有牺牲多壮志，敢教日月换新天。"

⑦ 1935 年 12 月毛泽东《论反对日本帝国主义的策略》："我们中华民族有同自己的敌人血战到底的气概。有在自力更生的基础上光复旧物的决心，有自立于世

界民族之林的能力。”

京华续章 2014：七绝 · 车上再想参观周恩来纪念馆

七　绝

车上再想参观周恩来纪念馆

（2014 年 4 月 19 日）

中华崛起少年声[①]，

奋斗为之倾毕生。

十里长街民意在[②]，

千秋华夏有周公。

注：①参见上篇注③。

② 1976 年周恩来去世，北京数万市民自发冒着严寒伫立十里长安街送总理灵车。

2014年4月19日于天津参观周恩来纪念馆听讲解

2014年4月19日于天津参观周恩来纪念馆党员集体照

2014年4月19日于天津参观平津战役纪念馆门前照

京华续章 2014：赞黑河

赞黑河

（2014 年 4 月 27 日）

初次来黑河，
小城真不错。
街道很整洁，
人车也不多。
空气很清新，
民风很谐和。
对面俄罗斯，
乘船便可过。

2014年4月26日与彦梅于黑河江畔照

2014年4月26日与彦梅、表妹、表弟媳于黑河车站合影

2014年4月26日与彦梅、姑姑、姑父、表妹、表弟媳合影

京华续章 2014：五绝·雾霾后北京的一场雨

五　绝

雾霾后北京的一场雨

（2014 年 5 月 11 日）

好雨知时节，

当需乃发生[①]。

消除霾与雾，

净化人心灵。

注：①杜甫《春夜喜雨》："好雨知时节，当春乃发生。"

京华续章 2014：蝶恋花·雨后紫竹院春景

蝶恋花

雨后紫竹院春景

（2014 年 6 月 22 日，周日）

昨日夏至。夜半后急雨。天明万里蓝天，风清气爽。早早用过早饭，携手老伴儿去公园踏早。

雨后来园天尚早。竹径幽幽，头上惊飞鸟。路转桥亭杨柳绕，田田绿叶红荷小。

旭日东升霞万道。醒了池塘，乐了鸭儿闹。远处琴声圆舞调[①]，晨晖照耀翁和媪。

注：①圆舞调，指《青年圆舞曲》。

京华续章 2014：七绝 · 拔牙打趣

七 绝

拔牙打趣

（2014 年 7 月 25 日）

今晨拔去一颗牙，

立觉口中少点啥。

苦辣酸甜相伴我，

心虽不舍难留它。

京华续章 2014：七律 · 步洪君书记《大写鹤乡》韵

七 律

步洪君书记《大写鹤乡》韵

（2014 年 8 月 2 日）

花落花开春复春，

无暇芳谢为脱贫。

富民兴县铸群志，

旰食宵衣忘自身。

作画吟诗园有宝，

截风引水梦成真。

鹤乡雅韵赏君作，

喜见通榆日日新。

注：孙洪君，时任通榆县委书记。《大写鹤乡》是孙书记为《鹤乡雅韵——诗人眼中的通榆》成书题写。园，指通榆的人文景观“墨宝园”。通榆地处吉林省西部，土地贫瘠，矿产资源匮乏，是国家级贫困县。县领导在“生态、经济、景观”三位

一体理念指导下，发展风电产业，实施“七大治水方略”，创建“生态经济城市”，全面推进了各项事业发展。

附孙洪君《大写鹤乡》

庶政纷繁忘夏春，不堪忧道又忧贫。富民哪得稍停脚，兴县何曾敢怠身。

虎跃龙骧人接力，风升水起梦成真。难能生态洪波涌，万里晴开鹤唱新。

京华续章 2014：五律·通榆行

五　律

通榆行①

（2014 年 8 月 3 日）

通榆一日行，
先雨后天晴②。
笔展墨园宝③，
鹤彰向海灵④。
鱼鲜瓜果脆，
天阔地方平⑤。
更有金珠在，
一路作陪同⑥。

注：①应通榆县委书记孙洪君同志邀请，2014 年 8 月 2 日去通榆作了一次走访。

②是日，暴雨倾盆，行车 200 余里，车至通榆雨霁天晴。

③指通榆县文化园林“墨宝园”。

④指通榆县国家级自然保护区“向海”，主要保护对象为丹顶鹤、白鹳等珍禽及其栖息生态环境。

⑤保护区内湖沼密布，苇草丛生，地势平坦；而墨宝园主体结构由“中国向海”四字组成，从空中俯瞰，是一枚方形的大地印章。

⑥金，指通榆县委办公室副主任薄尔金；珠，指通榆县旅游局局长张金珠。

2014年7月24日彦梅、寄宇、心宁于大安家居明珠花园小区照

2014年7月25日与大安一中退休老教师徐大勋在嫩江湾老坎子照

2004年8月2日应通榆县委书记孙洪君（右二）之邀于“墨宝园”合影

2014年8月2日于国家级湿地公园通榆县“向海”合影，自左至右：通榆县张金珠局长、女儿寄宇、外孙心宁、妻彦梅、朱靖华、儿寄明、侄儿寄鹏、通榆县薄尔金主任

2014年8月2日于通榆县“向海”国家级湿地公园给鹤喂食照

京华续章 2014：七绝二首 · 感冒遐思

七绝二首

感冒遐思

（2014 年 8 月 9 日）

一

病卧床头眼望天，
任由思绪上云端。
如烟往事心头过，
几许苦来几许甜？

二

凉风一缕入床头，
秋意顿生难不愁。
短暂人生如四季，
夏天一过便来秋。

京华续章 2014：加字浪淘沙 · 感冒自嘲

加字浪淘沙

感冒自嘲

（2014 年 8 月 16 日）

感冒若干天，
饱受其煎。
头昏脑涨并鼻酸。
喷嚏声声声不断，

涕泗涟涟。

坐立都不安，
不胜其烦。
（真是）来时容易去时难。
无可奈何心也静，
（唉，）听其自然（吧）。

京华续章 2014：东风第一枝·看《开国元勋朱德》有感

东风第一枝

看电视连续剧《开国元勋朱德》有感

（2014 年 11 月 15 日）

近日观看电视连续剧《开国元勋朱德》，颇为朱总司令的战功、人品、胸怀、坚定的革命意志、高度的党性所感动。试填一词，以记之。

开国元勋，
红军之父，
德高望重人敬。
弱冠投笔从戎[①]，
耄耋挥毫革命[②]。
波澜壮阔，
一生业、
盖棺论定。
九十载雨雨风风[③]，
为国为民身影。

总司令，

身在士兵。

委员长，

心系百姓。

井冈扁担悠悠④，

担来九州同庆。

长征路远，

后人续、

我中华梦。

慎终追远一支歌，

世代斧镰辉映。

注：①朱德从小读过私塾，做过教师，为救国救民，1909 年年初刚过弱冠之年的他考进云南陆军讲武堂，从此开始了军旅生涯。

② 1975 年朱德以 89 岁高龄书写下“革命到底”条幅，表达他坚定的革命意志，也是他波澜壮阔一生的真实写照。

③朱德生于 1886 年 12 月 1 日，卒于 1976 年 7 月 6 日，享年 90 岁。

④ 1928 年，红军初创时期，朱德在井冈山同战士们一起下山挑粮。“朱德的扁担”是一个家喻户晓的故事，几十年来，一直被人们传颂，教育和鼓舞着一代又一代人。

京华续章 2015：鸦鹊会

鸦鹊会

（2015 年 1 月 13 日）

是日早七时许，余走进校园，只见一只大乌鸦在操场正中，正蹦蹦跶跶向操场东南角一棵大榆树方向蹦去。细看，树下一只喜鹊抬头默默地望向乌鸦……

操场一只大乌鸦，
蹦蹦跶跶向树下。
树下一只小喜鹊，
似问乌鸦来干嘛。
乌鸦不住把头点，
喜鹊连忙点头答。
两鸟频频相点首，
不知它们在说啥。
如此这般一阵子，
有人围观也不怕。
谁能解得其中意，
自然神功有造化。

京华续章 2015：七律·美国行

七 律

美国行

（2015 年 2 月 6 日）

2015年1月30日至2月12日余与部分教师赴美考察。初次访美，感慨颇多。本诗写于航天馆观后。

年近古稀赴美行，
不由感慨几多生。
茫茫宇宙一天地，
小小寰球两阵营。
慢道此间风向好，
且看彼岸日东升。

相和总比相敌好，

为是民心向太平。

京华续章 2015：七绝二首·中国娘

七绝二首

中国娘

（2015年2月11日）

2015年2月11日余乘机由纽约回京，邻座为一山东打工女。交谈中自诉10年前丈夫车祸离世。时年48岁的她只身随人赴美打工，做女佣，做餐馆洗碗工，十年未回过家。如今已年近花甲，挣下一点钱，只为家乡儿子娶媳买套房。言谈中，虽面显疲惫，但仍看得出从内心中透露出的满足和喜悦。余颇为所动。这，就是作为中国人的娘。心中草成二首以记之。

一

知命之年远涉洋，

打工十载返家乡。

一身疲惫笑容在，

为有美金包里藏。

二

远涉重洋鬓已霜，

养儿娶媳一身扛。

打工纵有千般苦，

难不倒咱中国娘。

2015年2月3日于美国钱德勒中学照，自左至右：时理工附中分校德育处主任高怡、钱德勒中学校长、朱靖华、彦梅、该校女老师

2015年2月3日交流会上向美国钱德勒中学校长介绍“有馀图”（作者理工附中分校美术教师孙建中）

2015年2月3日于美国钱德勒中学参访人员集体照

2015年2月6日于拉斯维加斯大峡谷与彦梅照

2015年2月8日于哈佛大学校门内照

京华续章 2015：七律·知校京华

七　律

知校京华

（2015 年 2 月 18 农历腊月三十）

知校京华正十年，
几多感慨涌心间。
许身桃李党分配，
立志园丁情所牵。
为有相知同志在，
老来愈壮写新篇。
喜看岁岁花开好，
夕照心中枫叶丹。

2006年2月22日听课

2006年7月9日在家长会上讲话

2015年2月26日全校教职工开学前培训会做《什么是好教育》讲话

2015年3月6日检查食堂工作

2015年10月10日作为北京市民办中小学优秀教育工作者接受表彰

京华续章 2015：七绝·题春雪

七　绝

题春雪

（2015 年 2 月 20 日农历大年初二）

去冬以来，北京城区一直没见雪降，气候干燥。自昨晚至今一整天飘着清雪，感觉很好，题小诗以赞。

京城降雪慢言迟，
下在今天亦是时。
大地春回恰恰好，
不时杨柳有新枝。

京华续章 2015：七绝 · 元宵节感怀

七　绝

元宵节感怀

（2015 年 3 月 5 日，农历正月十五）

又见元宵月儿圆，
时光似水送流年。
人心不老情常在，
且待明朝绿满山。

京华续章 2015：七绝 · 题京华春分

七　绝

题京华春分

（2015 年 3 月 21 日，农历二月初二）

晓风拂面喜春分，
难得蓝天不见云。
时令北方虽向晚①，
街边杨柳正更新。

注：①五代徐　弦有诗句：“时令北方偏向晚，可知早有绿腰肥。”

京华续章 2015：七绝 · 题清明前雨

七　绝

题清明前雨

（2015 年 3 月 31 日）

清明未至雨先来，

洗尽空中连日霾。
待到天晴看好处，
风清气畅爽心怀。

京华续章 2015：七绝 · 看电视里“清明说吧”随题

七　绝

看电视里“清明说吧”随题

（2015 年 4 月 5 日）

最是人间不了情，
年年岁岁在清明。
慎终追远新时尚，
身在说吧祭逝灵。

京华续章 2015：清平乐 · 登长城

清平乐

登长城

（2015 年 4 月 14 日）

余自1991年以来，曾先后4次登上八达岭长城。是日，与昔日几名学生去八达岭长城。他们知我年事已高，嘱我在下面等着他们，我亦恐影响他们的脚步，便应承下来。之后想想我此时不登，恐再登更难，于是下定决心登上去。终于在长城的最高处北八楼与学生们会合了。心有所感，是以记之。

风清日暖，
柳绿桃花艳。
年近古稀①身尚健，

还想当回好汉②。

八楼坡陡难行③，
拾级上上停停。
脚步虽然慢点，
终于登上高峰。

注：①时余已虚龄六十有九。

②毛泽东主席词《清平乐·六盘山》有句："不到长城非好汉"。余于1986年、1991年、2006年已三次登过长城。

③即北8楼，海拔888米，是八达岭长城的最高敌楼，又名"观日台"。大家常说的"不到长城非好汉"，即是指一定要步行抵达此处，方可称为好汉。

2015年4月14日于长城北八楼前照

2015年4月15日与彦梅和昔日几位学生于颐和园合影

京华续章2015：七绝四首·南京四题

南京四题

2015年5月6日至11日随海淀区民办教育考察团赴江苏，其间有幸参访了一些人文景观，随感记之。

一、中山陵

年近古稀再谒陵①，

紫金望远难阻行②。

停停站站拾级上③，

为有心中不了情。

注：① 1986 年余曾来此，而今近三十年过去，余以近古稀之年再度参谒。

②中山陵地处于南京市东郊紫金山南麓。

③中山陵高 29 米，长 30 米，宽 25 米。陵墓入口处有高大的花岗石牌坊，上有中山先生手书的“博爱”两个金字。从石牌坊开始上达祭堂，共有石阶 392 级，8 个平台。台阶用苏州花岗石砌成。

（2015 年 5 月 7 日晚记于南京金汇宾馆）

二、阅江楼①

置身楼内思悠悠，

放眼江山眼底收。

莫道重八为草莽②，

一篇楼记足风流③。

注：①阅江楼坐落于南京城西北的狮子山巅，濒临长江，与武汉黄鹤楼、岳阳岳阳楼、南昌滕王阁并称江南四大名楼。狮子山高 78 米，楼高 52 米，主体建筑面积 4000 余平方米，外观 4 层暗 3 层，共 7 层，巍峨壮观，气势磅礴。登上阅江楼，放眼远眺，但见浩瀚大江滚滚东去，一览无余。据讲，当年明太祖朱元璋在此指挥 8 万伏兵，大败陈友谅 40 万军队，奠定了大明王朝建都南京的基础。公元 1374 年即洪武七年，朱元璋计划在狮子山建一楼阁，亲自命名为阅江楼，并以此为题，命令文臣职事们各写一篇《阅江楼记》，其中大学士宋濂所写为最佳，后被选入《古文观止》。

②朱元璋初名叫“重八”。一说他八月初八日出生，故取名重八；另说他爸他妈生他时年龄相加刚好八十八岁，故取名重八。据载，朱元璋五世祖叫朱仲八，娶

陈氏，生了三个男孩。老大叫朱六二，老二叫朱十二，最小的叫朱百六。朱百六就是朱元璋的高祖，即四世祖。其后，高祖朱百六娶胡氏，生有二子，长子朱四五，老二朱四九。这个朱四九就是朱元璋的曾祖。再往后，曾祖朱四九娶侯氏，生子初一、初二、初五、初十，共四人。这个朱初一，就是朱元璋的祖父。到朱初一这一辈，他娶了王氏，生子二人，名字分别为五一、五四。朱五四就是朱元璋的父亲。

③朱元璋出身贫寒，当过和尚，要过饭，后参加农民起义军，没多少文化，但他不仅钦点阅江楼名和命文臣职事们写阅江楼记，且自己也写有《阅江楼记》和《又阅阅江楼记》。

（2015年5月7日晚记于南京金汇宾馆）

三、大屠杀纪念馆

未入馆门心已沉，
直观惨景更惊心。
百年积弱受欺侮，
唯有自强安四邻。

（2015年5月8日晚记于南京金汇宾馆）

四、雨花台

绵绵雨落雨花台，
人与天公共缅怀[①]。
为有牺牲多壮志，
中华才得新天来[②]。

注：①是日，天空一直下着绵绵细雨，颇有天人相合、情景相融之感触。

②毛泽东主席有《七律·回韶山》有句："为有牺牲多壮志，敢教日月换新天。"

（2015年5月8日晚记于南京金汇宾馆）

京华续章 2015：妈妈，想你了

妈妈，想你了

（2015 年 5 月 10 日）

是日晚于榻上翻看手机，一行文字从一微信中闪出：妈妈，想你了。原来今天是母亲节。老母去世已十二年有余，触字情来，不觉泪水涌出，也涌出了下面几句。

妈妈，想你了，
尽管我已近古稀之年，
但儿时往事，
一如在眼前。

苦难的生活，
你教给了我忍耐，坚持；
成长的历程，
你教给了我自珍，自勉。

你善良的品格，
教给了我待人真诚，友善；
你宽广的胸怀，

教给了我容人，达观。

妈妈，想你了，
你弱小的身躯，
永远是我做人的靠山；
你慈祥的目光，
永远鼓舞我向前，向前。

2015年5月7日于南京阅江楼前照

2015年5月7日于中山陵前照

2015年5月7日于南京大屠杀纪念馆前照

京华续章 2015：游金华两个岩洞

游金华两个岩洞

（2015 年 5 月 10 日）

山路弯又弯，
绿树覆满山。
山中有造化，
两洞广为传。

先进双龙洞，

回首望洞门。
二龙门楣上[1]，
默视进出人。

洞中还有洞，
此洞门不大。
仰卧竹筏上，
岩壁贴面颊。

洞内高又阔，
石多泉水多。
湿滑小心走，
同伴相扶着。

冰壶洞指路，
心急往外出。
石级又石级，
几欲转迷糊。

终见天光来，
吾才把头抬。
汗水浸衣透，
洗却一路埃。

洞口有碑石，
上有郭老字。
气喘不及歇，

字字看仔细。

此番二洞游，
有累亦有收。
累在身体上，
收在心里头。

注：①双龙洞口内顶檐处两端各雕有一龙俯视进出者。

2015年5月7日于沙家浜照

2015年5月10日于双龙洞口前照

2015年5月10日于冰壶洞内照

2015年5月10日于冰壶洞口郭老题字碑前照

2015年5月10日与北理工附中分校教师于双龙洞口前合影，自左至右：裴蕾、杨继华、景庆亮、朱靖华、孟祥影、付颖，右立者为北方工业大学工会主席陈太栋

京华续章 2015：七绝·端午前日紫竹院遛弯儿偶得

七　绝

端午前日紫竹院遛弯儿偶得

（2015 年 6 月 19 日）

夕照满园情满怀，
晚风拂面带香来。
老夫今日有闲趣，
细数小荷几朵开。

京华续章2015：七绝·端午晚于紫竹院荷塘

七　绝

端午晚于紫竹院荷塘

（2015年6月20日）

夕照如金洒满塘，

小荷初绽带羞妆。

亭亭玉立晚风里，

游客竞相拍照忙。

京华续章2015：七绝·晚雨后于紫竹院荷塘观花有感

七　绝

晚雨后于紫竹院荷塘观花有感

（2015年7月1日）

满目鲜葩开满塘，

干干净净水汪汪。

观花想到花生处，

为有淤泥才有芳。

注：①宋·周敦颐《爱莲说》有句："予独爱莲之出淤泥而不染，濯清涟而不妖，中通外直，不蔓不枝，香远益清，亭亭净植，可远观而不可亵玩焉。"

京华续章 2015：七律 · 悼文华

七　律

悼文华[1]

（2015 年 7 月 4 日）

闻文华昨日病逝，今晨火化。余于京城千里之外，不能为其送行。感从心来，赋诗一首，是为别。

同窗六载一生情，
不料中途君早行。
叱咤当年星捧月，
缠绵病榻自伶仃。
峥嵘岁月青春祭，
荏苒时光梦了停。
天不假年怀憾去，
隔空扼腕悼苏生。

注：①苏文华（1948—2015），出生普通工人家庭。为人正直，聪明，有才，肯干，在农村工作期间，人曾送绰号“苏大干”。“文革”期间曾为当地学生领袖，做过县“革委会”副主任、县团委书记。1968 年 11 月作为知情插队，任集体户户长，同时兼任烧锅镇公社革委会副主任。以后又做过丰收公社党委书记、吉林农业大学党委副书记、太山公社党委书记等职。1978 年以后，由于受“文革”影响，一度降职到县农业局任一般职员。后又重新起用到县建设局、乡企局、大赉乡等单位任正职领导。他身患糖尿病多年，后导致脑血栓六年有余，终于去年春瘫痪在床至病逝。

余与文华于 1961 年同考入初中，1964 年同考入高中，并均为同班比较要好的同学，课上、课下时在一起下棋、谈诗论画。1966 年“文革”开始之后，余因家庭问题，不能加入红卫兵战斗队。时（张）志才、文华领导的战斗队不避嫌疑吸收余加入了他们的战斗队。其后虽不在一起工作，但年年节节连同平时，几乎从未断过联系。来京后十年间，一般每年寒暑假余都要回东北，每回东北都要去看看他。直到去年暑期，余与志才去他家探视，他已瘫在床上不能行动。想他一世生性耿直，要强，风风火火，落到晚年如此境地，很为他心痛。也不曾想到，这竟是永别。

2013年7月30 日与志才（右）在文华（中）家中合影

京华续章 2015：七绝·题古北口水镇

七 绝

题古北口水镇

（2015 年 7 月 15 日）

盛夏京华何处凉？
长城脚下有村庄。
小桥流水青砖舍，
北国江南一水乡。

京华续章 2015：七绝·雾灵山行

七　绝

雾灵山行

（2015 年 7 月 16 日）

路陡弯多车慢行，

云来雾罩雨零零。

清凉界下叹观止，

不至顶峰难了情。

2015年7月15日于北京古北口水镇与彦梅照

2015年7月16日于与彦梅雾灵山清凉界碑下照

2015年7月15日与彦梅在雾灵山顶照

京华续章 2015：七绝二首·乘机随感

七绝二首

乘机随感

（2015 年 7 月 25 日）

2015年7月24日至8月2日，余与老伴儿随团赴肯尼亚旅游。下午8点半赶至机场，飞机晚点至12点15起飞，飞行9个多小时至迪拜，不出机场，候6个小时，再乘机5个多小时至肯尼亚首都内罗毕。一日夜未睡，虽身心颇感疲惫，但精神尚可。无奈老伴儿机上感冒，持续发烧，却让余一时间于此行生有悔意。

一

年近古稀向远行，
他乡景美苦航程。
不眠虽觉身无力，
尚有精神白发翁。

二

转机迪拜内罗毕，
老伴突然发病急。
持续发烧身觉冷，
匆忙给药又加衣。

京华续章 2015：七绝 · 安博塞利国家公园草野风光

七　绝

安博塞利国家公园草野风光

（2015 年 7 月 26 日）

是日用过早餐，乘车前往安博塞利国家公园。这里是一片宽广而干旱的草原。象群、野牛群、角马群、斑马群等动物不时从我们车边走过。非洲最高山峰乞力马扎罗雪山清晰可见。随手记下几行。

零星树木零星房，
树不见高草见黄。
时有牲灵车外过，
一前一后排成行。

京华续章 2015：七绝 · 丛林酒店

七　绝

丛林酒店

（2015 年 7 月 26 日）

车行驶中，远远望见一大片茂密浓郁的树林。走进去，一个偌大的带有浓郁异域风情的庄园呈现眼前。奇花异草，清水绿树。原始的建筑，现代化的装备，出现于茫茫荒漠中，实令我们惊叹不已。导游讲，这是国人在这里建造的。

荒漠深藏一绿洲，
树奇花特水清幽
谁知美景国人造，

异域风情有神州。

京华续章 2015：七绝 · 小雨中纳库鲁湖畔题远处一群火烈鸟

七 绝

小雨中纳库鲁湖畔题远处一群火烈鸟

（2015 年 7 月 27 日）

是日早餐后，驱车前往纳库鲁国家公园鸟类保护区，途经东非大裂谷，壮观，震撼。午饭后，雾蒙蒙的天空飘起小雨，但也不能耽搁行程。车刚至纳库鲁湖畔，导游便急匆匆地用手指着远方湖面上一道彩虹般亮丽的光线，说，快看，那便是火烈鸟。他说，火烈鸟不是随时都能见到的，很多游客都是带着遗憾离开的，有些摄影师为拍摄到火烈鸟，曾蹲守几天。你们还真是有眼福。我们不敢太靠近，恐惊飞了，只在远远的地方拍照。可还是有几个人走得距离太近了，只见呼啦一下，数万只火烈鸟腾空而起，还是彩虹般的亮丽，保持着队形渐渐远去……

一道彩虹落水中，
众人忙照悄无声。
呼啦群起飞天去，
万朵红霞布满空。

京华续章 2015：七律 · 写在马赛马拉野生动物自然保护区

七 律

写在马赛马拉野生动物自然保护区

（2015 年 7 月 29 日）

7月，在当地属于冬季。无边原野天地相接，风吹过，茂密的草原在烈日下翻滚着金色的波浪。树不多，且多为一株、几株零星散落在广袤的草原上，远远望去，像镶嵌在金色地毯上的绿宝石。大象、野牛、斑马、角马、鹿及各种飞禽等时时可见，也许是人车太多了，也许是喜欢夜间出动，狮子、豹子等猛兽却不太多见，我们常常是开车绕了好久才有发现。大家最想看的还是角马过河，一时间，车从四面八方驶来，曲折、绵长的狭窄河岸上，全都是车上站着的人，很难见到电视里播放的那种壮观的场面。

大地高天一线分，
茫茫旷野望无垠。
指看几处零星绿，
放眼四周遍地金。
大象野牛是处见，
雄狮猎豹要搜寻。
壮观最是过河马，
无奈车多只见人。

京华续章 2015：七绝 · 赤道线上口占

七 绝

赤道线上口占

（2015 年 7 月 31 日）

是日早餐后，乘车前往阿布戴尔公园。途经赤道线，我们作短暂停留，拍照。适值一队当地小学生也来这里活动，与他们也一起照了几张，作为纪念留念。

有幸老来作远游，
置身赤道沐风流。
环球一线分南北，

双脚踏来两半球。

京华续章 2015：七绝·题树顶酒店

七　绝

题树顶酒店

（2015 年 7 月 31 日）

此酒店是世界上第一个在树顶上建筑的旅馆，在阿布戴尔国家公园内，有五十多个房间。据说当年还是英国公主的伊丽莎白来这里观赏野生动物，当晚刚“上树”（即下榻）时还是公主身份，夜里她父亲英王乔治六世突然去世，英王室立即宣布她继位为女王，所以第二天她“下树”（即离开这个旅馆）时便成了英国女王伊丽莎白二世。树顶酒店由此一夜成名，引来世界各地人们前来观光。吾等随团亦来这里于当日住了一夜，并没有下榻所谓的公主房间。

上时公主下时王，
一夜醒来做女皇。
原是人尊物也贵，
平常树变不平常。

2016年7月25日乘阿联酋飞机于迪拜机场与彦梅照

2015年7月26日与彦梅在安博塞利国家公园草原上

2015年7月26日于丛林酒店寓所前照

2015年7月26日于丛林酒店游泳池边照

2015年7月27日于纳库鲁湖畔远处火烈鸟照

2015年7月29日于马赛马拉野生动物自然保护区草原上照

2015年7月29日于马赛马拉草原车上照

2015年7月29日于马赛马拉角马过河岸上观光车照

2015年7月29日和彦梅与当地部落酋长家人照

2015年7月31日于赤道线上旅游团与当地师生合影

2015年7月31日于树顶酒店门前照

2015年7月31日彦梅于树顶酒店所住我们的卧室内照

2015年7月31日与彦梅在当年伊丽莎白卧室内照

京华续章 2015：念奴娇·嫩江湾（老坎子）

念奴娇

嫩江湾（老坎子）[①]

（2015 年 8 月 23 日）

二〇一五年八月八日至二十一日，余离京回乡度假。其间三赴国家级湿地公园嫩江湾，俗称老坎子。故地重游，变化巨大，家乡情怀，感慨颇多，是以记之。

一江如带，贯南北、至此湍流稍歇[②]。瀚海人称八百里，唯是绿洲天设[③]。碧水扬帆，大桥飞架[④]，湿地连云接[⑤]。纵横泡沼，晚看渔火明灭[⑥]。

漫步柳岸长堤，往昔学子，早易青青发[⑦]。向日泛舟垂钓处，亦非旧时颜色[⑧]。物换星移，前贤后秀，城小多英杰[⑨]。乡川情在，年年夏雨冬雪[⑩]。

注：①嫩江湾，俗称“老坎子”，位于大安市城区北部，与黑龙江省肇源县隔江相望，自古以来就是一个天然码头，也是吉林省最大的内河对外开放港口。2010 年 12 月 23 日，被国家林业局批准为国家级湿地公园。

②嫩江源自大兴安岭伊利呼勒山，曲曲弯弯，由北贯南，一路千里，到大赉老坎子（大安市城区）处，因地势折转东南而形成的一个天然港湾。这里江道升高，江面呈宽，水流变缓。歇，歇息，指水流缓慢下来。

③大安市隶属白城市，这一地区向来缺水少雨，十年九旱，多沙漠、沙丘、盐碱地，素有“八百里瀚海”之说。唯有嫩江湾这块“绿洲”是大自然做出的特意安排。是，这。天，自然。设，设置，安排。

④大桥，指紧邻老坎子码头北面横跨嫩江两岸的铁路桥，建成于 20 个世纪 60 年代，主要用于输送大庆石油，也作客运。

⑤江两岸均为湿地，地势平坦，面积很大，放眼望去，似与天边云彩相接。

⑥江两岸有众多江叉、水泡，如近岸有公舍泡、半道亡、王八坑、黑鱼泡等，对

岸有铁桶泡、望海沟、莲花泡等。嫩江和这些江叉、水泡盛产鱼、虾、鳖、蚌等，仅鱼类不下三十余种。水面上各种水鸟纷飞，湿地里各种花木蒿草丛生。岸边停泊着大大小小渔船，至晚上可见星星点点的灯火忽明忽暗。

⑦余填此词虚岁已六十有九。易，换。元人萨都剌《念奴娇·石头城》中有："歌舞尊前，繁华镜里，暗换青青发。"

⑧向，以往，从前。颜色，这里意为面貌。余儿时和读书时常来这里打柴、割草、钓鱼，或与同学来此划船、游泳。但环境已与当时大不一样了。老坎子已被正式命名为国家级湿地公园，新建有同心揽月、龙石广场、曲水回廊、沙滩戏水、柳荫垂钓等景点，路桥、涵闸、坝渠等工程还在施工中；平坦、宽敞、设施齐全的沿江大道一直向南延伸十余华里不止；路边各种特色鲜鱼馆招牌琳琅满目。

⑨大安市城区原为大赉城，南北城门不过三里三，东西城门仅为二里二。但历来有鱼米之乡、人杰地灵之说，涌现出不少各级模范、科学家、将军、书画家、剧作家、小说家、作曲家、诗人、演员等。

⑩乡川情怀，年年夏雨冬雪。此句为表达爱家乡、爱嫩江的点题句，有两个意义：其一，如同年年都有夏季的雨、冬季的雪一样，一年四季，余爱家乡、爱嫩江的情怀天天都在心中；其二，无论遭遇夏雨暴虐的侵袭，还是遭遇冬雪严寒的摧残，即不管在什么样的情况下，都改变不了余爱家乡、爱嫩江的情怀。

1968年6月几位同学于嫩江湾老坎子泛舟照，划桨者张志才，右四为朱靖华

京华续章 2015：清平乐·观抗战胜利七十周年天安门阅兵

清平乐

观抗战胜利七十周年天安门阅兵

（2015 年 9 月 3 日）

银鹰呼啸，
绿满长安道[①]。
看我雄师新面貌，
亮剑[②]今天出鞘。

百年受侮他邦，
并非一个东洋。
保卫和平安在？
手中闪亮钢枪。

注：①绿，指地面受阅部队。长安道，即长安街。

②亮剑，这里借用了一部抗战题材的电视剧名字。

京华续章 2016：七绝二首·长安街一月遐想

长安街一月遐想

（2016 年 1 月 8 日）

一

十里长街一月天，
白花泪水伴冬寒。
忍看缓缓灵车去，
何日再迎总理还？

二

斗转星移四十年，

江山无改已新天。

斯人虽去音容在，

大海情深民众间[①]。

注：①周总理去世后，遵其嘱将骨灰撒入大海。

京华续章 2016：七绝三首·天游峰

七绝三首

天游峰

（2016 年 1 月 25 日）

据讲，天游峰是一自然形成的实体山峰，在全世界独一无二。山虽只有四百多米高，但上山路陡。余和老伴本想登登试试，可九百石梯，我们登上一百便已气喘吁吁，腰疼腿软，汗流浃背了。想想均已年近古稀，还是不要逞强了，转身下去，那边的九曲溪也是一处好风景。

一

驱车千里访天游，

只为一瞻大石头。

一体天成无二例，

当之无愧冠全球。

二

名山有景在峰巅，

无奈坡高举步艰。

量力而行亦好汉，

逞强笑我古稀年。

三

九百石梯登百梯，

双膝已软坐如泥。

景观何必非峰顶，

便是回身九曲溪。

京华续章 2016：七绝三首·厦门三题

厦门三题

一、鼓浪屿

（2016 年 1 月 26 日）

早就向往鼓浪屿，可来到之后很是有些失望，失望不在人多，而在没有见到、感受到自然风光的海岛，见到的是大街小巷人拥人挤的商铺。

鼓浪屿名天下扬，

得闲有幸来观光。

好山好水在何处？

小巷大街无不商。

二、永定土楼

（2016 年 1 月 27 日）

永定土楼位于福建省龙岩市永定区，现存23 000多座，有圆形、方形、五角形、回字形、日字形等大小不一，是世界上独一无二的山区民居建筑，已被列入世界遗产名录。据说最早的建筑已有300多年的历史，主要是中原地区的河南人为避战乱来这里修建的。在那没有电、没有现代建设工具的年代，能在深山里建成既坚固，又防火防潮防入侵、冬暖夏凉、规模如此宏伟的土建筑，可见我们民族先辈们的勤劳与智慧。不仅是土楼，还有土楼的建设者们将与不倒的青山一样万古留存。

遐迩闻名永定楼，
方圆大小各千秋。
人工巧匠叹观止，
不倒青山万古留。

三、胡里山古炮台

（2016 年 1 月 28 日）

是日早从厦门大学出来，便来到胡里山古炮台遗址。这个炮台建于一百多年前，据说是当时世界上最先进、最大的海岸炮群，是厦门要塞的“天南锁钥”，然而却没有阻止我中华大地百年遭受外敌入侵的屈辱。为什么……适值绵绵细雨降下，几句小诗心底涌出。

置身遗址雨纷纷，
遥望海空思绪沉。
纵有天南锁钥在，
百年难抵外敌侵。

2016年1月24日于武夷山天游峰照

2016年1月25日于天游峰好汉坡照

2016年1月25日于武夷山清水溪照

2016年1月26日于鼓浪屿博物馆前照

2016年1月27日于永定土楼照

2016年1月26日于胡里山古炮台照

2016年1月28日于厦门大学校园内鲁迅纪念馆照

2016年1月26日考察厦门湖滨中学集体照

京华续章 2016：祝分校同事新春快乐

祝分校同事新春快乐

（2016 年 2 月 7 日，除夕）

分分秒秒度光阴，
校园面貌逐年新。
同为脚下一方土，
事业有成赖诸君。
春风化雨百花放，
节后桃李最喜人。
快递送我祝福语，
乐在各家暖我心。

京华续章2016：七绝·春来感怀

七 绝

春来感怀

（2016年2月16日）

春来冬去赏花红，
有赖东君一信风。
草长莺飞新雪尽，
难留脚步太匆匆。

京华续章2016：苏幕遮·大寨行

苏幕遮

大寨行

（2016年6月18日）

大寨，曾是我国农业战线的一面红旗。大寨的事迹，大寨的精神，表现大寨的电影、歌曲，可以说从高中学生时代起直至工作后的一段时间里，一直伴随着我的学习和工作，也可以说伴随着我的成长。现今自己虽然年老了，大寨也没有了昔日的辉煌，但对其还是情有独衷的。按照上级党委“两学一做”要求，是日率分校党员来到大寨开展社会实践活动。看到大寨仍然保持着集体经济，走共同富裕之路，同时采用集体股份制，开展多种经营，每个家庭都住有统一规划的田园式小楼。在全国来说，可算屈指可数的富裕村。归途中，心有所感，草成一首《苏幕遮·大寨行》以记之。

虎头山，清河水。向往多年，夙愿于今遂。一路欢歌心唱醉。人老多情，更胜年青辈。

看梯田，观展史。座座楼居，尽显田园美。多种经营同创汇。继往开来，为有精神在。①

注：① 1964 年 5 月，毛泽东主席在听取了国家计委领导小组汇报第三个五年计划的设想时，向全国正式发出了“农业学大寨”的号召。在毛主席的指示下，1964 年 12 月，周恩来总理在向三届全国人大一次会议所做的《政府工作报告》中，把山西省昔阳县大寨大队的基本经验概括为：政治挂帅，思想领先的原则；自力更生，艰苦奋斗的精神；爱国家、爱集体的共产主义风格。

在虎头山顶上照

观看大寨展览室听解说

在大寨村一水上人家照

2016年6月18日虎头山下陈永贵雕像前集体照

在大寨村头党总支成员于毛主席题字下合影，左起：宣传委员杨继华、副书记李玉竹、本人、统战委员高怡、组织委员孟祥影

京华续章 2016：七绝二首·题阿芙乐尔号巡洋舰

七绝二首

题阿芙乐尔号巡洋舰

（2016 年 7 月 18 日）

2016年7月15日至7月22日率团赴俄参访，其间有机会参观了阿芙乐尔号巡洋舰并拜谒列宁墓，晚间回宾馆写了下面几首小诗。

阿芙乐尔号巡洋舰原为俄国波罗的海舰队的巡洋舰，舰长124米，宽16.8米，1903年编入现役。“阿芙乐尔”意为“黎明”或“曙光”，在罗马神话中，“阿芙乐尔”是司晨女神，她唤醒人们，送来曙光。1917年10月24日21时45分，“阿芙乐尔号”巡洋舰炮击临时政府所在地冬宫，宣告了“十月革命”开始。1923年，该舰改为练习舰。法西斯德国进攻列宁格勒时，舰上的9

门主炮被拆卸下来，部署在城市外围，扼守防地；第10门主炮、指挥员和炮兵班，留在舰上迎敌。危急关头，“阿芙乐尔号”巡洋舰自沉于港湾中，战争后期被打捞起来并修复。从1948年11月起，它作为十月革命的纪念物和中央军事博物馆分馆，永久性地停泊在涅瓦河畔，供人们参观、瞻仰。

毛泽东主席曾经指出：“十月革命一声炮响，给我们送来了马克思列宁主义。”十月革命向全世界宣告崭新的社会制度由理想变为现实，开辟了人类探索社会主义道路的新时代。

一

炮响一声十月风，
斧镰托起赤旗红。
曙光照亮新天地，
奋起工农百万兵。

二

沉寂百年泊岸边，
不声不响供人观。
可知天下当今事，
几处和平几处安？

阿芙乐尔号巡洋舰

在阿芙乐尔号巡洋舰旁留影

京华续章 2016：七绝三首·谒列宁墓

七绝三首

谒列宁墓

（2016 年 7 月 20 日）

列宁，向被誉为无产阶级的革命导师。列宁墓位于莫斯科红场西侧中央克里姆林宫红墙外的墙下。1991年苏联解体，列宁缔造的世界上第一个由马克思主义政党领导的社会主义国家不复存在。但列宁主义还在，由列宁创建的为工农大众谋幸福的社会主义国家制度没有消失。在我国，马克思列宁主义至今仍是我党秉持的指导思想。

一

不期有幸来谒陵，
几多感慨自心生。
追随信仰幼年始，
白发依怀不了情。

二

自小追随深入魂，
老来依旧守初心。
任凭世界风云变，
只为导师主义真。

三

墙下长眠近百年，
当年旗帜已更颜。
国家易主江山在，
为有人心向斧镰。

列宁墓

与彦梅在列宁墓前留影

京华续章 2016：五绝 · 踏早

五绝

踏 早

（2016 年 8 月 3 日）

晨来醒得早，
漫步林边草。
欲向林深处，
恐惊栖息鸟。

京华续章 2016：五绝 · 睹舟行江上有感

五　绝

睹舟行江上有感

（2016 年 8 月 7 日）

余离乡于京供事十二载有余矣，思乡之情时时在怀。今回故里见一舟江上缓缓而行，不禁心有所动，口占四句。

天阔水平平，
一舟江上行。
要知船载物，
满满是乡情。

京华续章 2016：五绝 · 题外孙嫩江湾照

五 绝

题外孙嫩江湾照

（2016 年 8 月 7 日）

今日立秋，携老伴儿并女儿寄宇、外孙心宁来嫩江湾游玩。

秋来天水新，
携春嫩江村。
至爱吾心里，
阳光照外孙。

外孙心宁2016年8月7日照于嫩江湾

京华续章 2016：相见欢 · 45 年师生会记

相见欢

45年师生会记

（2016 年 8 月 10 日）

1971年4月至9月，我们这些多来自下乡知青的学员汇聚白城地区安广师范中文连二排就读，班主任是高承恩老师。虽然读书时间只有短短的5个月，但在那个特殊年代给我们这些特殊学生还是留下了深久的记忆和感情。今年暑期部分师生相聚大安，旧地重游，有45年不得见者。是日，师生游览于国家级湿地公园大安嫩江湾，观光游览，叙旧话新，品尝江鱼，泛舟欢歌。余有感，试填一小令而记之。

特殊年代师生，
得重逢。
执手相看，
或媪或为翁。
忆往醉，品鲜味，
话无穷。
笑语欢歌长在，
嫩江情。

合影，自左至右：李咏、刘丽、祖国珍、谭亚华、赵英、邹俊启、李秀英、高承恩老师、高老师夫人、朱靖华、刘亚范、李云秀、田淑玲、肖振国、张占林

与高承恩老师于嫩江湾公园合影

在嫩江湾湿地公园游船上

在餐桌上

京华续章 2016：七绝 · 为“落日余晖”题照

七 绝

为“落日余晖”题照

（2016 年 8 月 25 日）

是日晚,闲翻微信，见往日学生任颜春发一组晚霞照，题为“落日余晖”，甚美。心有所触，遂题四句小诗以为赞。

红云朵朵半空悬，
色彩斑斓布满天。
纵已黄昏夕照短，
仍将美丽向人间。

京华续章 2016：七绝 · 为“日落”题照

七 绝

为“日落”题照

（2016 年 9 月 10 日）

是日晚,手机朋友圈里见我校李建医生发一组题为“日落”的照片，很美。睹照有所感，即兴题了下面几句。

日升日落自当时，
晚照晨辉皆可诗。
美丽人生全在己，
有霞相伴要心知。

京华续章 2016：望月有感

望月有感

（2016 年 9 月 15 日　农历八月十五晚）

明月今夕有，
把酒敬青天。
为有天上月，
才有月人间。
人应天行事，
天佑人平安。
天人和谐处，
年年秋月圆。

京华续章 2016：七绝 · 为“又见天边那抹红”题照

七　绝

为“又见天边那抹红”题照

（2016 年 9 月 21 日）

是日夜23时许，未寐，偶翻手机，见学生任颜春发一组题为“又见天边那抹红”彩照。因前日有“落日余晖”题照，见今之照，亦极美，遂题如下四句以复。

又见天边那抹红，
自然造化有神功。
今夕目送晚霞去，
明早再迎旭日升。

京华续章 2016：七绝·写在《春草集》校对后

七　绝

写在《春草集》校对后

（2016年10月3日）

节前，出版社编辑将《春草集》样稿送来要我自己再校对一下。利用假日匆匆看了一遍。掩卷之后，总觉得还应再写上几句。时值傍晚，又想到前面那首诗，很喜欢其中“又见天边那抹红”句。于是借此句又续写了下面几句，权做封卷之笔吧。

又见天边那抹红，
不由感慨自心生。
日升日落寻常见，
最是在怀春草情。

散 文

1995年6月工作照

散文 2002·怀念母亲

怀念母亲

（2002 年 12 月 15 日）

母亲离我们而去了，是在 2002 年 12 月 10 日（农历冬月初七）17 时 25 分。我从学校来到医院也就有五分钟的时间，母亲便停止了呼吸。当时陪伴在母亲身边的，只有我和我的三个兄长。母亲，您是在等我吗？您是要四个儿子都在身边，才放心走的吗？

母亲是一位平凡的女性，但是她一生历尽坎坷，饱尝艰辛。母亲名叫宋淑云，1915 年 8 月 6 日（农历六月二十六日）出生在吉林省农安县一个中医家庭。十七岁时嫁到朱家。父亲名叫朱德祥，比母亲年纪小四岁，我出生三天，便不在了。当时，母亲只有三十二岁，大哥靖远九岁，二哥靖宜六岁，三哥靖安四岁，还有一位年迈体弱的老祖母。祖母也是年轻时守寡，只育有父亲一个孩子。那时候我们家住在黑龙江省齐齐哈尔市，在我四岁时，迁到了大赉。我们先是暂住在城北一个熟人家里，后搬进城西一座两间东厢土房。因年久失修，又没有柱脚，1951 年初春的一个夜晚，房子突然倒塌，老祖母当场被砸死，母亲和我们四兄弟幸免于难。天空飘着雪花。一位远房表姑送来一口旧柜，装殓了祖母。我那不满十四岁的大哥穿着母亲用乱麻线絮做的棉衣，扛着灵幡，将祖母下葬。

母亲是一位普通的女性，但是她一生勤劳，善良，刚强。在齐市时，母亲是麻袋厂纺线女工。到大赉后，打柴火，卖煎饼，编席子，打草绳，“三年困难时期”还开过“小片荒”，主要是编席子。小时候，我晚上常常是在看着母亲编席子中入睡，早上醒来时，看到母亲仍然在编席子。由于多年劳作，母亲的双手指骨节肿大，到老时仍不能伸直。母亲爱劳动的习惯，一直保持到晚年。她身上穿的毛衣、毛裤、毛坎肩儿、毛袜子都是自己织的。除病重期间，一切坚持自理。连寿衣都是自己生前缝制的。母亲，您劳累了一生，现在终于可以歇息歇息了。

我家很穷，但母亲更同情穷人。小时候，讨饭的不少。每次有讨饭的来，母亲都是尽力帮助，哪怕是给碗粥喝，也从不拒之门外。邻居赵氏兄弟结婚无房住。我家仅住两间房，母亲搭个“暖阁儿”，让小两口儿在我家安了家，一住就是多半年。母亲在地上编席子，赵家媳妇儿在我家炕上编蒲包。无论我家住在哪里，街坊邻居老老少少没有不夸赞母亲的。从小以来，我从未听到母亲讲过一句不满意别人的话。哪怕是伤害过我们的人，母亲也是以德报怨。母亲从不挑剔他人，她总是以善良的心态对待每一个人。母亲，您一生与人为善，助人为乐。您看到了吗，那些曾叫过您“大嫂”“大婶儿”“大娘”“大奶”的人们，听到您去世的消息，都深感悲痛。

母亲年纪轻轻，便拉扯我们兄弟四人，个中艰难，难以想象。但母亲从没有领我们讨过饭，从没有在人前掉过泪。八九岁的时候，一次我跟着母亲从姨家回来，看到路沟边有卷起来的一沓钱。我把它捡起来，母亲却领着我送到了街道政府。要知道，我家当时该多么需要钱啊！“宁可身上受苦，不叫脸上挂霜。”这是我从母亲那里听来的话，并且牢记至今。父亲生前考取了旧政权雇员，新中国成立后这一直成为我家的历史污点，为了划清界限，也不排除我家穷，一些熟人甚至亲属与我们疏远了。母亲为了我们兄弟四人，婉拒了一些好心人相劝，一直没有再嫁。现在回想起来，母亲一生心里该承受多少压力和痛苦啊！母亲，您一生保持做人的尊严。您自重、自强的品格，将永远铭记在我们心里。

最叫我们感激和敬佩的是，在那样艰难的处境下，母亲毅然地将我们哥儿四个相继送进了学堂。我至今还清楚地记得，大哥十七岁那年去外地读书，母亲牵着我的手，带着二哥和三哥，将大哥送到胡同口去火车站的路上。母亲一直默默地伫立着，目送远去的大哥背影，直到看不见。二哥从小品学兼优，被保送升入了中学。他看到母亲实在太难了，在一次外地来校招工中，直接随人走了，二哥就是这样走上了工作岗位。如今，大哥、三哥和我都成了具有大学学历的高级农艺师或者特级教师。二哥后来经过自学，也获得了经济师的职称。母亲不但关心我们学习，也非常关心我们做人和政治进步，从小就教导我们热爱共产党，热爱毛主席，热爱新社会。母亲，您的心血没有白费。我们兄弟四人也算是学有所成，并且都入了党，还在各自的岗位上担任着（过）一定的领导职务。

母亲走了，走得那么安静，还像平时那样，不想惊扰任何人；母亲走了，走得那么安详，一如生前那样，只把慈爱留给人间。我仰望着飘入空中的轻烟，仿佛看到了母亲迈着轻轻的脚步在升腾。母亲，您走好，儿再不能在您身前尽孝了，但您永远活在儿的心中，活在那些熟悉您的人的心中。

深深地怀念您，母亲！

（此文载大安市当日《大安日报》）

散文 2007 · 母亲逝世 5 周年祭

母亲逝世5周年祭

（2007 年 12 月 10 日）

母亲逝世 5 周年了。5 年前的那一天，也就是 2002 年的 12 月 10 日农历冬月初七 17 点 25 分，母亲永远地离开了我们。母亲逝世后 3 天，我写了一篇短文《怀念母亲》，登在了当天我们的地方报纸《大安日报》上。时隔 5 年，每每想起母亲，仍眷恋不已。

母亲发病前的那段时间，住在大哥靖远家中。记得那是周六的清晨，大哥来电话说母亲病了。我急忙联系了大夫带上救护车，匆匆赶到大安北。

母亲半卧在床上，神志还是清醒的，但说不出话。母亲看到我，似想说话但说不出来，一行细泪从母亲的眼角缓缓流下。我看母亲的眼神儿，是那样的无助，心痛不已，但还是强作镇定地对母亲说："妈，没事的。你看，金玲来了，咱们上医院。"

金玲是我的学生，也是医院的内科主任。母亲和我及家人身体不适多是她来看，她对我母亲的身体状况也是比较了解的。在金玲给母亲做了一下简单检查并挂上点滴后，众人便把母亲抬上了救护车。

到医院后，母亲还是清醒的。先后又做了抽血、CT 等检查。诊断为脑梗。

母亲住进了单间病房。金玲和其他医护们进行了全力救治，但是一天过去了，两天过去了，母亲仍然是不能说话，也不能进食，并且逐渐神志不清了。接下来，便是发烧，且持续升温。金玲告诉这是神经热，准备后事吧。

怎么会呢？脑梗打几针就应当过来呀，我对金玲说。金玲给我解释，老奶奶是脑干大面积梗死，加之已是八十八岁高龄，很难疏通的。我给长春中日联谊医院的内科主任杨宏打电话，要她想办法。她也没办法可想。

母亲就这样地走了。母亲走时，只有我们兄弟四人守在身旁，而我从单位赶到病房仅仅有 5 分钟。当时，母亲喉咙里轻轻地动了一下，我们开始还以为母亲清醒过来了，实际是在咽下最后一口气。母亲啊，您分明是要在您苦苦拉扯、守候、期盼了一辈子的四个儿子都到齐后，才告别这个世界的。我们知道，您是多么不舍啊！您最不舍的是您的四个儿子呀！

母亲生育我们兄弟四人。我出生 3 天，父亲就不在了。母亲去世时，我已经满 55 岁。50 多年来，母亲拉扯着我们几个，什么杂活儿都干过，真是百苦吃尽，百累受尽，百眼看尽。可母亲硬是凭着她那孤弱的身躯和坚强的意志，把我们一个个送进学堂，送上工作岗位，直至娶妻生子，成家立业。我们兄弟四人，也算是学、业有成，没有辜负母亲的养育。母亲以我们为荣，我们以母亲为尊。

我看着母亲的遗容，红润，舒展，一如生前，那么慈祥，那么安详。我不相信母亲已经死去，请求赶过来的金玲和其他医护们抢救。他们的确也采取了一些办法，但最终还是无奈地摇摇头。一袭白布蒙上了母亲的整个身体。

母亲走了。我一直心有歉疚。一是当年春天母亲就出现过一次吞咽功能丧失的病况，可打了两针就恢复了，在医院只住了四五天就康复回家了。我给母亲备的药并不少，可我后悔既然母亲得过脑梗病，为什么没有想到入冬后给母亲再打上几针疏通血管的药呢！再一个是当年我工作比较忙，早出晚归，双休日在家时间也很少，加上身体向来不是很硬朗并患有脑供血不足的毛病，每每回到家里都显得疲惫不堪，与母亲聊天的时间不多，上班时说句“妈，我走了”，下班时说句“妈，我回来了”，仅此而已。现在回想起母亲望着我的眼神儿，那是希望她的儿子能陪她多坐会儿，多说说话儿，解解闷儿啊。可我那时候为什么就没想到那么多呢？真是忙得连陪母亲聊聊天的时间都没有吗？现在，我一闭上眼睛，就仿佛看见母亲一个人坐在窗下的那张大床上低着头默默地摆着扑克牌，摆过一遍，再摆一遍。母亲，我好悔啊！您是在为您的儿子们而活，可儿子并没有为您而活啊，为您想的还是太少了！

母亲去世后的第二年 7 月 25 日，即农历六月二十六日母亲的诞辰日，我们将母亲的骨灰从殡仪馆移到新建成的墓地。母亲的骨灰盒放到了墓室里。墓室里还放有祖父、祖母、小祖父、父亲的骨灰盒，实际上他们的骨灰早已无从查寻，只是放进一张照片甚或连张照片都没有只是写个名字的纸条而已。墓室上面竖立一块天然的汉白玉石碑，正面镶嵌着母亲头像彩照，镌刻着母亲的生卒年。背面是由我撰写、经大哥审定的碑文：

吾家祖籍辽宁义县付家屯。祖朱正，昆仲五，行三，十三岁只身单步至大赉，三十二岁病故。祖母李氏，拜泉人，子七岁守寡，五十五岁身亡。父朱德祥，又名立行，十九岁考取旧政权雇员，先后于大赉、哈尔滨、齐齐哈尔、满洲里等地供职，三十二岁辞世。母宋淑云，时界里名医宋越公振南第五女，十七岁到朱家，侍姑相夫教子，壸范足式。新中国开元，扶姑携子自齐市迁回大赉。父殁时，靖远九岁，靖宜六岁，靖安四岁，靖华生仅三日。为吾等计，母纺织、摊煎、打柴、耕稼、编席，百苦吃尽，又身传言教，做人报国，一一将吾兄弟送进学堂求知长进。母以孤弱之躯，送老抚幼，独支蔽户，个中艰辛，实难尽述。母勤劳，一生劳作不休；母善良，一生与人为善；母刚毅，虽遇屈辱而始终保持做人的尊严。吾等幼年失怙，与母相依为命五十六载，乃至四世同堂。想我朱门二世弱脉，今香火得续，吾等各有所成，均系老母一人之功。母恩浩荡，母恩永远。今建我朱门福堂，仍以母掌门。列祖列宗有知，祈理解吾兄弟拳拳之情，祐我朱门永泰，家国长兴。——靖远、靖宜、靖安、靖华率妻及儿孙辈于公元二〇〇三年七月二十五日癸未年六月二十六日母诞日叩立

今天的天气一早便是雨雪交加，且雾霾沉沉，现在还不到17点钟，窗外已是漆黑一片，也许是应了母亲的忌辰吧。远在外地，不能回乡为母亲扫墓，写一篇短文，是为母亲逝世五周年祭，愿母亲泉下有知。

永远怀念您，母亲！

（2007年12月10日17时于北京）

散文2008·老舅

老 舅

（2008年10月22日于北京）

老舅名叫宋青山，智力照常人差些，听力也照常人差些，说话吐字不甚清楚，东北人多称之为“半语子”。

1951年我四岁的时候，举家从齐齐哈尔迁至大赉。在我模糊的记忆中，我家当时住在小北门里的一个胡同里，过道便是城外，城外东侧是一所中学。

为了生计，母亲跟同胡同里的一阎姓人家学编炕席。编炕席用秫秸作材料，老舅便天天早晨来我家破秫秸。他一来，我们都睡不得早觉了。老舅总是一副笑呵呵的样子，一根布带扎在棉袄中间，腋下夹着一把侵刀。进屋了，看我们还躺在被窝儿里，他便会掀开我们的被子，嚷道：“喜（起）来！喜（来）！都西（什）么西（时）候了，喜（起）来干活！”

老舅无论走在路上，还是在干活时，不时地会哼唱起一首完全可能是他

自己创作的歌曲："老思（师）大辫，穿花西（衣），戴花帽……"，后面的现在已记不得了。二哥比较顽皮，常常当着老舅的面儿，学着老舅的腔调唱"老思（师）大辫……"。老舅并不生气，他看看二哥，再看看大家，咧开嘴巴憨憨地笑一下，又开始干活儿了。多年以来，一说到老舅，我们还会想到"老思（师）大辫"那句歌词。

多年以后，我才明白那时的老舅已是二十岁出头的青年小伙子了。当时的大赉全县只有一所初中，老师自然是非常受人艳羡的，尤其是那些女老师更惹人眼。大概是老舅看到了年轻女教师梳着大辫子，戴着花头巾，穿着花衣裳，才唱出了那样的歌儿。老舅也有一颗爱美之心。

其实，老舅长得很帅气，黑密的头发，浓眉大眼，黑红色的宽厚大脸，差不多有一米八的个头儿，壮壮的身板儿，也是很惹姑娘眼的。但是老舅的婚姻是不幸的。最初的舅母是一个叫"婷子"的，个子不高，生下两个女儿后，与老舅分手了。第二个舅母是个哑巴，记忆中梳着齐耳短发，长得很漂亮，手很巧，也很喜欢小孩儿。一次随妈妈去姥姥家，妈妈与姥姥聊天，老舅母便带着我玩耍，还用纸给我编了一个钱夹和一个花篮，并涂了色彩。我带回家，保留了很长时间呢。不知是什么原因，老舅的这次婚姻很快便结束了。后来老舅又娶了一个叫"傻凤子"的，因为"傻"，给老舅带来许多负担，最终也分手了。以后老舅再未娶过。

姥姥是在 1961 年去世的。老舅过着一个人的日子。老舅在当地有两个哥哥和四个姐姐。哥姐们都很惦记他，他也常到哥姐们家去，通常是各家走一圈儿，都小坐一会儿。老舅每次来我家，母亲都极力留他吃饭，他总是拿眼睛扫视着屋里所有的人，嘴里连连说着："不西（吃）不西（吃）"。一旦留下吃饭，他便屋里屋外地看有没有什么活儿需要他干。其实，哥哥姐姐们家的活儿，老舅没少干。老舅是很有自尊的人。

我是 1971 年结婚的。新房是凤梧大哥从房管所争取来的一间半"干打垒"土房。老舅来帮我糊棚。糊棚既是技术活儿，又是力气活儿，很脏很累很麻烦的。要先选秫秸，去掉外皮，再选出一部分秫秸用火熏，弯成需要的形状，做成数十个“吊子”，然后把所有的秫秸用纸糊裹起来；接下来用麻绳把一个个“吊子”绑到房顶的檩木上，“吊子”的底端一定都要在一个平面上；最后就是糊纸了，先糊一层旧报纸，过几天待糨糊干了后，再扫棚纸。我家没有钱，买不起棚纸，只好糊了一层白纸。老舅的家和单位都在城的西南角，我家在城的东北角。一连多日，老舅都是利用班后的时间顶着刺骨的北风步行来到我家。

每次干完活后，彦梅都要给老舅做上一桌可口的饭菜，还烫上一壶烧酒。老舅一边吃着喝着还要不住地叮嘱我：“嘻，多好，多好，嘻，好好过义（日）子，不喜（许）打架，嘻，……听尹（领）导话，好好干活儿（工作），嘻……”我看着老舅红扑扑的脸膛，香香地吃着喝着，听着他喋喋不休地说着，心里有一种说不出的感觉。老舅真是可亲可敬可爱。

我结婚后，不管有事没事，老舅常到我家来。每次来，彦梅照例做上一桌可口的饭菜，烫上一壶烧酒。老舅香香地吃着喝着，兴奋的脸膛红扑扑的，依旧喋喋不休地讲着同样内容的话，我认真地听着老舅的教诲。

老舅人缘特好，也是个好职工。他在县土产公司上班。单位里的人一提起老舅，几乎首先都是说着这样的话：“老宋，好人哪！”老舅单身，有力气，谁家有活儿都少不了找老舅帮忙，而他从不与人计较什么。老舅有个最大特点是听领导的话，他认定领导就是政府，所以领导对老舅的评价也很好：“老宋，听话，能干。”

我去过一次老舅工作的车间。那是一间低矮不大的土坯房，里面放着一台弹棉花机。老舅的工作就是弹棉花。屋里面堆放着许多待弹的旧棉絮，空间和墙壁上满是飘动的棉絮。老舅和一女工裹着头巾，戴着口罩，腰间扎个围裙，整个身子都落满了棉絮，眉睫毛完全变成了灰白色。无疑这样的工作很影响人的健康，于是女工走了一个又一个，而老舅一直坚守在这里，他是这里的“领导”。老舅每年都是先进生产者。

1986 年深秋的一个清晨，有人来报信，说老舅死了，死在路上。我赶去时，天已放亮了。在从马路进入老舅家的胡同里，看到老舅躺在离他家只有几丈远的土道上，身子侧卧着，腿半曲，头微微下倾，嘴略张，眼睛闭合着，看上去样子很安详，像是在睡觉。

老舅就是这样永远地睡着了。

老舅上一天还在上班。至于死因，有人说他是夜晚醉酒回来跌倒冻死的，有人说是犯了肺心病猝死的。究竟是什么原因，没有人主张查。老舅下葬了。

随着时间的推移，老舅逐渐不再被人提起了，但我还是时常想起老舅，每逢年节祭奠先人，我都要给老舅烧上几张纸，唯恐老舅在那边受穷。

今年春天听三哥讲，老舅还有个遗腹子，是哑巴老舅母生的，五十多年后认祖归宗了，“亭子”老舅母生的两个表妹现居齐齐哈尔，也都有了联系。真是想不到的令人高兴的事情。

暑假期间我从北京回到大赉，把在大赉所有能联系到的姥家亲属统统聚到一起吃了顿饭，表弟、弟媳和他们已读大三的女儿都来了，大家都非常激动。我看着表弟那似曾相识的面容，心里默默地说：

“老舅啊，您还活在我们的身边！”

2009年8月9日表弟宝贵一家，左一女儿时在读大学

2009看8月9日在辽金古城堡塔虎城墙下表弟宝贵家庭院内亲属合影，中排右一为宝贵，后排右二为宝贵媳妇，前排右一为宝贵家女儿

散文 2008 · 我的小学老师赵琴心

我的小学老师赵琴心

（2008 年 11 月 3 日）

1956 年春季开学，班上来了一位新班主任，就是赵琴心老师。赵老师第一次走进课堂时的情景，我没有印象了。

留在我记忆中的赵老师，瘦高的个子，背略有点驼，似乎总是穿着一件洗得发白的蓝制服，袖子卷到肘上，长挂脸，讲话有较重的男低音。

赵老师很爱运动，我几次看到他在球场上打篮球。有一次还看到他和另外几位老师在操场上做着骑自行车捡砖头比赛的游戏。自行车绕着一个圈儿飞转，赵老师一手握车把，一手把一块块砖头从地上捡起来。我看得好惊讶。

赵老师不但自行车骑得好，还画得好。有一次上图画课他在黑板上几笔就画出来一辆自行车。我从小就喜欢画画儿，可我画不出来。心里真是佩服赵老师。

赵老师注意到我，似乎是从几节语文课开始的。有一次上语文课，遇到一个“奉”字，赵老师叫了好几个同学没有人读出来。赵老师问：“谁认得？”半天没有反应。这时我偷偷地瞄了瞄周围，怯生生地举起了手。不久又有一次，遇到一个“脏”字，还是没有人能正确地读出来，我再次举了手。还有一次是赵老师提问背诵《十一月革命》课文，叫了几名同学都没有背下来，赵老师叫到我，我很流利并完整地背了下来。以后课堂上遇到其他同学回答不上来的问题，赵老师常常叫我来回答。我感谢赵老师，他没有因为我穿着破旧而瞧不起我。

其实，最让我感谢并铭记赵老师的，是他从没有撵过我回家去取学费，只是在开学初问过我一次，便再没有为此找过我。打上学以来，我最怕的事情就是老师要学费。

我出生只有几天父亲便不在了，母亲靠做各种杂活儿拉扯我们兄弟四人过活。母亲知道读书的重要，不管生活多么艰难，一一把我们兄弟送进学堂。我刚上小学的时候，三哥长我两个年级，也在读初小，二哥读高小，大哥在外地读中专。一家人常常是吃了上顿没下顿，我还记得，哥哥们常常是用捡来的废旧报纸钉成练习本，且两面用着。

刚开学时，我心里像压着块石头，沉甸甸的。不管是在课上还是在课下，总是尽量想方设法躲开赵老师的视线，生怕被他看到。直到有一天，赵老师把我叫到面前说他已和校长申请过，校长批准免除了我的学费，我压抑的心才得到释放。原来，赵老师早就注意到了我和我家的情况。赵老师一共当了我们三个学期的班主任，这是我小学生活中最无忧无虑的一段时光，也是最快乐的一段时光。

1957 年的暑假放得好长，大约是放了 90 天，终于盼到了开学。可是当我来上学的时候，才发现赵老师不是我们的班主任了，也没有见到赵老师。赵老师到哪里去了呢？直到有一天中午上学时在校门口看到一排人往外走，他们都低着头，有的扛着铁锹，有的背着土筐，我认出了里面有赵老师，还有教音乐课的何老师。赵老师肩扛着一把锹，他的背似乎更驼了，因而头也越发显得低。他依旧穿着那件洗得发白的蓝制服，但是上面分明挂有一层浸有汗渍的灰土，带有少许白发且略显蓬乱的头上也隐隐蒙有一层灰土。不少学生跟着围观，还有人带头唱起了我们刚刚学过的歌曲《社会主义好》："……社会主义好，社会主义江山人民保。人民江山坐得牢，右派分子想反也反不了……"我一直盯着步履蹒跚的赵老师，心里非常难受。那时听老师讲过，右派分子不是好人。可是赵老师怎么会是坏人呢？后来听人讲，赵老师说过他"枕了三年小包"（拿包袱当枕头）的话，是污蔑社会主义，才被打成右派的。我带着沉重的不明白的心情一直目送着赵老师远去。这是我最后一次见到赵老师。

五十多年过去了。每当想到赵老师，总有一件事，让我愧疚于心。那是暑假里的一天，我在一个道旁卖甜秆儿，赵老师和他的女儿过来了，他女儿是我们同年级不同班的同学。道旁一溜儿都是卖甜秆儿的。赵老师领着他女儿径直走到我这里，问过价钱，随手便把八分钱放到了我手里，然后拿了两根甜秆儿走了。赵老师手里拿着一把镰刀，他女儿臂上跨个筐，大概是去野外割猪菜吧。赵老师带着女儿离去了。其实，我心里很想不收赵老师的钱，但嘴上却没有勇气说出来。当时，我就很懊悔，至今想起来，还非常遗憾。

以后我上了初中、上了高中，直至"文革"插队下乡、又读了大学，也当了老师，但我一直没有忘记赵老师。他教给了我要平等地对待学生，多关注穷苦的孩子。

散文 2009 · 编席子

编席子

（写于 2009 年 4 月 1—6 日）

为了生活，小时候妈妈带着我们干过许多活儿，打柴火、捡庄稼、打草绳、编蒲包、摊煎饼、织渔网等等，甚至还开过"小片儿荒"，但干的最多的活儿是编席子。我们编过苇席，也编过秫秸席；给公家或别人家卖手工编过席子，也自家独立编过席子。苇席是用芦苇秸做材料编成的席子，秫秸席是用高粱秸做材料编成的席子。我家多是编秫秸席，编成的席子遇公家收的时候就卖给公家，公家不收就自己拿出去卖。

小时候我最初的记忆就是看着妈妈编席子，晚上入睡前看着妈妈在编席子，早晨醒来看着妈妈仍在编席子，妈妈什么时候睡觉我不得而知。妈妈在编席子的时候，坐在编着的席子上，弓着身子，低着头，两只手不停地编着。我便常常贴在妈妈身后，坐在那儿玩弄着妈妈用过的那些篾子废料。妈妈在编席子的时候，有时候会哼唱着我不知名的小曲儿，那声音是轻轻的，低低的，柔柔的，婉转绵长，像小溪水在缓缓流淌。此时，我玩篾子的手就会停下来，静静地听着，不知为什么，有种想落泪的感觉。

妈妈当时只有三十几岁的年纪，养育着我们兄弟四个，生活之艰难，非他人可以想象。但妈妈为人非常坚强、豁达、善良，不管面对怎样的困难，都保持着做人的尊严，即使吃不上饭，也从未领我们出去乞讨过。“宁叫身上受苦，不能脸上挂霜。”这是小时候听到妈妈讲过的一句话，我一直记在心里。上学前，妈妈曾给我画过一幅莲花画儿，粉红的花瓣儿，金黄的花心，鲜绿的花叶，花的下面是湛蓝的水纹，给我留下至深的记忆。上学后，我一直珍藏在书包里，随身携带。说实话，小时候我并没有见过真正的莲花，但莲花的形象却由此在我心中牢牢扎下了根。至今每当夏季与妻到紫竹院公园[①]遛弯儿时，都会不自觉地来到荷花渡前，望着那满池盛开的莲花，不由得想起了母亲，想起母亲给我画的那张莲花画儿。

哥哥们非常懂事，早晚上下学前后和假日里都自觉地帮着妈妈干活儿，常常是自定任务，比如说在上学前要撞出多少捆秫秸[②]，或者说破出多少捆篾子，压出、刮出多少扎篾子，然后再去上学。大哥很早就去外地读书了，三哥还小些，二哥便是家里主要劳力了。二哥大大的眼睛，方方的脸，一头乌黑浓密的头发把他本来还未长成的身材显得更加瘦小。二哥不但学习好，活儿也干得好，看他编席，篾子在他手中就像一排排跳动的琴弦，不一会儿就编出一大片，且编出的席子纹理又细密又平整。尤其压篾子，别人通常是把用刀破好的秫秸分扎地放在石磙子下面，然后用两手推拉着磙杆儿[3]来回地碾压，直到把篾子都压扁为止，而二哥却常常是双脚站在石磙子上，双手拄着磙杆儿，用脚蹬着石磙子转动。石磙子在二哥的脚下来回飞转，不一会儿就压好了一扎扎篾子。有时候他连磙杆儿都不用，脚下蹬着磙子，一边唱着歌儿，一边在空中舞动着双手，简直像在演杂技。二哥唱歌，总是放声地唱，唱得那么投入，那么激情洋溢。每每听二哥唱歌，感觉人也随着歌声飞出了屋外，飞向了蓝天，总给我带来许多美好的幻想。二哥是个多才多艺的人，他唱歌、拉琴、吹笛子、吹口琴、画画儿、滑冰、打乒乓球、写大字、打算盘等，样样在行。二哥的思想性格和爱好都不同程度地给了我一定的影响和熏陶。

看到妈妈和哥哥们干活儿，还很小的我也总想参与，但碍于安全考虑，妈妈只是让我跟着三哥干点撞撞秫秸也就是撸撸秫秸叶子的活儿，可是我非常喜欢破篾子。破篾子要用刀破，按照席子的要求和秫秸的粗细，一根秫秸或需被破成两半儿，或需被破成三半儿、四半儿、五半儿不等。我破出的篾子宽窄还算均匀，并很少瞎材料，也没有出现碰手的问题，逐渐地妈妈也就多少放松了对我破篾子的约束。可是在有一次破篾子的时候，我遇到了秫秸的一个硬结，使劲一用力，结果锋利的侵刀将秫秸砍断，同时也把我的右拇指甲全部削掉了[4]。妈妈吓坏了，急忙叫二哥去三姨家要来刀口药给我包扎上。我的右拇指半年后才长出新指甲。

编席子是很辛苦的活儿。破出的篾子压好后，要浇水闷，闷篾子[5]的地面及附近总是湿漉漉的。编席子通常是坐在地上编，篾子还需要保持一定的湿度，所以整个屋子都充满着潮气。破篾子、刮篾子[6]需用刀，编席时的秫秸篾儿也是很锋利的，伤手的事是经常发生的。我们的手伸出来，满是洗不净的黑黑的麻渣口，指甲下的倒枪刺掉了一茬又生出一茬。

东北人家的习俗，过年前都要换一领新席铺在炕上，而农民的新高粱秸也是在秋后才能上市，所以编席子多是在入冬到春节前这一段时间最为忙碌。我们家穷，没有任何取暖设备，屋内滴水成冰，墙面上总是挂着厚厚的白霜。有时实在耐不住冷，便在屋地中央拢堆火烤烤。妈妈和我们兄弟四人都有不同程度的关节病，小时候我的手脚每年冬天都有冻疮。妈妈的手指关节肿大，直到晚年都伸不直。

我对编席子太熟悉了，以至在上初中二年级的一次作文中竟用文言写了一篇《织席》，遭到老师⑦的批评。事情经过是这样的。我们学了一篇白居易的《荔枝图序》，之后老师要求仿写一篇说明文，题目自拟。我马上想到了编席子，于是就写了《织席》。大体内容至今还记得。开头句是："织席者，皆知撸、破、压、闷、刮、编，此乃织席之工序也。"以下便分述"撸者"、"破者"、"压者"、"闷者"、"刮者"、"编者"各如何。结尾一句是："盖为不知织席者云。"

文章发下来了，老师给了一个大大的"0"分，批语三条："一、你是今人，为何写古文？二、作文不能抄袭。三、重作一篇补交。"并在课堂上对我的作文进行了公开的批评。此事至今想来，还忍俊不禁。当然，也是在我流着泪的公开"抗议"后，老师给了我"平反"。

编席子给了我太多、太重的感情，以至在1971年成家之后，还在春节前与妻一起特意编了一领新席铺在了自家的炕上。

一张薄薄的席子，承载了我童年和少年的多少苦难和快乐啊！

自注：①紫竹院公园，在北京西三环紫竹院路北侧，中有荷塘。

②撞秫秸，是撸掉秫秸叶子的一道工序。通常是在地上立一根1米多高的木桩，拿出一把旧剪刀，然后将剪刀两股分开，接下来是把两股剪刀的刀部都弯成半圆状，再把其中一股刀把儿冲上固定在木桩偏上方，另一股拿在手中，称作"撞子"。撞秫秸时，一只手拿着"撞子"，另一只手拿起一根秫秸放在木桩的剪刀上拉动，很容易就将秫秸叶子去掉，是为撞秫秸。

③碌杆儿，推拉石碌子的工具，是两根用手能握住的1米多长的圆木棍，每根棍的一端都安装有个固定的铁环。压靡子时，把用刀破好的秫秸分扎地放在石碌子下面，然后用两手推拉着碌杆儿，使石碌子来回转动，直到将靡子完全压扁为止。

④我左手使刀。

⑤闷蘼子，是将压好的蘼子放在地上，浇水闷，起码要两个小时以上，一般是头天晚上闷，闷一宿。这样用刀刮时容易将秫秸中的海绵体刮掉。

⑥刮蘼子，一块平木板，上面钉个钉子，刮蘼子人在木板头儿坐在一个小板凳上，一手拿刀，另一手拿闷好的蘼子放在刀下，一只脚踏在刀背上，将蘼子的海绵体刮掉。刮出的蘼子刮得越净越薄越好，编席子使用起来柔软，不易折。

⑦老师，王亚训老师，丹东人，1961 年东北师大毕业，是我们初二至初三的语文老师，1979 年病逝。王老师平易近人，对学生很好，从不发脾气。我从王老师那里学到很多东西。

散文 2009 · 上学

上 学[①]

（2009 年 4 月 3 日）

1954 年 7 月暑假里的一天，三哥领着我去学校报名上学。

学校在县城的西北角，人们都管那儿叫小西门里。学校离我家并不远，也就四五百米的样子，中间要拐个直角弯儿，经过一个人们习惯叫作廉家油坊的十字路口。学校名字叫作大赉二初，是一所初级小学，只有四个年级，学生要念到初小毕业后才有可能再去别的学校继续读小学的五、六年级，完成高小学业[②]。

在我的记忆中，那是一个大热天。好大的一个院子里，聚集了很多人，领着孩子前来报名上学的人弯弯曲曲排成了一条长龙。为了生活，妈妈和已经辍学的二哥，还有刚刚中学毕业、等待去外地读书的大哥都出去干活儿了，只能由三哥领着我来。三哥那时还未满 11 岁，刚读完小学一年级，拽着我排在拥挤的人堆儿里。我们早已汗流浃背，焦急地等待着，生怕前面的人数招满报不上名。忽然，一个老奶奶牵着一个小女孩儿，一伸手把我们扒拉了出来，她以为我们身边没有大人，就说我们加塞儿。三哥与她争辩，还挨了一巴掌。三哥哭了，但没有退却，坚持把我推回到原来的位置。

终于排到了我。可是没想到老师一看我的户口，只说了一句话，“你还不满 7 周岁，不够年龄。”就一把扔出户口本，又把我们扒拉到一边去了。

这一年，我没有上成学。

其实，妈妈供我们念书非常不容易。父亲不在了，妈妈带着我们由齐齐哈尔迁至这里。家里没有固定的收入，全靠妈妈一人干着各种杂活儿维持一家人的吃用。哥哥们虽然年小，但都很懂事，体谅妈妈的难处，尽量为妈妈分担忧愁。为要带我，三哥直到快满 10 岁才上小学。大哥品学兼优，在读中学时，看到家里太困难了，便停学了。后来还是好心的老师一次次亲自登门来家里找，半年后，大哥才重回校园。本来大哥考大学是没有问题的，但因为家穷，拿不出足够的上学费用，也是为了及早工作帮助家里生活，他只报考了一所学农的中专。二哥自小聪明灵慧，在齐市幼儿园时便屡考第一，在小学时是少先队大队长。他也是看到家里困难，刚读到小学三年级便辍学了，三年后才重新上学。辍学期间，二哥帮助妈妈干着各种杂活。一次，他背着比他体重轻不多少的木箱③卖煎饼，一阵大风吹来，将他和煎饼箱子一起刮进了道旁的壕沟里。1957 年，二哥读初中，一天有人来学校招工，二哥便随人去了。一周后家里接到二哥寄回的一封信，才得知了他的去向。不满十七岁的二哥就是这样走上了工作岗位。三哥是 1965 年高中毕业的，正是阶级斗争叫得最响的年月，学生高考要经过严格“政审”。三哥和与他有着相同命运的同学并不知道，在他们的政审表中已经明白地注明“该生不易录取”字样，因此不管他们考出什么成绩，大学之门都不会向他们敞开的。三哥读高三时正患着严重的脚气病，走路都困难，可他刻苦用功的景象，我至今还历历在目。不久，三哥便响应党的号召，到“东方红”农场④插队了，一干就是十五年，1980 年才得以返城。我真为三哥痛惜。我想，如果三哥不是为了我而耽误上学，也许会躲过那场厄运。

1955 年，又是 7 月暑假里的一天，还是三哥领着我去学校报名上学，仍然是排着长队，但这一次我如愿以偿了。招生老师先看看户口本，然后分别拿出毛主席和朱总司令的照片要我辨认，接下来又让我从两位数往下数到三位数，就被录取了。

我要上学了。一天，二哥对妈妈说："小四儿上学了，您不要再用剃刀给他剃光头了，我领他去理发店给他理个平头吧。"妈妈答应了。我高高兴兴地随着二哥来到了小十字街西的一家理发店。还记得，因为我个子小，理发师拿出个木板横在椅子的两侧扶手上，叫我坐了上去。这是我生平第一次在理发店理发。

我要上学了。一天，三哥也对妈妈说："小四儿上学了，把我的布书包给小四儿用吧。"实际上，三哥的书包也是大哥、二哥传下来的。从此，三哥便用妈妈找出来的一块包袱皮当作了书包。

我上学后，大哥非常关心我的学习，每次给家里来信都要问到我的学习情况，对我讲一些鼓励和嘱咐的话。大哥退休以后，有一天他拿出一打信，交给我保存。我发现其中还有当年我写给大哥的"汇报"，歪歪扭扭的字迹、幼稚的话语，脑海中一下子让我又回到了童年。

我们上学是二部制。第一天上学是在一个下午，我被分配到一年丁班。当天好像只上了两节课。有一节课是唱歌，学唱的歌名叫作《我是小能人》："我是小能人，读书又种地。农忙时候去劳动，农闲时候来学习。人不学习不长进，人不劳动没有出息。"不知是缘于上学第一天学到的东西，还是受歌本身的影响，这首歌一直伴随着我成长，让我记忆至今。后来知道了教我们这首歌的，是一个叫作翟老师的，他是我们同年级不同班的一位男同学的父亲。

放学了。我背着书包高高兴兴地和小伙伴们走出了校门，远远地便看到二哥在廉家油坊拐角处向我招手。我飞快地跑向二哥，二哥笑眯眯地早已蹲在地上，一边抱起我，一边问着我今天学到了什么，我一一做了回答。很快我们到了家。妈妈已做好了饭，正等着我放学回家吃饭呢。

我上学了，从小学到初中再到高中，直到"文化大革命"、上山下乡，再上大学，我的上学路比起哥哥们来说算是顺畅的，而哥哥们却都为着家庭包括为着我做出了各自的牺牲。我深切感受到上学之不易，所以我珍惜上学，更珍惜与哥哥们的手足深情，眷恋幼时与母亲、哥哥们在一起的苦乐生活。

注：①我当年所上小学名字叫大赉县第二初级小学，简称大赉二初。以后有了高小，叫大安县第三小学，我是大安三小的第二届高小毕业生。现今叫大安市实验小学。

②当时，初小升高小是经过考试的，不是所有学生都能升入高小。

③那个煎饼箱子是木板制作的，大约二尺长，一尺半宽，一尺高，在我家做过书箱。1968年插队，我就是带着这个箱子走出家门的。

④“东方红”农场，位于洮儿河畔，是一所国有农场，农场工人多是在三年困难时期从关内来东北的“支边”人。

散文2009·奶奶之死

奶奶之死

（2009年4月10日）

奶奶是在1952年春上离世的，是被倒塌的房子砸死的，当时我不满五岁。

我家从齐齐哈尔迁至大赉后，先是在小北门里住了很短暂一段时间，接着搬到了大西门附近一个南北贯通的大杂院里。南面出了院到前街，人们通常叫大西门里，当时城门和残缺的城墙还在。北面出了院到后街，县政府、法院都在那条街上。院内向东有一条弯弯曲曲用煤渣垫起来的路，路的尽头是一个伤兵院，住着许多从朝鲜战场上下来的伤兵。伤兵对小孩儿很好，有时遇上会掏出糖果给我们吃。赶上慰问伤兵，我们还能借光看露天“土电影”①呢。

奶奶生前的形象我很模糊了，依稀记得她时常穿着一件青布长衫，清瘦的面颊，眼睛很大，头发总是梳得光光的。

奶奶没有进过学堂，但识字。她看过很多古书，总给我们讲一些书中的故事，只可惜我一个也不记得了。

大哥和二哥上学，妈妈外出干活儿，奶奶便在家带着三哥和我。妈妈一个女人靠着干些杂活儿，养活着一个老人和四个孩子，其艰难可想而知。我们常常是吃了上顿没有下顿，穿的衣服破了补，补了又破，且多是政府救济或别人施舍的。家虽然穷，奶奶还是要当家的。妈妈挣回来的钱都交给奶奶掌管。

奶奶的身体一直不很好，父亲不在以后，给她打击很大，本来不很好的身体一下子变得更差了。她经常咳嗽，但还抽烟。没有钱买烟，她就让哥哥们上街捡拾人家扔掉的烟头，拿回家抽那些扒出来的残余烟丝。

应当是深秋的一个午后，暗淡的云层中透射出几道刺眼的白光，西风吹来，不时扬起一阵阵黄尘，道上、道旁的壕沟里满是落叶。可能是我嚷饿了，奶奶把我和三哥领出家门来到前街，把我们安顿在一个墙根下，再三叮嘱三哥照顾好我，不要动，说给我买烧饼去。风吹动着奶奶那宽松的长衫。奶奶摇晃着身躯，迈着蹒跚的步子，穿过马路，走向对过的一家铺子。这是奶奶生前留给我的最清楚的记忆了。

奶奶把烧饼买回了，三哥没有吃上一口。

我家住在大杂院的中部，是两间独立的东厢房，房南住着刘大叔一家。刘大叔赶毛驴车，人称“刘毛驴儿”。她媳妇刘大婶有一只“玻璃花”眼睛，人们都叫她“刘冒眼”。刘大婶是个热心肠人，常来我家与妈妈说话。我至今还记得刘大婶曾给我们送过一碗荞面包的菜饺子，还记得一天晚上她在我家唱《月牙儿五更》，感觉是那么好听。我家房门前道对过是一溜儿西厢房，住着于大爷一家。于大爷靠捡破烂儿养活一家子人。他的手指被冻掉了，人们都叫他“于秃爪子”。

那是一个夜晚，我不清楚自己和三哥是什么时候、怎么会蜷缩在炕梢的墙旮旯的，睁开眼睛，头顶上见到星星在闪烁。奶奶安静地躺在炕头儿上，似在沉睡。那里永远是她生前睡觉的位置。奶奶的被子下方略有些泥土，一根檩子斜压在她的胸部。

奶奶死了。妈妈和大哥、二哥去喊邻居和亲属们来帮忙。这是我对奶奶死后情景的第一个记忆。

我的第二个记忆是，天大亮了，我和三哥光着身子趴在我家对过的于大爷家的窗台上，看着窗外的人们帮着妈妈从倒塌的房子中扒东西。于大爷一家人、刘大叔和刘大婶都在帮忙，帮忙的还有周围许多邻居，我都不记得他们是谁家的了。

我的第三个记忆是，奶奶出殡了，是从表姑家抬来的一口旧木柜将奶奶入殓的。天空飘着清雪，未满十四岁的大哥肩扛着灵幡，踏着雪花，在一些亲属的簇拥下，把奶奶安葬在城西的乱葬岗子里。大哥一直是穿着妈妈用积攒下来的麻秧子絮成的棉衣御寒。他的关节一直不好，常常六月份还穿着“棉裤”。

在以后的日子里我才知道，我们家住的房子没有柱脚，并且早有险象。妈妈曾多次找过街道政府，只是还未及解决，房子便倒了，奶奶被砸死了。

奶奶死后，我们在于大爷家小住了几天。这时，东院一个叫赵国青的一家搬走了，于是我们便搬到那里住了一年多。后经四姨夫联系，我们就搬到廉家油坊[②]那里去了，虽然以后又有过四次搬家，但我的少年和青年时代都是在廉家油坊那一带度过的。

由于我年龄小，体弱，每当妈妈和哥哥们去给奶奶上坟都不让我去，但我还是去了一次。乱葬岗子占了好大一片地方，新旧高矮的坟在杂草中此起彼伏，有的已坍塌，甚至露出棺木，白骨也时有所见。奶奶的坟在茔地的中间偏东，是一块比较平坦的地方，坟不高，紧挨着坟的后头有一棵榆树长得枝繁叶茂，郁郁葱葱，在荒芜的墓地中显得别有生气。妈妈说，这棵树是在奶奶下葬后自己长出来的，是福兆呢。二哥蹲下身来，用手从奶奶坟头前的地里扒出一块青砖，立在坟前，然后便开始燃香烧纸，为坟头填土。我看到青砖上刻出的一竖行字是：朱李氏之墓。

“文革”前夕，县政府在乱葬岗子修建烈士陵园，所有的坟一律要求迁出，可是等到我们知道消息去迁奶奶坟时，那里早已夷为平地。2003 年在为妈妈修建墓地时，我们同时为奶奶和爷爷、爸爸立了灵牌，在奶奶的骨灰盒里安放了一张她生前仅存的照片。

注：①“土电影”，无声电影。

②廉家油坊，位于老大赉城西北一个十字路口的西南角。新中国成立前那里有廉姓人家开的油坊，由此把那一带统称为廉家油坊。那个十字路口是个小集市。

散文 2009 · 梦

梦

（2009 年 4 月 23 日）

在我的记忆中，梦一直与我的睡眠相伴，从小至大，无眠不梦。梦，影响过我的睡眠，给我带来不小的烦恼；梦，也充实了我的生活，给我带来不少快乐，带来对许多往事的回忆。

我记忆中的第一个梦，应当是很小的时候。梦境是跟随着二哥来到他的同学家。整洁的小院，地面上有盛开着的鲜花，刷着海蓝色木格的玻璃窗外，一棵高大的垂柳下，二哥和他的学习小组同学坐在一张地桌周围学习。之后，是他们尽情地嬉戏玩耍。

醒来我讲给妈妈听，妈妈和哥哥们听后都笑了。二哥还说：“妈，小四儿想上学了呢。”

我的确向往上学。美好的学习生活似乎就是梦中的样子，以至于后来我还依照梦中的记忆画了一幅蜡笔画儿。画面的右侧是一缕垂柳，中心部分是刷着海蓝色木格的玻璃窗，其中一扇窗是张开的，窗内坐着一个戴着红领巾的男孩儿，他在认真地看书。垂柳上方还有两只燕子展开翅膀在飞。

然而，梦终归是梦，现实中的我并没有去过梦中那样的地方。我家穷，我家的门窗上不起玻璃，黑黢黢的门窗都是用纸糊的。住在大杂院里，更谈不上有梦中的花园小院。但在我心中，总是存在着一种朦胧的憧憬。

童年时还有个梦记得清楚，梦中是三哥带着我从廉家油坊[①]往家走，看见天上一个人骑着自行车从高处向我们骑来。突然，那人一条长腿落到地上，同时伸出一只长手，一把将我拎起带向高空。我感觉自己好像生了翅膀，随着那人向前飞驰。我看到三哥在地面上，边喊着我的名字边向前跑着追赶。

梦醒了。我睁开眼睛，屋里亮亮的，再看看四周，没有人，只有自己一个人躺在炕上，身上盖着一件衣服，一定是妈妈盖的。我急忙起身下炕来到屋外，看到妈妈在透秫秸②。我抬眼看看天空，蓝蓝的天上飘着朵朵白云。我回味着梦中的情景，这才意识到自己午饭后不知不觉地睡着了。我没有把梦讲给妈妈听，默默地走开了。

哥哥们还有他们的同学们，常常带一些小人书和各种故事书到家里。我从小就愿意看那些书，也愿意听故事，什么三国、水浒、三侠五义、小五义、响马传、岳飞传、包公案，以及各种民间故事、神话传说，还有像董存瑞、黄继光、杨根思、邱少云、罗盛教那些战斗英雄的故事等，都愿意看和听。聊斋和其他一些鬼狐故事虽觉着有些害怕，但抵挡不住好奇的心理驱使，最终还都是鼓起勇气看下去或听下去。

不知是否受了那些书和故事的影响，我的很多梦都做得很有故事性，人物、环境、情节应有尽有。每天早上醒来说梦，竟成了我的常事和乐事。后来走进我家门的大嫂说："小四儿说梦，像说书，长本大套的。"

梦虽然总是在做，但做的较多并记忆较深的，还是童年时的梦，特别是对亲人的梦。

大约是在奶奶去世一年多以后的一个夜晚，妈妈一觉醒来，下意识地摸摸身边，没有我，便叫着我的乳名："四儿！四儿！"冥冥中听到妈妈的叫声，我自然地回应了一声。"你在哪儿？"妈妈又问我。我这才意识到自己在炕下的地上坐着。什么时候下的炕，怎么坐在地上，我不得而知。但我记得，方才是奶奶回来了。奶奶穿着青衣大褂儿，一似生前带我去买烧饼时的样子，径直从门外走进来，要抱我走，但被妈妈拦下了。

妈妈把我从地上拉到炕上，问我怎么了，我说，梦到奶奶了。妈妈说："奶奶疼你，想你了，来看看你。”在妈妈的轻轻拍打中，我很快又睡去了。

第二天，我病了，头疼，发烧。妈妈把我放在炕头躺下，盖上被子，额头上覆了一条湿毛巾。然后在我的头顶炕沿儿处放了一碗水，手里拿着三根筷子在水碗里立，边立边低声地说叨：“是他奶奶您站住，是他奶奶您站住。”筷子果真就立住了。这时又听妈妈说：“妈，我知道您惦记着四儿，您放心，我会带好他的。您可不要让他闹病，孩子生病我没有钱给他们治。保佑您的孙子们吧，让他们都健健康康，长大有出息。孙子们都记着您……”妈妈大致就是这么说叨着好长时间。我静静地躺在那儿，一声不吭地听着妈妈说叨，感觉头清凉了好多。

我总是在做梦，从童年，到少年，到青年，到中年，到如今步入老年，梦伴随着我成长，或者说在我的生命中，一直有梦相伴，但我并不信梦，也从未研究过梦。可是有一个梦却让我至今不解。

那是20世纪80年代初的一个夜晚，我梦到了二姨、三姨、四姨排着队似的，一溜儿走进我家门，和妈妈说要妈妈跟着她们走。妈妈说不舍得我们，她不愿意走。僵持中大哥硬是把妈妈拽住了。几个姨们又排成一溜儿从我家门走出去了。

妈妈共姐妹六个，大姨早年夭折了，我们都没有见过。妈妈行五，身下还有一个妹妹。四姨、三姨先后去世有年了。

“偏偏没有老姨，莫非二姨不在了？”早晨醒来我与妈妈讲。果然没过几天，从乌兰浩特传来了二姨的死讯。

妈妈从三十岁上便孤身抚养我们兄弟四人，遭受过的苦和罪，数都数不清。母子相依，患难与共，现在日子略有些见好，怎么会让我们母子分离呢？妈妈终没有被姨们带走，难道真的会是冥中有佑护吧？

2000年暑假里的一天，妈妈86岁寿诞刚刚过去不久，把我叫到她的床前，将一枚光亮亮的金戒指放到我的手心里，说：“你生来就体弱，总梦到死人。这是我托人定做的，戴上它，避邪。”原来是她老人家用大家给她的寿礼钱，专门找人给我打了这枚金戒指。我默默将戒指戴到手指上，泪水顿时模糊了双眼。

虽然由于工作的关系，我不便戴着戒指上班，但我一直把它珍藏在身边。现在我来到北京，也把这枚戒指带到了北京。

2002 年，妈妈 88 岁，没有遭受到一点痛苦，安详地仙逝了。

妈妈走了。我的梦仍在继续，更多的是梦到妈妈，在梦中与妈妈说着话儿。

注：①廉家油坊，位于老大赉城西北一个十字路口的西南角。新中国成立前那里有廉姓人家开的油坊，由此把那一带统称为廉家油坊。那个十字路口是个小集市。

②透秫秸，编席子用高粱秸做材料，透秫秸就是把低矮、弯曲等不可用的高粱秸去掉，留下又高又直、适合用作编席子的高粱秸。

散文 2009 · 淑文

淑　文

（2009 年 9 月 10 日）

刚才接到兴忠电话，他只说了“淑文”两字，便哽咽了，于是我明白淑文不在了，悲伤立刻涌上我的心头。虽然早已预知淑文的离去是迟早的事，但听到消息还是颇感突然。

年初，也就是打春那天，我和彦梅在回京前特地到长春淑文的家中去看望她。当时的她，是第二天便要去医院再次接受手术治疗的。她的精神状态看去非常好。虽然自诉一段时间以来很乏力，但她还是坚持亲自下厨为我们烙了春饼吃。席上，她不停地讲话，要我们多吃，要我们千万注重身体健康，同时对自己病的治疗表现得很乐观。

淑文真是个非常坚强的人。她六年前患上乳腺癌以后，手术、化疗、再手术，一直在坚持与病魔做斗争，从没有被病魔吓倒。每年我们都要抽出时间去看望她一两次，每次见到她都穿戴得整整齐齐，干干净净，不知道的话，很难看出是个身患绝症的人。交谈中，她毫不回避自己的病，所以我们讲话也就没有什么忌讳。说癌症，说化疗，说病痛，就像是在说家常，讲别人的事情，没有一点悲观情绪。

去年国庆节，宇儿结婚，淑文和兴忠自始至终参加完婚礼。事后才知道，那时淑文的病就已经开始恶化了，她是打了止痛针才来的。可是她在整个婚礼上，却一如往常，和亲友们聊家常，照相。

淑文是我四姨家的女儿。四姨家很不幸。淑文大哥原在长春拖拉机厂上班，1960 年 20 岁上患了肾炎，回到大安老家养病，1969 年秋死掉了。1970 年她的二哥在 24 岁时，也得了肾炎，四年后亦终不治。1974 年 8 月 8 日，我的宇儿出生，四姨来我家给彦梅“下奶”，可是不日便患了“白喉”急症辞世。四姨夫晚年患有高血压，身体一直不好，在四姨走后一年多也告别了人世。

淑文是 1969 年初中毕业的，响应党的号召先是到本县海坨公社黑山大队插队，后又被抽调到今内蒙古兴安盟大石寨劳动，六年后才得以返回大安，被安排到县棉织厂做纺织女工。

十数年间，由于姐姐们相继出嫁，更是由于淑文隐忍勤劳的秉性，四姨在的时候，她是四姨的小帮手，四姨不在了，她便是家里的主持者。

淑文自小就听话，懂事。四姨多年患有严重的气喘病，淑文总是自觉地帮助做些家务活儿，照顾着弟弟。在亲人们陆续生病、离去的那些日子里，她默默地承受并支撑着家中的不幸。侍奉老的，照顾小的。

她的坚强从小就练就了。

淑文在棉织厂时经人介绍与兴忠相恋结婚。1983 年，在他们的辉儿已经 5 岁时，淑文的工作调到了长春。其时，兴忠一直在衡阳当兵。1985 年，已是正营职的兴忠转业亦来到长春。至此，他们一家人才得以团聚，而此时淑文已是三十好几的人了。

兴忠是个很好的人，做事严谨，与人友善，为人低调。特别是在淑文生病期间，对淑文照顾得非常好。淑文是在亲情的关爱中，安详地离开这个世界的。

淑文小我四岁。小时候，我常随母亲去四姨家的，只是那时淑文很小，没有留下太多的印记。淑文给我留下较多且深的印象，还是在我们两家共住一个院子的时候，院内只住着我们两家，她家住临街，是三间西厢房，我家住院里，是四间正房。那时，我已经读高中了，淑文读小学。两家人几乎天天相互走动。她叫我“四哥”。

淑文梳着两个小短辫，脸蛋儿胖乎乎的，衣着虽然带着补丁，但总是干干净净，整整齐齐。她的手很巧，做针线活和下厨房都很拿手。1968 年秋我下乡插队，淑文还特意给我织了一件毛坎肩儿，这可是我有生以来第一回穿上用毛线织的衣服呢。

淑文年龄虽小，但做事有胆量，有主意。

“文革”时，四姨夫在县运输公司做调度，由于是从旧社会过来的人，常常遭到造反派的质询。一天傍晚，单位造反派发来通知，说四姨夫被关进了“牛棚”，要家人送去被褥和洗漱用具。一家人都非常紧张。四姨把我叫了过去。

“让二哥和我去一趟吧。”我说。

“我不能去！我去怕也被扣下了。”

未等我的话落音，二哥就连声说不行。也难怪，他平时喜欢摆弄半导体收音机，家里家外大家都是知晓的，这在那个年代可是个很危险的爱好。前不久，他的那些组装收音机用的零部件装了半麻袋，还是淑文和我在夜里偷偷给送走的。

“我去，我和四哥去送。”在一阵沉默中，淑文站了出来。

其时，正是从单位到街道，全民大搞“群众专政”的高峰时期，进去的人难免受皮肉之苦，家里被抄家、家人受牵连的事情几乎每天都有发生。据后来相关部门统计，我们一个只有三四万人口的小县城，两三个月的时间被专政致死的就达 160 多人。

又是一个漆黑的夜晚，也是一个恐怖的夜晚，淑文和我受全家人之托前去探监。淑文沉稳、镇静、不卑不亢的表现，令我至今记忆犹新。

淑文走了，走前，把家里家外的事都安排得妥妥帖帖，没留下一丝未竟的事，留给家人和亲人们的，只是不尽的思念……

淑文年轻照

淑文、兴忠年轻时照

淑文抱宇辉与兴忠照

2008年9月30日淑文抱病与兴忠出席寄宇与天武婚礼

散文 2010 · 靰鞡草的记忆

靰鞡草的记忆

（2010 年 8 月 8 日）

我生在东北的 Q 城，长在东北的 D 城。D 城是一座小城，濒临嫩江。江两岸除了数不胜数的大小泡沼，就是一望无际的湿地。湿地里到处生长着靰鞡草。

靰鞡草，当地人又叫它“塔头英子”“塔头草”，是因为它生长在塔头上。塔头，也叫塔头墩子，如尺口粗树墩那样大小，半凸显在地面上，半嵌埋在地表下。那时人们吃土井水，常用塔头墩子砌井壁。闹饥荒时期，烧柴不好弄，有的人家便打下塔头，风干，切成片，用来生火取暖。至于“靰鞡草”说法的来历，可能是源于人们穿靰鞡时用它来絮鞋的缘故吧。据说，这晒干了的靰鞡草，既吸湿防潮，又隔凉保暖。那时候，小城的大街小巷随处可见穿着皮靰鞡的男人。我倒是没有穿过靰鞡，哥哥们也没有穿过，我们家是买不起的。天冷了，哥哥们拿出秋天时储备的干靰鞡草，用木棒敲软了，然后做成脚窝样，塞到单薄的鞋壳里。但是，最终还是没有能够挡住严寒的侵袭，我的小脚丫年年被冻伤。

当然，以上的解释都只是我童年时候的理解。不过，“东北三件宝，人参貂皮靰鞡草”这话是从小便知道的，并常常学着大人样儿，把这话挂在嘴上，津津乐道，俨然一个老东北人。

每年立秋后，江水退去了，靰鞡草长成了。在通往江湾的路上，拿刀的，挑担的，拉车的……男女老少，成帮结伙，来来往往，像赶大集一样，络绎不绝。站在东大坝[①]上，放眼望去，除了蓝蓝的泡沼水、绿绿的湿地，就是路上来往如梭的人流，不时还可见在绿草丛中上下攒动的人头，那是割草人忙碌的身影。

其实，人们打靰鞡草并非只是为了穿鞋用。小城里有个编织社，生产草绳、草袋、蒲包等各种草编产品，每年都要收购大量的干靰鞡草做原材料。一到收购的季节，人们把晒干的靰鞡草，整理得干干净净，先捆成一小扎、一小扎的，再把几小扎捆在一起，然后肩挑、身背、手推，偶尔也见有马车拉的，送到编织社去卖。卖靰鞡草的长队首尾不见。有时为了卖一次靰鞡草，甚至需要排上几天几夜。

20 世纪 50 年代，我家没有固定的收入。父亲早逝，妈妈为了我们四个未成年的孩子不受委屈，终生没有再嫁②。她带着我们主要靠做些手工劳动来维持生活。我们除了编席子，也要抓住这个季节去打些靰鞡草换钱用。那时候，大哥在外地读书，二哥、三哥和我都在当地读小学。每逢假日，我们就和妈妈一起去割草。当时我还小，不过十来岁。

我们下了东大坝，便奔向通往公舍的路。公舍是小城渔民社的一个瓦房子，那里住着打鱼的渔民。公舍房西，也就是我们来路的北侧，有一大片水面，人们都叫它公舍泡子。即使在枯水期，公舍泡子也会有一公里方圆大小。公舍房前有一条河，因其呈圆形，人们叫它圈河。公舍房后就是源远流长的嫩江了。

在公舍房前，以及公舍泡子周围和圈河两岸到处都生长着大片的各种蒿草类植物。长势好又成片的靰鞡草大都生长在沟洼的湿地里。我们通常不会走太远的路，大多时候就在公舍附近的头道沟或者二道沟里停下来。

狭长的沟里，有很多人在这里割草。草割下来，需要放在原地晒几天，待晒干了才好弄回去。没有人担心自己的草会丢失的。即使人不在，割下来的草也不会被别人拿走。大家在一起割草，不管相识与否，有时草连在一起，为便于辨认，便在两家中间留下几墩草不割，草头上挽个扣儿，就分清你我地界了。

妈妈和哥哥们割草，每割下一把，抖净草根茎部的碎草杂物，再散成扇形，然后回转身放在割过的塔头上，为的是好晾晒。烈日当头，炙烤着脸，火辣辣地疼。沟里更显闷热。妈妈和哥哥们的汗水透过后衣，从肩背部的点点，逐渐形成块块，最终湿透了整个后衫。汗水从他们的脸颊上成流往下淌，也不肯歇歇擦擦汗。他们要趁着好天气多割下点草来。

靰鞡草一米来高，草叶向内对折，呈三棱状，边缘粗糙又锋利。妈妈和哥哥们的手及手腕满是被草叶划破的大大小小的血道子。有时还会被镰刀伤了手，鲜血淋漓，很吓人。

妈妈和哥哥们劳动的辛苦，深深印在我幼小的心灵里。其实，三哥仅长我四岁，二哥仅长我六岁。

妈妈和哥哥们不让我割草。我便躺在草地上，仰望着天空，静静地看着蓝天上的白云从天空中一朵一朵地飘过；对着阳光，眯缝起双眼，默默地看着眼前迸发出的小星星一串一串地流逝。于是，我幻想着，长大后干点什么呢？干什么会有出息，不再让妈妈和哥哥们受苦受累呢？

我举起握在手中的一把芦花[③]，用口轻轻地吹动着眼前的花絮，不由自主地想起了当时非常流行的“鞭打芦花”故事[④]，心中默念：有亲妈在，真好！

幻想和感慨了一阵子，太阳晒得慌了，我爬起来，一头钻进长满了蛤蟆腿[⑤]的沟里。竹竿粗的蛤蟆腿足有两米来高，身在其中，像进入原始森林一样，阴森森，凉飕飕的，地面多是滑腻腻的绿苔。阴凉了一会儿，我又跑到沟岗上。岗上绿草如茵，开着红、白、粉、蓝、黄、紫各色野花，数不清的蝴蝶、蜻蜓在空中盘旋。我没有兴趣观赏和捕捉它们，拔下几缕粗实的小叶樟[⑥]，很快做成了一支冲锋枪挂在胸前，又拔下几缕蒿草，挽成个头圈儿，戴在头顶上。然后回到塔头沟里，让妈妈和哥哥们看。哥哥们会说：“呵，好漂亮，小四儿手真巧！”“小四儿好威武，像个解放军战士！”妈妈则说：“离水边远点，别跑丢了。”

其实，我这点本事都是跟哥哥们学的。他们会编出更多的东西来，什么鸟啊、猫啊、狗啊、篮子啊、房子啊等。下雨了，穿上自编的蓑衣，很有一种“斜风细雨不须归”[⑦]的感觉。

湿地里的野鸭子、鹌鹑特别多。最让我兴奋的是捡到野鸭蛋和鹌鹑蛋了。此时，我会把小布衫儿脱下来，小心翼翼地把蛋一个一个地放进去，然后带着几分自豪的心情拿给妈妈和哥哥们看，那样子分明是在说：“瞧，我也有用，不白来的！”

如今，几十年的光景一晃儿过去了。不知从什么时候起，小城的靰鞡草不见了，连塔头墩子都被刨光了；不知从什么时候起，小城东江湾名目繁多的蒿草和野花不见了，野鸭子和鹌鹑都飞走了；不知从什么时候起，整个小城东江湾的湿地不见了，公舍泡子没了，圈河干涸了，众多的泡沼夷为平地。公舍大概也不会存在了吧？当然，嫩江一定会在的，她是小城的母亲河，不会消亡的。

现在，小城里的年轻人鲜有知道什么是靰鞡草了。“东北三件宝，人参貂皮鹿茸角。”靰鞡草已经逐渐淡出了小城人们的视野，淡出了他们的话题。

然而，靰鞡草将会永远存留在我的记忆中。

补记：据家乡人讲，近年来，当地政府深入贯彻落实科学发展观，拟建设滨江城市。小城湿地逐渐得到恢复，圈河有水了，公舍泡子有水了，花草也有了。但我想靰鞡草不会再有的，因为塔头墩子没有了。

注：①为防江水泛滥，城东门外自北向南筑有拦江大坝。大坝有几处道口，依我家居住的位置，我们常从东大坝道口进入坝里。

②芦花，即芦苇花穗。

③母亲，宋淑云（1915—2002），山东省海阳县宋家障子人。

④鞭打芦花故事，说的是古时候有个男孩儿，自幼丧母。其父后娶一个女子，又生下一男孩。后妈对他非常不好，不但支使他干重活儿，还对他百般挑剔，并经常在父亲面前说他的坏话。后妈做棉衣时给自己生的儿子用好棉花，而给他用芦花充棉。父亲常年在外忙碌，不知实情，总以为是他不好。一次，寒冷的冬天，父亲又受后娘的挑唆，拿鞭子抽打他。结果棉衣破了，芦花随着寒风纷纷扬扬飘了出来。

⑤蛤蟆腿，嫩江湿地里常见的一种植物，状如蛤蟆的腿，有节，壳硬中空，开花粉白色，穗状。

⑥小叶樟，嫩江湿地里常见的一种草，通常一米多高，有韧性，可用作编织。

⑦唐·张志和《渔歌子》：“西塞山前白鹭飞，桃花流水鳜鱼肥。青箬笠，绿蓑衣，斜风细雨不须归。”

散文 2013 · 照片的记忆

照片的记忆

（2013 年 6 月 20 日）

我和妻生有二子一女：长子寄明，1972 年 9 月 2 日（农历七月二十五）夜十时半生；次子寄强，1977 年 2 月 6 日（农历腊月十九）上午十一时十五分生；女儿寄宇，1974 年 8 月 8 日（农历六月二十一）上午十时生。

前几日，初三年级学生照毕业相，年级组长杨老师说照相馆可以给老师们做个带有家人照片的小台历。于是我便从家照中找出了几张。其中一张是三子女的合照。这也是他们三人的唯一一次儿时合影，是在 1978 年夏天照的，一张二寸的黑白照。照片上，明儿居中，一边是宇儿，一边强儿。

我看着这张照片，思绪立刻回到了当年。那时，我的月工资仅三十元出头，妻还未有工作①。尽管省吃俭用，但生活之艰辛，实难以尽诉。记得 1976 年冬，妻怀强儿时，家里连一个鸡蛋都没有。我这个被称作书呆子的人，不得不利用假日跟着别人爬冰卧雪，顶着刺骨寒风，去大江上钩鱼②。虽十去九空，却也帮助妻顺利度过了孕期和产期。强儿生下来时白白胖胖，实是可爱得很。

家生活虽很贫困，但妻很善打理，一间半总共不足十五平方米的小土房，屋里屋外总是光光亮亮，利利索索，每个孩子的穿戴也都齐齐整整，干干净净。赶到他们生日或节日还要领他们去照照相，留作纪念。

强儿周岁时，正是十冬腊月，恐冻着，没有去照相。到了夏天，妻便带着他去补照，将明儿和宇儿也都带了去，想顺便再给他们照个合影。可强儿就是哭闹不肯自己照。没办法，妻只能哄着他与哥和姐一起照。于是便有了这张照片。

我反复端详着照片。强儿梗着小脖子，小嘴儿略有些噘着，眼角似还挂有泪痕。宇儿倒是嘴角微笑着，虽刚过四岁，看去端庄文静，像个大女孩儿了。明儿还未满六岁，在妹和弟的中间，头微仰，嘴微张，现出一副笑脸，妹和弟紧依在他两旁，很有大哥的样。

都说穷人的孩子早当家。明儿确是如此。当时，我们所在那座小城多数人家还是用柴或煤取暖做饭。用煤的，也需要用柴把火生起来。柴是不可少的。由此，无论冬夏，在打柴的季节，我几乎每个周日都要去很远的江湾地打柴。我家住在通往江湾路的附近，常有拉柴的大车小辆通过，会有一些柴草掉落地上。同时我家附近还有一座国内很有名气的罐头厂，好像是在新中国成立初苏联专家帮助建起的，常有农民的马车来送农副产品。车马很多，排着长队，有时会排到我们的家门口。他们走了，有些喂牲口的草就剩到地上了。明儿学着一些大人的样子，把地面上的柴草拾起来，抱回家。我们并没有要求过他这样做。

妻为补贴家用，有时不得不出去找点临时工做。强儿未出生时，明儿便担起了带妹妹的责任。以后有了强儿，又担起了既带妹又照顾弟的责任。街坊邻居们常常看到这样一幅景象：三个孩子，中间是哥，一手牵着妹，一手牵着弟，在胡同口等着爸妈归来。这便是我们的明儿、宇儿、强儿。冬日天短，我和妻回到家多半天已擦黑，多数人家灯火通明，我家还是漆黑一片。推开屋门，炕角里畏缩着三个孩子：中间是哥，一手搂着妹，一手搂着弟。这还是我们的明儿、宇儿、强儿。

最让我记忆尤深的，是每天上班时的情景。当我和妻千叮咛、万嘱咐一番后，走出家门再回头一看：三个小脑瓜齐刷刷地贴在那个不大的玻璃窗上，一个个眼睛睁得大大的，没有哭，没有叫，只是目不转睛地看着我们。依然中间是明儿，一边是宇儿，一边是强儿。我不忍多看一眼，匆忙掉头离去，但此情此景却是打上烙印一样，深深地烙在了我的记忆中。每当看到这张照片，我的脑海里即刻便闪现出那三张小脸，心情久久难以平静。

家里粮食月月不够吃。为不断顿，我和妻一冬天曾吃进一千斤土豆。孩子们小，但没钱，也讲不得营养。当时，我家和多数东北人家一样睡土炕。炕搭在南窗下，为取暖，炕下砌个小土炉。饿了，没东西吃，明儿就用刀将土豆切成薄片，放在烧热的炉盖上烙熟和弟妹一起吃。我钓鱼时，有人家打大网不要的小鱼，我捡回来以补贴食用。有时明儿也拿出几条来烙着吃。他们说，吃起来好香。

似乎是一个夏天，明儿已上小学了。妻买了些菱角煮了，留给孩子们吃。没想到，下午上学前，三个孩子为吃菱角，明儿把刀剁到了自己手指上[3]。我和妻都已上班。听到这个消息，我火速赶回家，见明儿脸色煞白，但没有哭。我急忙将明儿带到医院。医生上了药，包扎好。我问他："还能上学吗？"他说："能上。"于是我将他送到了学校。在此前和之后明儿上学都是自己去的。明儿上小学时，已满八周岁了。就是为了带弟和妹，上学迟了两年。

三个孩子都很懂事。那个时候，各家虽都过得不富裕，但也有过好些的。看到别人家孩子有吃好的，穿好的，几个孩子从未向我们要过吃穿。他们知道自己家穷，不和别人攀比。家里备有剪头的推子和剪子，他们的头连同我的头都由妻来打理。他们的衣服多是妻大改小，旧翻新。妻曾在被服厂打过零工，孩子们的衣服有的就是妻从厂里捡回的废弃布头拼接成的。虽是如此，没有人说我们的孩子穿戴邋遢，而多是夸奖他们衣着总是那么得体，漂亮。电影《闪闪的红星》放映后，身边的人都说明儿长得很像剧中潘冬子。妻便特意给明儿缝制了一顶带有红五星的八角红军帽。戴着红军帽的明儿也成了他童年时的一个形象特征。1986 年暑假，我有机会第一次到北京，很想给妻儿带回去点什么[4]。其时，明儿已上了中学，我知道他很喜欢同学穿的牛仔裤。一天中午，烈日当头，我几乎跑遍了王府井附近的大街小巷、商店、地摊，想给明儿买条牛仔裤。可除了太贵，就是没有适合明儿穿的。我不甘心，来来回回地寻找。已经夕阳西下了，终于在东四的一个地摊上买到了，八元钱。这是那时明儿最奢侈的穿戴。

三个孩子之间从不吵架，大护小，小听大，也从不和别人家的孩子打架，倒是时而受到其他孩子欺负。每每回到家中，看到孩子们脸上挂有泪痕，我和妻心痛不已，但是没有办法，唯有多加嘱咐几句。有时给他们留下一两角钱，让他们买几块糖吃。明儿便带着弟和妹把买回的糖，有均有让地分着吃，还舍不得一下吃掉，吃点，留点。糖甜在孩子们的嘴里，却酸在了我和妻的心里。

如今，三个孩子都长大了，成家立业了，也都有了自己的孩子。他们再也不会有小时候的那种生活了，但我希望他们永远留住那段生活的记忆，留住那张照片的记忆。

一张小小的照片，装进了生活的苦涩，也装进了生活的甜美，更装进了一家人的至爱骨肉亲情。

注：①妻与我 1968 年一同下乡插队，1979 年被录入国家教师。

②大江以及后面写到的江湾地的江，均指嫩江。嫩江两岸泡沼、湿地众多。寒暑假或周日，我常去那里打柴火。钩鱼是 1976 年冬才开始的。参见前《七律·钩鱼》注。

③吃菱角，需用刀破开外壳。

④除给明儿买了条牛仔裤，给孩子们买回点果脯，给妻买了两条裙子，一条五元，一条七元。其时，妻婚后还没有穿过裙子。

1975年寄明（3岁）寄宇（1岁）照

1982年寄宇和寄强照

1978年夏寄明6岁、寄宇4岁、寄强1岁半照

2001年寄明、寄宇、寄强家中照

散文 2013 · 民兵排长凤和

民兵排长凤和

（2013 年 12 月 6 日）

今早刚刚吃过饭，彦梅似乎不经意地说了句：“凤和死了。”我知道她是怕我难受，才这样说的。是的，凤和患肠癌多年，且不断有各种症状出现，对于他的离去，我们早已有了思想准备。但一旦消息传来，还是有些不及防的感觉。

其实，凤和已于一周前便去世了，本周二下的葬。上班路上，脑海里不时涌出凤和的一些往事。现在坐在办公室里，心仍不得平静，于是写了下面的文字。

我们与凤和的结识，是从下乡开始的。凤和给我最初的记忆，是在“早请示”时他领大家唱歌的情景。那时候，每天早晨出工前，全队社员包括我们知青在内，都要先学习一段毛主席语录，再唱首歌颂党或毛主席的歌曲，然后才是队长安排活儿。

大队房子里，黑压压站满了人。昏黄的煤油灯下，一个看去身材瘦高且略有些驼背的男青年，面向大家，抻起脖子，大声领唱起来：“天大地大不如党的恩情大，预备——唱——”他五音不全，调门又起高了，我们知青中有人忍不住笑出了声，但社员们倒没什么反应，稀稀拉拉地跟着唱起来。领唱人依旧认真地带领着大家唱。我观察到，他的眼睛一直瞟向我们知青这一边。我们也很快地跟着唱了起来。

这便是凤和。此后，在我们知青中间，“天大地大”似乎成了凤和别号，不管是在插队时，还是在返城后多年以来，大家偶尔聚在一起提起凤和，总会提及“天大地大”。但此时我们对凤和的认识早不是当年的感觉了。

凤和比我小两岁，一直叫我“大哥”。集体户里年龄有比我大的，也有比我小的，但凤和与我接触最多。队里开会，干活歇气儿，有事没事他总是跟在我身前身后找话说：

“大哥，你们知青不管穿什么衣服，都能看出来和我们不一样。”其实我当时的穿戴，就是一个带补丁的蓝学生服罩着一个小棉袄，头上戴顶狗皮帽子，脚上穿着当时东北人很常见的棉胶鞋，为防衣服下面透风，还学着农民腰间扎着根麻绳。

凤和是民兵排长，当时正带着我写着迎“九大”的黑板报。天气很冷。我嘘嘘手，转头看了看凤和。他戴着羊剪绒帽子，棉衣外面罩着一件学生蓝制服，虽然有些皱巴，但还挺新的。此时他一手端着粉笔盒，一手抹着可能是冻出来的鼻涕，一双细眯眯的小眼睛，微笑的眼神中明显透露出些微的羡慕或者敬佩。看过去，纯朴中透着可爱。于是我笑了笑，只回了句“一样的”。

我们所在大队是个先进典型，常年驻有省地县和公社的工作组，还有军宣队、农宣队。一九六九年春，我们大队作为试点，在全县农村先行一步开展整党，吐故纳新，重建党团组织。我们的户长入了党，其他不是团员的都入了团。我经过大家推荐和大队整党领导组同意，也填了入团志愿书，但是拿到上边没批，说是还应再考验考验。之前，我在学校里已经填写过两次入团志愿书，都因为父亲的历史问题没被批准。

我的心情的确有些郁闷。当时，我虚岁已经二十三了，看看比自己大的、小的都加入了组织，心里自然有些不好受，还在日记里填了一首不算消极的题为“春草”的卜算子词。

一天晚饭后，队里开会。我站在人群中等着会议开始，忽然觉得有人往我手里塞东西。转头一看，是凤和。他附我耳边小声说：“大哥，鹅蛋，快吃，别让人看到。”他塞住我的手不放，我一时也不知推脱好还是不推脱好。总之，我是接过了那个大大的还热乎的鹅蛋，走出队房，三口两口就吃进去了。我明白凤和的心意绝不仅仅是送给我个鹅蛋吃。不久，凤和出任了生产队团支部书记。同年六月二十三日，我再次填了入团志愿书，获批了。凤和是我的介绍人。

凤和身体并不强壮，但在生产队里不论大田里的活儿还是出民工，他一样都没有落下。他不想让人说他不行，他要带头。劳动中，他有耐力，有韧劲儿。特别是外出干活儿，远离家，很累，很辛苦，有时吃住就在野外，一些人不愿意去。我下乡两年半，有五次被派工外出，每次都是对身体并意志的考验和锤炼。其中有四次是有凤和同行的。

1969 年挂锄后，去姜家甸打羊草。一望无际的草原里，没有一棵树或其他可供乘凉的地方。一连二十几天，白天我们抡着丈八长的大钐刀，在烈日下打草，汗流浃背；晚上二十几个人挤睡在临时搭建在甸子上的草窝棚里，忍受着蚊虫叮咬。我和凤和铺连铺，互相鼓励着，坚持到最后。

1970 年秋收后，公社临时组建基干民兵连参加国家重点战备项目“八三工程”会战。凤和作为民兵排长自然要参加。我作为“可以教育好的子女”，被安排做连队文书。大队民兵连指导员说，这是对我的考验。我能被批准成为基干民兵，自然也很高兴的。我们背着行李，扛着工具，拉练式地步行一百多里来到驻地。我们的任务就是在旷野里挖沟。土方量大，沟要挖到两米多深，挖到后来，渗出了水，早晨便结成冰茬，我们就站在冰水里干。我是文书，除了劳动，还要利用休息时间编战报，刻钢板，凤和常常陪伴着我。又是一连二十几天，我们圆满完成了任务。我们连队包括凤和和我都受到了表彰。

凤和虽然读书不多，好像初中也没有读完整，但他很聪明，也虚心好学，以后当了生产队里的会计。我们离开以后，又当了大队（后来改叫村）会计，一直干到退休年龄。

凤和很有眼光，生有二男二女，都让孩子上学读书。他的两个男孩儿波和涛都是从我所在的中学考入了大学，波还读了研究生，现在上海工作，涛在沈阳工作，两人都已娶妻生子。

2013 年暑期，也就是凤和去世的前几个月。我们从北京回到东北老家过暑假。一天中午，家门被敲开，进来的是凤和和他的媳妇，手里提篮鸡蛋。凤和说，这是家鸡下的，给大哥和嫂子尝尝。留下吃饭，他们说啥也不肯，说家里鸡还没人照顾，一定要赶车回去。

凤和的蹒跚背影渐渐远去。没想到，这竟是我们的永别。

2008年8月3日，插队30周年集体户部分知青回到新乐村于李凤和家门前合影

左起前排：陈德光、李春青（当年社员，生产队长）、孙明祥、朱靖华、张凤山、李凤和（当年社员，民兵排长）、张瑞明

左起后排：刘丽梅、张雁、陈彦梅、王丽环、聂淑英、风和妹妹凤珍（当年社员）、凤和媳妇

附录一

我的自传[①]

（1982年12月1日）

1947年9月23日（农历八月初九），我出生在黑龙江省齐齐哈尔市。听母亲讲，我家祖籍是辽宁省义县傅家坟，祖祖辈辈都是贫苦的种田人。祖父给地主扛活，干活经常干到晌午歪，人们都叫他“朱老歪”。我祖父辈兄弟五人，由于生活所迫，除二祖父外，其余四人陆续迁往“北大荒”。大祖父落户瞻榆，仍给地主扛活；四祖父落户坦途，学了木匠；小祖父进山放木排，死在了山里。我祖父排行老三，叫朱正，十三岁时只身来到大赉，在“德俊永”（一家店铺）当“年青的”（店员），三十二岁时就病故了。我父亲名叫朱德祥，是独生子，我祖父去世时才7岁，和我祖母相依为命，小时候断断续续读过一些书，长大些又随我外祖父学过一段医。我外祖父名叫宋振南，在当时是个很有名气的中医大夫。1938年，伪检察厅招考雇员，我父亲去投考，结果考中。后来他又当上伪检察厅的书记官，先后在大赉、哈尔滨、齐齐哈尔、满洲里等地任过职。光复后，我家由满洲里搬回齐齐哈尔。在我出生后的第三天，我便永远地失去了父亲，他当时27岁。我们家无房无地，也无其他钱财。1947年，齐齐哈尔市划成分，我家被定为贫民。在父亲去世前，家里生活就已经很难维持了，全靠父亲出小床子支撑。父亲去世后，没过多久，全家人就把本钱吃光了。我上有三个哥哥，大哥朱靖远，长我 9 岁；二哥朱靖宜，长我 6 岁；三哥朱靖安，长我 4 岁。当时，还有一个年迈体弱的老祖母。母亲在麻袋厂纺线挣不回多少钱，家中经常揭不开锅。1950 年，也就是我 4 岁的时候，全家搬回了大赉。大赉有我的姨姨和舅舅，他们都是普普通通的劳动人民。

我们家搬回大赉后，主要靠母亲的劳动来维持生活。我母亲非常勤劳，她做过女工、当过保姆、卖过煎饼、编过炕席，主要是编席子。从记事的时候起，我就看见母亲总是在无休止地劳动。晚上睡觉的时候，看见母亲在编席子，早晨醒来的时候，发现母亲仍在编席子。哥哥们都很懂事，放学回来，总是自觉地做着自己应当做的活儿。在这样的环境中，我从小就养成了吃苦耐劳的性格。七八岁的时候，就能帮助母亲编席子了。记得一次破秫秸，遇到硬节处，我使劲儿一用刀，锋利的刀刃将我右手拇指甲全部削掉。

1955 年，我上了小学，一直到 1964 年初中毕业，基本上是在一边学习、一边劳动中度过的。我的童年时代和少年时代，虽然生活很苦，但毕竟健康地活过来了。这除了我们个人的劳动外，还有更重要的原因，就是群众的帮助和党、政府的关怀。还在齐齐哈尔的时候，我家的邻居刘大奶就先后两次发动街坊邻居集资周济我们，每次都有三四十户人家参加。一九五一年初冬的一个夜晚，我家住的房子因没有柱脚，年久失修，突然倒塌了，我祖母当场被砸死。当时天空飘着雪花，我们兄弟几个都光着身子，是邻居们把我们接到家里，并帮助母亲处理了后事。我至今还记得，在我们搬进新居前，就一直住在邻居于大娘家。在新中国成立初期和抗美援朝时期，我国人民的生活还很艰苦，党和政府面临的困难是很多的，可是每季、每年政府都给予我们一定钱款或物品方面的补贴。直到现在，我还清楚地记得小时候穿着政府发给的旧军服、旧军鞋的情景。特别使我们感动的是，我们兄弟四人都能念上书，没有成为“睁眼瞎”。我大哥和二哥由于家庭生活实在困难，中途辍过学，但很快都被老师和同学找回去了。在我大哥参加工作以前，我们念书都享受着助学金和免学费待遇，甚至连书和本都是老师和学校给买的。党的政策温暖了我们的心；上学读书，开阔了我们的眼界，我们逐步认识到了真理。

我们兄弟四人没有辜负党和人民的期望，在家里，经常受到街坊邻居们的夸奖；在学校，都是品学兼优的学生，都做过学生或少先队的干部，经常受到学校和老师的表扬。我大哥和二哥都是被保送升入中学的。

读书的时候，我和其他家庭的孩子们同在一个教室里学习，同坐在一条板凳上，学的是同样的书，听的是同样的课，都是唱着《东方红》和《社会主义好》的歌儿长大的。那时候，我和小伙伴儿们有着一样的童心，除了知道自己家穷之外，并未觉得自己与别人有什么不同。可是，随着年龄的增长，当需要知道自己的父亲是做什么的时候，我才知道自己有一个同别人家孩子不一样的父亲。父亲问题的出现，在我平和的心灵里，荡起了很大的波澜。开始时，我还不知道这个问题严重到什么程度，可是后来我逐渐发现，别人写一份申请书就可以入团，我写十几份申请书也入不了团。初三的时候，国家到学校招收滑翔员。全县仅有几人初检合格，我是其中之一。可是正当我随从县武装部的同志准备去白城子复检的时候，在火车站上被追回了。我从小就羡慕解放军，立志长大后当名战斗英雄。现在，这个理想破灭了。特别是在高一的时候，学校团组织连续两次让我填写了入团志愿书，但都未被上级团委批准。这使我思想上受到沉重打击，内心的痛苦是难以言诉的。但是还不能表现出来，如果表现出来，那就是没有经受住考验，会被人认为入团目的不明确。那时候，我多么恨那个没见过面的父亲啊。我没得你的吃，没得你的穿，却处处受到你的牵连。那时候，我也恨自己，为什么血缘关系把我和这个家庭连到了一起。我不图借老子什么光，只求不受他的影响就可以了。那时候，我也曾有过怀疑，像我这样的人是不是就根本不能入团。那时候，我的想法很多，但就是没有自甘暴弃的思想。我不信命，我不相信别人能做到的事情我就做不到。我还要努力，还要奋斗，要以自己的实际行动来赢得党团组织和群众的信任。这是我当时的真实思想，也是指导我人生的基本思想。直到现在，我也是这样要求自己的。我们兄弟四人有过类似的经历，也有着同样的思想。我念高中的时候，大哥已从白城调回大安。他特别关心我的政治进步，经常鼓励我要上进，要相信组织。还说我年纪小，只要踏踏实实去做，就一定能实现理想。我当时在日记本上写过这样一段话：“一个人进步，并不是为了入团。进步对一个人来说是无止境的，入团是为了更好地进步。一个人在要求进步的过程中，要经得起各种打击和考验。”

一九六六年，在我还未满十九岁的时候，“文化大革命”开始了。起初还好，同学们信任我，让我戴上了“红卫兵”袖标。可是不久，有人从北京串联回来，说只有工人和贫雇农的子女才有资格当“红卫兵”。这样，我的袖标就被摘掉了。最使我痛苦的是在“大串联”的时候，“红卫兵”成群结队去北京见毛主席，而我却不能去，有人说，让我们这样的人去会危害伟大领袖的安全。我感到受了莫大的侮辱，但我还是忍耐住了，我懂得唯有用自己的实际行动来表达对党和毛主席的忠诚。不久，我校一个跨班级的“红卫兵”组织成立了，吸收家庭出身不好或有个人历史问题的师生参加。我申请加入了这个组织，随即便跟随他们下了农村，先后在大李家油坊、小李家油坊和单家圩子三个村屯儿参加支农劳动。我们收庄稼、看地、铡草、扒苞米，什么活儿都干，心情觉得舒畅了许多。有时候还搞夜战。吃过晚饭，我们和农民一起走进场院，围着苞米堆坐成一圈儿。大家一边挥舞着手中的梭子扒苞米，一边唱歌儿，不知不觉，像一座小山似的白花花的苞米堆，顺着人形变成了黄澄澄的一圈儿。我在这里精神上得到了补偿，还即兴写了一首五律，题为《夜扒苞米》：

月挂东墙柳，师生进谷园。为粮早入库，岂管倦和寒。
飒飒梭如箭，淙淙歌若泉。银山无影迹，明月对金环。

在这里，出身好的人可以分批去北京，余下的继续劳动。去北京的人走了一批又一批，我一直干了近两个月，直到全部撤回。这期间，我夜里在野外看地着了凉，双膝红肿，还起了一身疙瘩。我只回家看了一次，带点药又回农村了。

1968 年 10 月 4 日，我作为“文革”后大安县首批知识青年，来到了丰收公社新乐大队第四小队插队。下乡前，我就做了充分的思想准备，准备到农村吃更大的苦，承受更大的挫折，因为我知道自己到新的环境，接触新的人，需要付出艰苦的努力，才能获得人家的理解和信任。刚到农村不久，集体户缺烧柴，我就主动要求和社员一起去几十里以外的洮儿河北苇塘（镇赉县境内）打柴火。二十三天，顿顿高粱米饭，后来带的咸菜吃没了，就着凉水往肚里送，我没叫一声苦，抡起钐刀不放手。社员们都说我有劲儿，殊不知我是拼着全身力气干哩。入冬，大队成立打井连，我主动报名参加。新年正式开工，完全使用人力，三班倒，昼夜不停。井打在岗地上，正是寒冬腊月，我只有一件对襟小棉袄，推转时，一身湿汗，一身泥水；一停下，衣服里里外外都是冰。从那时起，我做下腰腿疼的病，严重时，站卧都难忍，只有半卧才舒服些。春天抹房子，我说我个子高，主动去扔大泥。夏天打羊草，要到一百四十多里外平安公社西部的大草甸子上去打，我又要求去。打草时，排开刀，一人紧跟着一人，一时停不得。广阔的草甸子一眼望不到头，一趟没下来，就腰酸胳膊疼。住在临时搭成的窝棚里，又潮又湿。最令人难忍的是蚊子成群，避都避不开。即使解手，也要在身旁燃堆火。二十几天以后，我们回到了屯子，大家见我脸和手被蚊子咬得包上摞着包，全肿起来了，都很吃惊。至于到夏锄、秋收的农忙季节，我更是离不开大田劳动的。有时候，我扪心自问：农村苦不苦呢？很苦。但我觉得环境艰苦正是锻炼自己意志和耐力的好机会，这样一想就又不觉得苦了。从在学校的时候起，我就养成了严于律己、宽以待人的思想作风。无论是在集体户里，还是在生产队中，脏活、累活我都抢着干，方便留给他人。下乡二年半，我很少回家，三个春节，其他同学回家过年，我自动留下照看集体户。在集体户里，我的出勤率最高，每年都在三百以上，挣的工分也最多。

在我下乡期间，我们家也散了。我三哥由于父亲的问题，没有考上大学，早在 1965 年就到东方红农场插队了。1969 年，我大哥又被下放到龙沼公社八方大队走“五七”道路了。大赉城只剩下母亲和二哥一家了。哥哥们都十分惦记我，但他们的收入都相当微薄，我不向他们要钱，自食其力。

二年半的农村实践，我用自己的实际行动，经受了一场“脱胎换骨”改造的考验；用自己的实际行动，表达了坚定不移的革命信念；用自己的实际行动，赢得了集体户同学、广大农民群众和党、团组织的信任和称赞。刚下乡的时候，贫下中农开会，我和地主、富农及其子女们一样退出会场。后来他们批准我当了基干民兵，就可以参加一般的活动了。现在回想起当时大队民兵连指导员告知我这一消息的情景时，内心仍很激动。我那时候的心情，是长到十八岁就自然地成为基干民兵的贫下中农家庭出身的孩子不能理解的。刚下乡的时候，社员们听说我的家庭有问题，多少有些远离我。可是不久，他们就把我当作自己人看待了，无话不可谈。他们找我理发，找我写信，还经常拉我去家吃饭。整个下乡期间，我年年都被评为“五好社员”。1969 年春，新乐大队在全县农村首先进行整党整团试点，我又一次填写了入团志愿书。可是后来上边派来的军宣队、干宣队认为对我还是再考验一下好。结果全大队所有填表的人都批了，唯独我一人没批。1969 年 6 月 23 日，我一生中第四次填写入团志愿书，终于当上了一名共青团员。同年冬，公社党委调我到公社写作组，工作了 5 个月。1970 年春，大队党总支又把我要回当集体户的户长。我们集体户是大队、公社、县和地区的先进典型。1970 年夏天，我代表我们户参加了县“五七”战士“双先会”，并在大会上做了发言。同年秋，通过推荐，大队和公社领导让我填写了抽工表。在此之前，知识青年已抽调了两批。我准备着走向新的工作岗位。可是一天下午，我刚刚在大队礼堂给大安二中支农的师生们做完思想汇报，回到集体户发现大队党总支书记王贵同志在等我。王贵同志是一名残废军人，在朝鲜战场上丢掉了一只胳膊。他第一个带领农民办起了互助组，是全国劳模，是国庆 20 周年进京观礼代表，住进了中南海，参加了周恩来总理主持的国庆招待会，中央人民广播电台、《人民日报》先后播发了他讲话录音和事迹介绍。他同时还担任扎公社、县的“革命委员会”副主任、地区“革命委员会”常委、省“革命委员会”委员的职务。我非常尊敬他，他对我也很好。王贵同志见我回来，很委婉地说明了县“五七办”不同意抽调我的意见，并说了很多勉励的话。我很平静，但内心的确很悲哀。我并不悲哀不能回城，下乡的时候根本就没有想到会离开农村；悲哀的是我小小的年纪，为什么要承受这么多的打击，为什么会遇到这么多的坎坷啊！

秋收以后，国家兴建“八三工程”，铺设从大庆那边过来的输油管道。上级要求各地民工以组建民兵的形式参加工程建设。我们公社决定吸收我参加，到连队里当文书。接到通知，除了感到高兴，也担心自己的身体怕吃不消，但想到这项工程的意义，想到这是党对自己的信任，就毫不犹豫地答应了。10 月末的一天下午，全县参加“八三工程”建设的民兵集中在县第二招待所（今党校）院内，领导作完动员讲话后，队伍出发。这是一场拉练式的行军。我背着行李、油印机、油墨，还有一大捆书和纸，走在队伍里。我们下午四点出发，走过前郭县的新庙镇，最后到达目的地——狼家窝堡屯儿，整整是后半夜一点，行程 120 多里。我把行李和东西一放，两条腿就像两根木棍子，硬邦邦，没有知觉。脱下鞋一看，脚板上的血泡都破了，脚脖子也肿了。尽管这样，第二天一早，我还是和大家一起来到工地。我虽然是文书，但我要坚持参加劳动，一边劳动，一边写材料，一边办“战报”。“战报”八开纸，每天一份，套色印刷，完全由我一人组稿、刻写、油印。劳动到后期，头天晚上收工，第二天早上沟里就渗出水来，我们就光着脚站在带有冰碴的泥水里干。劳动结束后，我被评为“五好战士”。

1971 年春，白城地区安广师范招生，招收高中毕业的农村知识青年。这时，集体户里只剩下我和另一名男青年是“老三届”高中毕业生。这样，我们俩就填了表。1971 年 4 月 15 日，我来到了安广镇。二年半的农村生活结束了，时间虽然不算长，但它将在我的一生中留下极为深刻的记忆。每在工作之余，我常常想起当年的生活，想起那里的农民乡亲。

我在师范班只学习了 5 个月。1971 年 9 月 13 日，被分配到县文化馆上班。我的主要工作是写材料：工作计划、总结、汇报、经验介绍，还有各种会议材料等。我感到没什么意思，不如做点实际工作。这样，我就打报告要求调转工作，到学校去当老师。当时，有些同学、朋友劝我不要离开这里，他们说别人想来还来不成，你这一进学校就别想再出来了。然而，我意已决，谁说也不行。半年后，我的要求被批准了。在文化馆工作期间，我曾作为“可以教育好的子女”代表，分别参加了县和地区“文革”以来的首次团代会。

1973 年 5 月 7 日，我 26 岁的时候，来到了大安七中上班，从此开始了我的教师生涯，至今整整 10 年。这 10 年，正像一些熟悉我的人说的，我的路走对了。我报到三天就接了两个初二班的语文课。在这之前，我从未讲过课。念中学的时候，我是侧重学理科的。这时候，我自己连字和词的区别从道理上还搞不清楚。怎么办？我横下一条心：学！在那个知识被认为无用、老师受人鄙视的年代里，我不管别人做啥，埋起头来学。我除了虚心向老教师们学习外，主要靠自学。我自学的体会主要有四点：

一、把自学和教学结合起来

我自学的目的，就是要做一名合格的中学语文教师。我主要坚持了两点：

第一，从打基础做起。就拿语、修、逻来说，它们是语文课本中知识性较强的部分，集中地体现了语文这门学科的科学性。一个语文教师如果不懂语、修、逻，那么他的教学是很难想象的。于是我就从字、词开始，一点一点地打基础。我结合教学，先后较系统地学习了吴士勋的《语法知识讲话》、吉林师大编写的《语文基础知识》、张静的《词汇教学讲话》、上海复旦大学编写的《形式逻辑》、北京大学编写的《写作知识》等书。以后又阅读了胡裕树主编的《现代汉语》、吕叔湘和朱德熙合写的《语法修辞讲话》，还阅读了宋振华、王今铮合写的《语言学概论》等书。

第二，从认真备课做起。在处理“教”与“学”的关系上，力争做到教一篇，学几篇；教一点，学一片。例如 1977 年春天，我讲朱老总的《喜读主席词二首》。这是一篇补充教材。当时有关这篇课文的参考资料一点也没有。我就自己动手查字书、辞书，先搞出了注释；然后又查现代史，查回忆录，弄清了背景；再进一步学习了古今诗歌的基础知识；最后写成了讲稿。结果不但收到了较好的教学效果，也大大地巩固和丰富了自己的知识。

7 年来，我没有无故耽误过一节课，没随便上过一节课，写下了数十万字的学习笔记和教学笔记。现在我讲中学语文课（包括初中和高中）已不感到很吃力了。这就使自己有可能在教学方法上再做进一步的研究探讨，以收到更好一些的教学效果。

自学可以帮助教学，教学也可以促进自学。1978 年夏天，我在参加吉林师大（现东北师大）中文系函授招生考试中，获得了我县考生第一名。同年冬，在全县中学语文教师汇考中，我又获得了第一名。实践使我认识到，把自学和教学结合起来，确实是一条学习、工作两不误的可行之路。

二、把博学和专一结合起来

我自学的兴趣很广泛，语言、文学、政治、哲学、历史，都喜欢。几年来，我不但阅读了大量的古今中外文学名著、专著和文学史，还阅读和学习了不少政史哲书籍。像范文澜的《中国通史》和《中国近代史》、中共党史，马列和毛主席的著作我也喜欢读。还读了《马克思传》、《回忆马克思恩格斯》、《列宁回忆录》、艾思奇的《辩证唯物主义纲要》、马恩列斯论教育等书。从去年开始，我又重新复习、补学了俄语。

我以为，博学不但是搞好教学的需要，也是为从事专门学习奠定基础。我常常这样想，如果把人的学习比作盖一座高楼的话，那么地盘铺得越广，地基打得越深，楼就可能盖得越高。但是，如果总是铺地盘、打地基而不起层，那么它就只能永远同平地一样高。所以，一个人不能把兴趣停留在广泛的爱好上，还应当搞点专一。这不仅是可以的，而且是必要的。

我从去年以来，在特级教师、我县教师进修学校魏治明老师帮助、指导下，开始侧重于古代汉语的学习。由于有了上述的基础，特别是我的现代汉语基础较好，所以学习古代汉语就进展较快。一年多来，我除了参加东北师大中文系的函授学习外，还集中学习了王力主编的《古代汉语》（前三册），阅读了杨伯峻的《文言文法》、唐兰的《中国文字学》、吉林大学古文字研究室编的《古文字研究》（第一辑），特别是阅读了大量的古文篇章。另外，还熟悉了查阅《说文解字》等工具书的方法。

我体会到，博学是基础，专一是方向，二者是矛盾着的统一体。我现在虽然主要学习古代汉语，但并未忽视博学；不过除一般的学习外，我已把博学的范围主要缩小到现代汉语和古代史、古典文学上了。

三、注重方法，讲究实效

第一，自学要有计划。自学是一种业余学习，因此，如何确定学习内容、如何利用时间、如何处理好工作和学习的关系，都是很重要的。我大体是这样做的：在学习内容上，分几个阶段，每一个阶段有一个主攻方向。比如七六年以前，主攻中学教材（包括篇章、语修逻、写作常识等）；七七年至七八年主攻现代汉语，同时尽可能多地读些古今中外文学名著；七九年以来，主攻古代汉语。在时间安排上，我在统一计划下，注意了集中学与分散学相结合。在一年当中，寒暑假集中学，其余分散学；在一周当中，星期天集中学，其余分散学；在一天当中，晚上集中学，其余分散学。这样，在集中时间里，可以搞些总结，或相对大点的题目；在分散时间里，为集中学做准备。在处理学习与工作的关系上，近二年来，我力争在八小时内做好工作，八小时外搞自学。

第二，初学时抓住一本书入门，入门后多看些书分析比较。比如 1973 年时，各类知识书奇缺，我弄到一本吴士勋的《语法知识讲话》。虽然这是一本“文化大革命”前面向农村青年的自学丛书，但它毕竟概括了现代汉语语法的基本内容，并且符合中学课本中的暂拟语法体系。于是我就反复阅读它，学习它，几乎成诵，可也居然入了门。以后在主攻现代汉语时，因为我已有一定的基础，就把吉林师大的本子、胡裕树主编的本子、吕叔湘和朱德熙的本子同时拿过来看，分析比较，培养了自己独立思考、独立分析的能力，进一步掌握了学习的主动权。

第三，注意积累资料，不断总结。像课本中的典型句、词，学生作文的佳作、错别字、病句等我都做了收集。我还编写了一些材料，如《作文辅导》《文言文常见句式和虚词》《标点符号》《中学文言文古分今合词举例》《中学文言文同义词辨析》等，有的分别在《语文战线》《吉林教育》和师大《函授教学》上发表。

另外，有许多书需要反复读，许多东西需要反复记。比如我习惯于早晨背点东西，常常是饭前把它背会，上班走在路上复背一下，下午工作休息时再复背一下，晚上自学前又背一下。这样记得还算扎实些。已经背会的东西，我习惯在家休息时出声念一念，背一背，也能帮助巩固记忆。

四、不畏艰苦，持之以恒

学习难，自学更难，而像我这样的人搞自学可说是难上加难。我家五口人，去冬以前只靠我每月 36 元 5 角的工资来维持生活（我爱人在去冬被录为国家教师），生活是非常艰苦的。1976 年冬天，我爱人怀孕，家中一个鸡蛋也没有。我这个被人称为“书呆子”的人拿起了钓鱼杆去踏雪凿冰。寒风凛冽，透人心肺。我常常是十去九空，可我仍然要去。我爱人就是靠我从冰雪中弄回来的鱼度过孕产期的。人们常说：“艰难困苦，玉汝于成。”我没有什么成绩，可我的确尝了不少苦。我们全家住在一间半的小屋里，孩子们闹哄哄，没有一块肃静的地方，我就待孩子们睡下后再学。有时候等不得那就只好他们吵他们的，我学我的，时间长了，倒也成了习惯。现在我参加了东北师大的函授学习，家庭条件也有了些改善，但困难还是有的。我下决心坚持学下去，多学一点知识，为祖国和人民多做一点贡献。

现在，党组织让我写自传。我回顾自己的前半生，不禁浮想联翩，连续几个夜晚不能成寐，觉得心中有很多话要向党倾诉。我从内心深处感激党。没有党，就没有我的今天。粉碎“四人帮”以后，我们党本着实事求是的精神，排除了“左”倾干扰，党的各项政策得到了真正落实。我们兄弟四人和全国人民一样心情舒畅，套在脖子上的精神枷锁被彻底打开了，在各自不同的岗位上为党的“四化”大业发挥着自己的聪明才智。我大哥，1980 年被评为我省首批农艺师，还被选为县人大常委委员，由普通的农业技术干部，先提拔为农业科学实验站的副站长，1982 年年末，又被任命为县农业局的副局长。我二哥，在小学时是少先队的大队长，聪明伶俐，品学兼优，老师们都非常喜欢他。刚上初中不久，一天白城来人招工，他看到家里实在太困难了，就随人从学校直接走了。7 天后，家里接到他从白城平台的来信，他已在那里挑上土方了。我二哥就是这样走上了社会。1958年他回大赉进了罐头厂。二十多年来，他由放猪、喂猪、宰猪、收猪，到采购、作计划，1982年年末被提拔为厂供销科的副科长。我三哥，在农村干了15年，1979年调到安广种子站，现在县种子公司任技术员。他们都是单位的先进工作者。我大哥在科学实验方面，还受到了中共吉林省委、省政府的表彰。我们兄弟四人从自己的成长实践中，都深深地体会到：生我们的是父母，养我们、教我们的是党。党不仅在物质上给了我们营养，更在思想上给了我们真理。党教会了我们应当爱谁、恨谁；党使我们懂得了应当走什么样的路、做什么样的人。我们都是吃社会主义的饭长大的，是社会主义培养出来的知识分子、国家干部。毛泽东同志曾经说过："我们应当相信群众，我们应当相信党。"我们现在都是三四十岁的人了，我们从自己的成长实践中深深地感受到了党的伟大，群众的伟大。我们现在比以往任何时候都更加坚信：人的家庭出身不能选择，但走什么样的道路是可以选择的。我今年已三十七岁，正值中年。回顾过去，有成绩，也有缺点，但是我的一颗心始终是向着党的。我的这份自传就是旨在向党展示我的一颗赤子之心。今后，我一定要扬长克短，戒骄戒躁，更加努力地学习马列、毛主席著作，学习党在新时期的各项方针、政策，努力提高业务本领，继续用自己的实际行动来表达对党的忠诚。不管在组织上能否入党，我都要始终如一地做下去，争取在后半生的自传里，写上更光彩的一页。

注：①我于1982年10月29日加入中国共产党。这是按组织要求写的自传，有删节。

附录二

我的从教经历、业绩、荣誉、著述等

下面是应北京市评选民办教育先进个人按要求而提供的相关材料，2014年9月以后的几篇论文是补充进来的。

[从教经历]本人为“文革”期间高中“老三届”毕业生。1971年4月结束插队被抽调返城即开始从教，先在吉林省大安市第七中学任中学语文教师兼做班主任，1978年8月恢复重点校，被调入吉林省重点中学大安市第一中学工作，此后便一直在该校任教，先后任中学语文教师兼做班主任（初中并高中13年、送走10届高中毕业班）、语文教研组长（1984至1988）、副教导主任（1988至1992）、教导主任（1992至1993）、主管教学副校长（1993至1994）、校长兼党总支书记（1994至2000）、校长（1994至2004）。

1982年10月29日加入中国共产党。1987年被评为中学语文一级教师，1992年被评为中学语文高级教师，2001年被评为特级教师。内退后著有《知校十年》（上下册，共计90万字）一书，2007年由吉林大学出版社出版。

2004年按当地政策退居二线后，经推荐于次年10月被北京理工大学附属中学聘为校长助理兼做教科室主任，2006年1月6日被北京理工大学附属中学分校董事会聘为校长至今，2012年按上级党组织安排重建分校党支部，任校长兼做分校党支部书记至今。

其间曾于 1978 年以全市第一名的最高分 82 分（满分 100）考入东北师大中文系函授班带职学习，学制 5 年，1983 年以十余门课程总分第一名的成绩获取本科毕业证书。

［从教主要业绩：在大安市第一中学］

个人获得的表彰、荣誉及相关报道：

1.1978 年在大安全市中学语文教师会考中以 91 分（满分 100）的成绩获第一名，受表彰并获嘉奖。

2.1984 年被评为大安市首批教学尖子，全市各学科共计 13 人，语文学科 2 人。

3.1984 年按领导要求撰写《我是怎样自学的》一文，市教育局及教师进修学校联合发文，向全市教师推荐学习。

4. 大安向被称为“灯谜之乡”(《人民日报》海外版曾有报道)，1984 年被推选为大安市灯谜协会副主席。

5.1985 年被评为大安市优秀教师。

6.1985 年被选为大安市教育学会理事兼语文教育学会副理事长、吉林省教育学会理事、中国教育学会会员。

7.1986 年，被评为白城地区优秀教师。

8.1986 年第 5 期《吉林教育》封二“红叶赞”专栏刊载了本人照片及事迹介绍，题为:《自学给他插上了金翅膀》。

9.1987 年，被评为吉林省优秀教师。

10.1988 年进入学校领导班子以后，校内选先评优均做了推让。1992 年被收录由语文出版社出版的《中国中学骨干教师辞典》。

11.1995、1996 年分别当选为大安市人大代表、常委，白城市人大代表。

12.1998 年，因高考成绩突出，被大安市人民政府奖励晋升两级工资。

13.1999 年，被评为大安市特等劳动模范，工资晋升一级。

14.1999 年被收录由时代人民出版社出版、乔迈主编的报告文学集:《吉林英才谱》，题为《穿越风雨看彩虹》。

15.1999 年新华出版社出版的《中国当代教育教研成果概览》一文收录了本人业绩简介和两项教研成果。

16.2000 年被吉林省人民政府评为“第六批有突出贡献的专业技术拔尖人才”，晋升一级工资。

17.2000 年中共吉林省委宣传部主办的机关刊物《宣传导报》第 2 期刊有本人专题事迹介绍，题为《知足知不足，有为有弗为——记大安一中党总支书记、校长朱靖华的先进事迹》。

18.2001 年在含有全省高校、基础教育学校、科研院所共计数百家参加的吉林省首届教育科研工作会议上，接受表彰，同时作为唯一来自中学的代表在大会上做典型发言。题为:《坚持“科研兴校”战略 不断提高办学水平》。

19.2001 年，由吉林省人民政府授予“吉林省特级教师”称号。

20.2001 年《当代英才》杂志（第 3 期）刊有《朱靖华校长的四步“棋”》。

21.2002 年被评为“吉林省首批教育科研型名校长”。

22.2002 年由吉林人民出版社出版的《与管理者对话》一书刊有《科研引领 大安一中办学风骚——访吉林省大安市第一中学校长朱靖华》。

23.2003 年 5 月《现代教育科学：普教研究》刊登“吉林省教育科研型名校长风采录”彩页文字介绍:《吉林省教育科研型名校长：朱靖华》。

学校获得的荣誉、高考成绩、科研成果、改善教师居住条件和改善学校办学条件及相关报道:

1. 任大安市一中校长 10 年，学校自 1996 年始至 2004 年，一直被评为吉林省“精神文明建设先进单位”，接下来先后被评为吉林省“教育系统精神文明建设示范学校”“白城市素质教育示范校”“吉林省创新教育实验校”“吉林省教育科研工作先进单位”“吉林省电化教育示范校”“全国青少年责任教育理论与实践实验基地”等，2001 年被评为“吉林省教育科研示范基地校”（全省数千所中小学仅评选出 15 所）。

2. 主政大安一中工作 10 年，10 年高考，有 7 年位居本地区前一、二名，32 所重点高校填补本市考生空白。

3.2003 年成功承办了吉林省实验校中学组第 9 届年会现场会，全省 80 余所学校及相关领导莅会。这也是吉林省首次在县级市省级重点中学举办的同类现场会。并在大会上做典型发言，题为:《坚持“科研兴校”办学理念，走正确、健康的学校发展之路》。

4.1997 年经向各级领导和部门申请获批后，没要国家一分钱，成功主持建成了 1.2 万平方米的教师住宅楼，132 户教师喜迁新居，解决了大部分老师的居住困难。同时动迁了 118 户居民，扩建出 1.26 万平方米的操场，解决了学生上体育课、上操场地紧张甚至跑步都需要上大街的问题。教师住宅楼建成后，吉林省发改委组织召开了全省规模的“教师安居工程”现场会。

5.1999 年为响应国家创建素质教育示范校的号召，同时提升自身的办学水平，经向大安市教育局、市委、市政府报告申请获批后，在 80% 以上的资金靠学校自筹基础上，建起了占地近 5 万平方米、建筑面积 2 万多平方米并具当时省内外堪称一流现代化装备的新学校即今大安市第一中学。

6.《人民日报》《中国教育报》《吉林日报》《吉林教育科学》《白城日报》《白城教育》等多家报刊在本人任校长期间都多次报道过大安一中的办学成绩。[具体参见:《东风猎猎展新旌 ——勇于探索的大安一中》，见（《人民日报》1999 年 6 月 20 日）;《大安一中科研兴校结硕果》，见（《中国教育报》2002 年 12 月 14 日）;《吉林省精神文明建设先进单位——大安一中》，见（吉林《宣传导报》2000 年第 2 期封二）;《穿越二千二百个日夜，攀登七十四级台阶——大安市第一中学》，见（《吉林瞭望》（2000 年）;《吉林名校》，见（吉林教育出版社，第 55 页）等）]

本人的教科研成果及主要著述：

1.1978—1981年，本人所在的大安一中语文教研组整体进行中学语文“目的单一”教学改革实验，作为省级教改项目，曾在全省（延边）会议上进行大会发言。本人为高中组的主要成员，所撰写的实验设计方案曾连续两期刊登在1980年的《吉林教育》杂志上。

2.《中学语文课本中文言文中的古分今合词例释》（见1979年东北师范大学《函授教学》第9期）。首次在国内语言界提出“古分今合词”这一语言概念。

3.《文言文中的古分今合词》（见《语文战线》1981年第8期）。

4.《葛朗台的一“扑”及其他——文学作品中的直接心理描写和间接心理描写浅议》（见《吉林教育》1982年第1期）。

5.《常用词语及其教学》（见《吉林教育》1982年第12期）。

6.1984—1987年主持中学语文“文理渗透”教学改革实验，同时本人撰写论文《文理渗透刍议》（见《吉林教育学院学报》1988年第4期）。这应当是国内最早将语文教学与其他学科（特别是理科）教学互为融合的实验。

7.《改革要从实际出发，讲求实效》，1985年12月在全市语文教改研讨会上作大会经验介绍。

8.1984—1986年期间主持“中学语文课的教读”教改实验项目，论文《把讲读变为教读》在全市语文教学改革经验交流大会上做典型发言。我们在进行此教改实验之前，在国内语文教学界还未见有“教读”的提法。

9.《“文理渗透”初探》（见《吉林教育》1989年第4期，中国人民大学《中学语文教学》1989年第4期转载。）

10.《我们是如何开展教师职业道德教育的》，1989年11月24日在全市教师师德演讲比赛中获一等奖。

11.《灯谜与语文教学》（见《吉林教育》1989年第7~8期）。

12.1986—1988年，主持“高中语文目标教学”的教改实验，所撰论文《明确任务，减轻负担，提高效率——高中语文实施“目标教学”的实践与体会》（载《吉林教育》1991年第2~3期上。）此项教改成果荣获大安市“嫩江之秋”教育教学成果奖一等奖中的第一名。我们开展的“目标教学”教改实验，在国内语文教学界应是较早的。

13. 专著《常用成语语素辞典》（与魏治明、高云海合著，1998年，吉林文史出版社）。此项成果被评为大安市、白城市社会科学奖一等奖，吉林省社会科学奖二等奖。至今为止，仍是国内语言界唯一可见的研究成语语素的工具书。

14.《突出德育的主导地位，发挥学科教学的德育功能》，1992年6月15日获白城市学校德育论文评比一等奖。

15. 专著《中学：文言文词义辨析》（2001年，吉林人民出版社）。

16.《加强常规管理是办好学校的基本保证》（《吉林教育科学》1993年第1期），并获吉林省教育科学优秀成果三等奖并奖品、白城市第四次社会科学优秀成果二等奖。

17.《加强学校的计划管理》1995年被评为《吉林教育》中小学教师论文大赛一等奖，1997年被收入北京科学技术出版社出版的《中国基础教育论文大典·上卷》。

18.《校长如何调动教师的积极性》1995年获吉林省实验校协作研究首届年会论文评选二等奖，1996年第3期《吉林教育》刊载。东北师大《现代中小学教育》增刊《吉林省教育科研“八五”重点课题：教育基地建设与管理：论文选》一书收编。

19.《源于教学，服务教学——我们是怎么开展教研活动的》获1995年白城市校级领导论文评选二等奖。

20.《教师思想政治工作摭谈》1996年获吉林省实验校协作研究第二届年会论文评比二等奖。1997年《吉林教育》第4期刊载。

21.1997—2000年，主持承担吉林省教育科学“九五”重点规划课题——“重点高中实施素质教育的模式与评价”，分别获得吉林省社会科学一等奖和白城市社会科学一等奖并奖金、奖品。省、市两级专家组现场验收并做出评审结论和颁发结题证书。

22.《重点高中实施素质教育的探索与实践》，1997 年 9 月在吉林省实验校协作研究第 3 届年会上获论文评比一等奖。1998 年第 4 期《吉林教育科学》以“实施素质教育的实践与探索”为题予以刊载。1999 年获“全国重点高中校长素质教育论文评选一等奖”。

23.1997—2000 年，主持承担吉林省教育学会“九五”规划重点科研课题“中学生心理素质的评价与培养研究、高中生心理素质的评价与培养研究”，经省、市两级专家组评审验收，颁发证书。

24. 参加吉林省教育学会“九五”规划重点科研课题“关于提高校长、教师创新素质的研究”，经省、市两级专家组评审验收，颁发证书。

25. 论文《以人为本与以法治校》（北京《中小学校管理》杂志 1998 年第 12 期刊载。）

26. 专著《中小学教育评价论》，为该书副主编，主要撰稿者之一，1999 年延边大学出版社出版。

27.《学生学习活动的评价》1999 年第 7~8 期北京《中小学管理》杂志予以摘要刊载。2000 年 4 月，由中国电子音像出版社出版的《中华园丁论文集》收编。2000 年 9 月，吉林省实验校协作研究第 6 届年会上获论文评选一等奖。

28.《科研兴校，重在“兴校”》1998 年 3 月 25 日，在“吉林省科研兴校（教）理论与实践研讨会”上交流，并获一等奖。1999 年由《光明日报》出版社出版的《建国 50 周年中国教育改革巡礼——中国教育改革与发展论文选》一书收编。

29.《校园中的人际交往与高素质教师队伍的建设和管理》，1999 年 9 月，在吉林省实验校协作研究第 5 届年会上，获论文评选二等奖。2000 年第 1 期《吉林省教育学院学报——中小学教育管理》杂志以《建立教师群体的和谐人际关系》为题予以刊载。

30.《科研兴校与学科教学实施素质教育》，1999 年 10 月在白城市高中校长会上做经验介绍。

31.《学科教学实施素质教育的模式与评价研究报告》，《白城教育》2000 年第 1 期刊载，并被收入 2001 年吉林人民出版社出版的《素质教育研究与实践》一书中。

32.《端正办学思想，确立发展思路，建设一个欣欣向荣的新一中》，《白城教育》2000 年第 3 期刊载。

33.《坚持“科研兴校”战略　不断提高办学水平》，2001 年在吉林省首届教育科研工作会议上作典型发言，来自全省高校、科研院所和中小学的 5 位代表作大会发言，本人是唯一一个来自中学的。

34. 素质教育系列谈：

《素质教育是传统教育的继承和发展》

《素质教育的基本内容是全面教育》

《素质教育的首要内容是德育》

《素质教育亟需规范和加强“小学科”课程管理》

《素质教育应当落实到习惯教育上》

《素质教育不等于愉快教育》

本组“素质教育系列谈”论文是应《大安日报》社之邀，均发表于当年的《大安日报》上，分别写于 2002 年 1 月至 3 月和 2003 年的 10 月至 11 月。

35.2001 年 11 月 2 日立项，主持吉林省教育科学“十五”规划重点课题——“三自五会”教育与学校办学思想和特色的研究。主编出版了专著《实施素质教育的有效渠道——“三自五会”教育与学校办学思想和特色的研究》，2003 年吉林人民出版社出版。

36. 论文《教师的素质与能力》（ 2002 年第 10 期《吉林教育》杂志刊载。）

37.《科研使我校走上了振兴之路——我的办学理念与实践》，2002 年应《吉林省教育科研型名校长：办学理念》一书稿邀而写。

38. 论文《实施素质教育的有效途径——“三自五会”培养目标简论》，

2003 年，为吉林出版社出版的《实施素质教育的有效途径——“三自五会”教育实验论文汇编》一书所写的序言。

39. 论文《谈谈校长的学校管理思想》，应《大安日报》之邀而写，刊载在 2003 年 4 月 23 日《大安日报》上。

40. 经验介绍《坚持“科研兴校”办学理念，走正确、健康的学校发展之路》，2003 年 9 月在“吉林省实验校第九届年会”上的大会发言并获论文评比一等奖。

41. 专著《路石》（教育论文集），主编，2003 年吉林人民出版社出版。

[从教主要业绩：在北京理工附属中学分校]

个人受到的表彰和荣誉：

2010 年 10 月在参加由中国教育学会教育机制研究会主办的现代教育理论与实践全国校长优秀教育教学及学校管理评比活动中荣获第十届“现代教育理论与实践全国优秀校长”荣誉称号。

办学业绩概述：

任北京理工大学附属中学分校校长九年来，我团结和带领全校教职工一直以“办人民满意的学校”为宗旨，以做朴实教育、办“四满意”（学生、家长、各级领导、教职工）学校为办学的特色和追寻的目标，坚持依法依规办学，坚持立足校情办学，坚持依靠教师办学，坚持尊重规律办学，坚持在传承中继承、思变、创新、求进的发展思路办学，坚持恪守“不放弃每一个学生”的承诺办学。

九年来，我们共向上级学校培养、输送了初高中毕业生两千余名，高考实现了所有学生都有学可上，中考在海淀区众多强校中，基本保持在前十几名的位置，有多名同学考进全区前几名、十几名，有 30 余名同学考取了单科满分或单科最高分，成为单科状元。

九年来，我们在学校正常办学经费得到完全保证基础上，教职工的工资含奖金收入差不多翻了一番，基本达到甚或略有超出海淀区公办中学老师的平均收入水平；同时，我们在如期如实上交规定费用外，校产增值逾两千万，学校设备设施得到不断更新、完善，不但完全符合国家规定标准，在有些方面达到领先水平。

九年来，在民办学校很有限参与的范围内，我校获得了“全国民办教育先进集体”、北京市“文明礼仪示范学校”、海淀区“文明单位”、海淀区“平安学校”、海淀区“中小学校舍安全工程先进单位”、北京市“A 级食堂”等各级各类表彰 60 余个；一批教师获得北京市“紫禁杯班主任”、海淀区“三八红旗手”、海淀区“优秀教师”、“师德之星”或“学科带头人”、“骨干教师”等荣誉称号，还有更多教师参加各级各类比赛或辅导学生参赛获奖；更有众多学生获得市区“三好”、“优干”、优秀团员等荣誉称号，或在各级各类活动和竞赛中获奖。

九年来，我校没有出现过一起恶性事件或事故，也没有出现过一起学生、家长或教职工上访告状事件，社会各方反映一直良好。一位毕业班的学生家长说：“在理工附中分校，每一位老师都是孩子的家长，都是孩子的班主任。”（2010 年初三毕业典礼家长代表在大会上的发言）一位新生家长来我校考察后说：“这里是孩子可以安心、安静读书的地方。”（2012 年招生咨询活动，一位家长留言。）

学校获得的表彰和荣誉：

1. 海淀区中小学生独奏比赛优秀组织奖。（2006 年）
2. 全国中小学生叶画制作竞赛中学组团体第三名。（2006 年）
3. 北京市文明礼仪示范学校。（2006 年）
4. 海淀区中小学数字德育平台 2006 年暑假征文活动先进学校。（2006 年）
5. 海淀区中小学生艺术节朗诵比赛优秀组织奖。（2006 年）
6. 中考考务工作目标管理优秀奖。（2006 年）
7. 海淀区平安校园。

8. 甘家口地区社会治安综合治理工作先进单位（2007 年）
9. 普通高校招生目标管理一等奖。（2007 年）
10. 中考考务工作目标管理优秀奖。（2007 年）
11. 我校积极参加 2007 年华夏绿洲助学行动，为帮助中国西部沙漠化地区的贫困学生做出了贡献，从而荣获中国绿化基金会颁发的荣誉证书。（2007 年）
12. 海淀区中小学生科技英语大赛优秀组织奖（2007 年）
13. 我校食堂 2007 年被评为北京市 A 级食堂。
14. 海淀区中小学数字德育平台 2008 年寒假征文活动先进学校。（2008 年）
15. 海淀区中学 2008 年奥运 DV 评选活动中，荣获二等奖，并被评为海淀区奥运教育特色校。（2008 年）
16. 海淀区“新星杯”英语词汇游戏大赛初级组团体冠军。（2008 年）
17. 海淀区中小学数字德育平台 2008 年暑假征文活动先进学校。（2008 年）
18. 我校积极参加 2006—2008 年华夏绿洲助学等系列活动，被中国绿化基金会青少年工作委员会授予优秀会员单位。（2008 年）
19. 海淀区中小学数字德育平台 2009 年寒假征文活动先进学校。（2009 年）
20. 中考考务工作目标管理优秀奖。（2009 年）
21. 普通高校招生目标管理一等奖。（2009 年）
22. 海淀区中小学生艺术节独奏比赛中获优秀组织奖。（2009 年）
23. 北京市“新星杯”英语词汇游戏大赛中荣获中级组二年级团体三等奖。（2009 年）
24. 海淀区中小学校食品安全工作先进单位。（2009 年）
25. 海淀区中小学数字德育平台暑假征文活动先进学校。（2009 年）
26. 海淀区女工知识竞赛优秀组织奖。（2009 年）
27. 海淀区普通高校招生目标管理一等奖。（2009 年）
28. 海淀区中考考务工作目标管理一等奖。（2009 年）
29. 海淀区中小学生艺术节独奏比赛中荣获优秀组织奖。（2009 年）

30. 海淀区 2009 年“新星杯”英语词汇游戏大赛初一年级组团体二等奖、初二年级组团体二等奖。

31. 在 2006—2009 年度北京市残疾人就业保障金审核征缴工作中被评为诚信单位。

32. 深入学习实践科学发展观，推动学校德育工作创新优秀学校。（2010 年）

33. 在全国民办教育先进集体、先进工作者评选中，被评为“全国民办教育先进集体”。（2010 年）

34. 甘家口地区社会治安综合治理工作先进单位。（甘家口地区综治委颁发奖牌）（2010 年）

35. 海淀区教育系统先进基层工会。（2010 年）

36. 海淀区中小学数字德育平台暑假征文活动先进学校。（2010 年）

37. 海淀区普通高校招生目标管理优秀奖。（2010 年）

38. 海淀区中考考务工作目标管理优秀奖。（2010 年）

39. 海淀区中小学数字德育平台寒假征文活动先进学校。（2011 年）

40. 海淀区中小学生艺术节朗诵比赛中组织得力、成绩优异，荣获优秀组织奖。（2011 年）

41. “飞扬的红领巾”少年儿童综合素质展示（展播）活动北京展区优秀组织奖。（2011 年）

42. 第十届现代教育理论与实践全国优秀学校。（2011 年）

43. 海淀区教育工会财务工作先进单位三等奖。（2011 年）

44. 海淀区中考考务工作目标管理优秀奖，会考考务工作目标管理优秀奖，普通高校招生目标管理一等奖。（2011 年）

45. 在海淀区中小学生朗诵比赛中组织得力，成绩优异，获优秀组织奖。（2011 年）

46. 中央电视台“希望之星”英语风采大赛北京赛区组委会最佳组织奖。（2011 年）

47. 中央电视台“希望之星”英语风采大赛最佳组织奖。（2012 年）

48. 海淀区中小学校舍安全工程先进单位。（2012 年）

49. 海淀区教育系统交通安全工作先进单位。（2012 年）

50. 中考考务工作目标管理优秀奖。（2012 年）

51. 会考考务工作目标管理优秀奖。（2012 年）

52. 普通高校招生目标管理优秀奖。（2012 年）

53. 海淀区文明单位。（2012 年）

54. 海淀区中小学数字德育平台寒假征文活动先进学校。（2013 年）

55. 在中小学生植物栽培实践活动中成绩突出，获得表彰。（北京教学植物园、北京市教育学会劳动技术教育研究会）（2013 年）

56. 中央电视台“希望之星”英语风采大赛北京赛区组委会最佳组织奖。（2013 年）

57. “飞扬的红领巾”少年儿童综合素质展示（展播）活动优秀组织奖。（2013 年）

58. 海淀区文明单位。（2013 年）

59. 在“温暖衣冬”冬衣捐赠活动中获“优秀组织奖”。（2013 年）

60. 海淀区教育工会财务工作先进单位二等奖。（2014 年）

61.2013 至 2014 学年度海淀区教育事业统计工作先进集体（2014 年）

本人的教科研成果及主要著述：

1.《新课程理念下的课堂教学评价》，载 2006 年 9 月北京《教育前沿》杂志。

2.《中小学教育科研的 1234567》，载 2007 年 9 月 11 日北京《现代教育报》，同年获《现代教育报》社举办的校长论文评比一等奖，并被收入 2007 年《中国名优校长创新全书》。

3.《重要的是发挥马克思主义指导思想的导向引领作用——浅谈“校长在加强学校德育工作中的作用”》，2007 年应北京市海淀区教委布置的“校长论坛”要求而写，副标题是从布置的选题中选出的，正题为本人所拟。2008 年、2009 年，分别被《现代教育报》《语言文字报》评为优秀论文一等奖，并分别被收《中国名优校长治校方略》和《校魂》两书中。

4.《立足实际，理清思路，确立目标，务求实效——我们办学的一点认识和实践》。2007年我校中、高考双丰收，应学校董事会要求而写，并于当年获“中国教育家第四届年会”优秀论文评比一等奖。

5.《站在教师角度，抓教师队伍建设——我校教师队伍建设的一点认识和做法》，于2010年11月4日在海淀教委组织的校长论坛上做大会发言，并于2012年10月被北京市教育学会举办的北京市第三届“智慧教师”教育教学研究成果评比中获三等奖。

6.《重要的是从上好常规课做起——有效课堂教学的实施与评价管见》，2011年4月16日在由中国教学学会（高中、初中、小学）教育专业委员会、中国民办教育协会等发起的全国中小学校长论文评比活动中，经全国校长组委会评审获一等奖。副标题是从提供的选题中选出的，正题为本人所拟。2011年10月经中国教育学会教育机制研究分会等单位主办的现代教育理论与实践论坛全国教育论文评比大奖赛获一等奖，并同时被收入由现代教育出版社出版的大型教育文献《现代教育理论与实践指导全书》。2012年又被收入《中国名校成功之路》(团结出版社)一书。

7.《减负摭谈——中小学生课业负担成因·责任·对策大家谈》，2012年6月荣获由中国教育学会《中国教育学刊》举办的“中国教育实践与研究论坛”征文评比大奖赛一等奖，副标题是从举办者提供的选题中选出的，正题为作者自拟。2012年9月19日《现代教育报》刊载，题为《中小学生减负三法》，同时被收入中国文联出版社出版的《中国教育实践与研究指导全书》一书。

8.《怎样上好常规课》，应《北京教育》杂志约稿，载《北京教育》2012年第11期。

9.《做朴实教育，办“四满意”学校》，2012年12月7日应《现代教育报》学习、贯彻“十八大”精神之邀撰写，刊出时题为《办朴实、真实、务实、扎实的教育》。

10.《如何上试卷讲评课》，应《现代教育报》约稿，分两期分别刊载于2013年3月4日、3月11日《现代教育报》“名家专栏”上，题为《正视试卷讲评》。

11.《有效作业四点谈 》，2013年12月在《中国教育学刊》举办的“中国教育实践与研究论坛”征文评比大奖赛中获一等奖。2014年《北京教育 》第六期予以刊载。

12.《做朴实教育》（2015年第9期《北京教育》）

13.《课改，关键在编好课本》（2016年1月23日《中国教育报》）

14.《要当好先生，先当好学生》（2016年《北京教育》第5期）

15.《把教学的主动权还给老师》（2016年《中国教育报》）

16.《学会负责，学会担责》（2016年《北京教育》）

后　记

《春草集》终于可以交付出版社了。我的那些所谓诗包括那几篇散文，自知没有多少艺术水准，也没有多少观赏性，但在我无论于家、于国、于工作，确是发自于心，表达于情。也正是基于此，我选配了不少照片以作补充，但碍于平时没有这个意识，可选照片有限，所以与文稿未必做到很好对应。本想把文稿整理成个书样再交出版社，但由于日常工作在身，加之自己电脑水平差，反反复复，弄到现在，半年过去了，也没弄到让自己满意，只好有劳出版社的编辑们了。在此表达谢意。

1968年正月初一于大安照相馆照

1968年6月于老坎子嫩江边照

1968年8月9日插队前夕与同学好友张志才（左）合影

1968年8月9日与同学好友陈杰（下左）、王春青（下右）、张志才（上左）合影

1969年春于集体户门前树下照（王亚训老师摄影）

1970年4月集体户部分同学与吉林日报社记者摄于集体户房西地头。后排右一为本人，前排左三为彦梅

1970年8月22日丰收公社参加县“双先会”代表合影，本人上左二，下右一为日后同事王石老师、小孩为日后我学生金岗

1993年12月30日做副校长期间与校长郑钧龄（左一）、副书记刘成华（左二）、副校长杨修文（在三）参加学生班级迎新晚会

1968年5月2日彦梅照

1967年8月15日彦梅（后排右一）与同学合影

1979年大安照相馆与彦梅合影

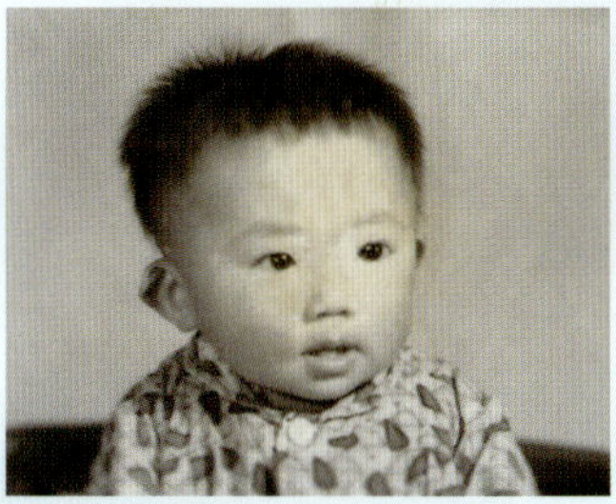

1972年9月2日（农历七月二十五）寄明周岁生日照

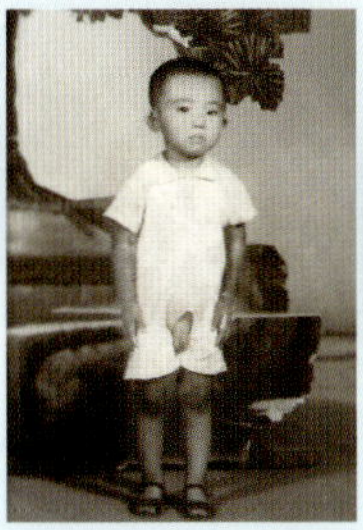

1974年9月2日（农历七月二十五）寄明两周岁照

1975看寄明（3岁）寄宇（1岁）照

1978年7月11寄明4岁寄宇2岁兄妹合影

1982年寄宇与寄强照

1982年与彦梅于长春站前广场照

1980年寄明6岁、寄宇4岁、寄强1岁半于大安照相馆照

1982年8月彦梅照

1983年6月东北师大函本毕业证书照

1985年5月办公费医疗证照

1987年3月寄明家中照

1981年寄宇长春站前广场照

1987年暑假带寄强来长春看眼睛于胜利公园照

1989年国庆在长春白求恩医大一院住院期间于人民广场照

1996年8月10日家门前与彦梅合影

1991年7月寄明高中毕业于大安市委前照

1992年11月25日寄宇白城幼师读书时照

1996年9月11日寄强上大学大连照

2000年2月8日与彦梅在家中照

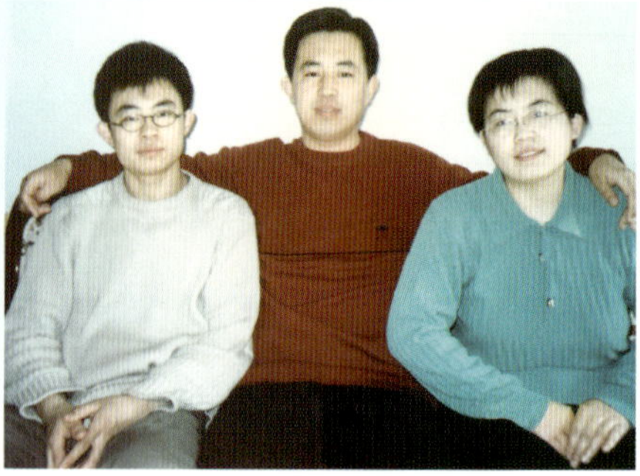

2000年冬寄明、寄宇、寄强家中照

2009年寄明、曹阳和瞳瞳合影

2010年12月15日寄宇、天武心宁百天照

2009年10月6日寄强和娟在凤凰岭上合影

2012年2月27日心宁来京在奶奶家与妈妈、大表哥合影

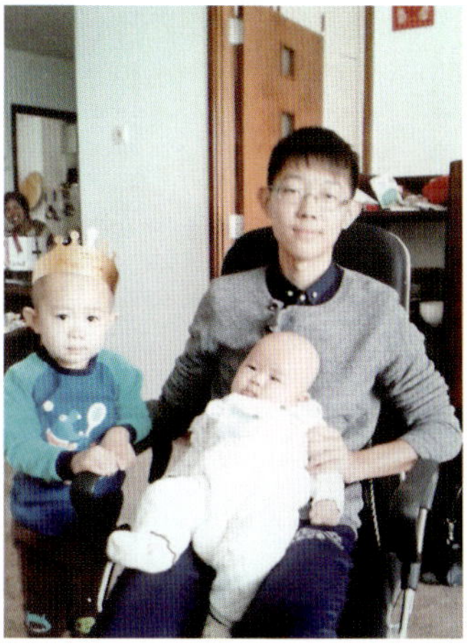

2014年10月7日瞳瞳、安安、星星三个孙子合影

2014年8月29日心宁和安安在老舅家玩逛逛车

2014年10月7日彦梅和儿子儿媳明、阳、强、娟及孙子瞳瞳、安安、星星在一起

1986年8月3日第一次来北京于天安门留影

1986年9月第一次穿上西装在校运动会场上照

1991年11月21日第一次登八达岭长城照

1995年6月工作照

2000年5月19日，再上八达岭长城

2001年5月第一次出国办证件照

2002年6月4日德国特利尔马克思故居前照

2004年5月2日（农历三月十四）大安望君来酒店彦梅生日全家人照

2005年4月18日胶州多伦多校园照

2005年5月2日胶州公园照

2005年9月10日北京蟹岛公园照

2006年4月16日彦梅在紫竹院公园照

2006年4月16日在紫竹院公园竹林中照

2006春彦梅在北京玉渊潭公园梅花前照

2006年4月2日彦梅在玉渊潭公园 樱花前照

2006年4月2日在玉渊潭公园樱花前照

2004年4月9日，陪同大安市副市长崔海峰（右一）与东北师大附中副校长蔡文国（右二）、史亮（左一）在大安一中教学楼前合影

2006年7月19日于延安毛主席故居前照

2006年7月20日于黄河壶口照

2007年1月28日与彦梅在紫竹院照

2007年1月30日与彦梅于香港国际会展中心前合影

2007年1月30日在香港皇仁书院中学课堂上听课

2007年2月于香港圣保禄女子中学与校长黄嬷嬷合影

2007年2月与北京理工附中曲艳霞校长（右一）于香港合影，中为香港皇仁书院陈校长

2007年11月10日在北京参加全国教育家大会照

2008年4月3日与彦梅在慕田峪长城上照

2008年4月13日彦梅在大棚里采摘草莓照

2008年8月22日于紫竹院公园荷塘前照

2008年8月22日彦梅于紫竹院公园荷塘前照

2008年9月13日与彦梅在鸟巢照

2008年9月20日于红旗渠照

2008年10月2日与彦梅于吉林市松花湖照

2008年12月7日参加学校纪念“一二九”演唱会讲话

2009年7月22日与彦梅在大理蝴蝶泉边照

2010年5月1日彦梅与强、娟、瞳瞳在北京龙庆峡游艇上照

2009年8月16日与彦梅在旅顺口照

2010年4月3日于上海一大会址内照

2010年4月2日于上海外滩照

2010年6月14日与彦梅在世界公园照

2010年10月23日职工活动于天津船上照

2011年5月1日与彦梅、瞳瞳于秦皇岛合影

2012年4月3日彦梅在紫竹院公园照

2012年4月29日于都江堰照

2012年6月16日党员活动天津航母上照

2013年1月31日于台湾阿里山与彦梅照

2013年1月30日彦梅于台湾日月潭游艇上照

2013年1月30日与彦梅于日月潭照

2013年2月3日与彦梅在台湾太平洋岸上照

2013年1月29日在台湾忠信学校师生大会上即场讲话

2013年1月29日在台湾忠信学校面向全校学生讲话后与司令女学生合影

2013年1月29日台湾忠信学校与高天极校长合影，右为时任北京清河中学的孙玉柱校长

2013年6月校内照

2013年6月20日初三毕业典礼上给孙子朱瞳颁发毕业证书，左为数学老师王志林

2013年7月19日长沙橘子洲头毛主席塑像下照

2013年7月19日韶山毛主席铜像下与彦梅照

2013年7月19日在韶山毛主席故居前与彦梅合影

2013年7月19日在韶山毛主席故居前留影

2013年7月20日与彦梅在凤凰古城照

2013年7月23日与彦梅在张家界照

2014年1月24日参访日本名古屋大学附中校园

2014年1月24日在日本参访名古屋大学附属中学，左为该校植田校长。

2014年1月25日与彦梅日本富士山下照

2014年6月16 日彦梅在紫竹院公园照

2014年7月27日与寄明在其所在单位院内合影

2014年8月2日于通榆向海国家湿地公园照，左起：女儿寄宇、彦梅、外孙心宁、儿寄明、侄儿寄鹏

2015年2月2日考察美国钱德勒学校

考察美国钱德勒学校与约翰.芬奇（John Fznch）校长合影

2015年2月3日考察美国钱德勒学校介绍中国画“有馀图”

2015年2月3日于美国钱德勒中学照，自左至右：时理工附中分校德育处主任高怡、钱德勒中学校长、本人、彦梅、该校女教师

2015年2月3日考察美国钱德勒学校集体照

2015年2月5日于美国科罗多拉大峡谷前照

2015年2月5日于美国科罗多拉大峡谷前与彦梅照

2015年2月7日于华盛顿白宫前圣诞树前与彦梅照

2015年2月7日于美国国会前与彦梅照

2015年4月18日于浙江金华双龙洞前照

2015年5月7日于南京中山陵前照

2015年5月9日于浙江水乡周庄照

2015年7月15日与彦梅在北京古北口水镇照

2015年7月16日于河北雾灵山顶照

2015年7月16日与彦梅在雾灵山庄水库游艇上照

2015年7月29日与彦梅在肯尼亚马赛马拉大草原上照

2015年7月30日与彦梅在肯尼亚东非大裂谷上合影

2015年7月31日与彦梅在肯尼亚赤道线上合影

2015年7月31日于肯尼亚赤道线上与当地师生合影

2016年1月26日参观厦门湖滨中学生命教育馆

2016年1月25日与彦梅在武夷山茶园照

2016年1月26日与彦梅在福建鼓浪屿照

2016年1月27日在福建永定土楼与彦梅照

2016年3月26日彦梅在紫竹院公园迎春花前照

2016年4月4日于紫竹院公园榆叶梅前与彦梅合影

1987年暑假与寄强在长春胜利公园合影

2009年12月12日曈曈与奶奶在北京动物园

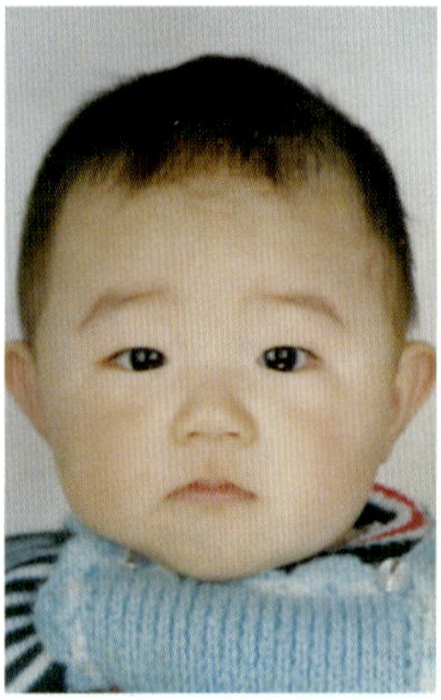

1999年农历九月初六曈曈周岁照

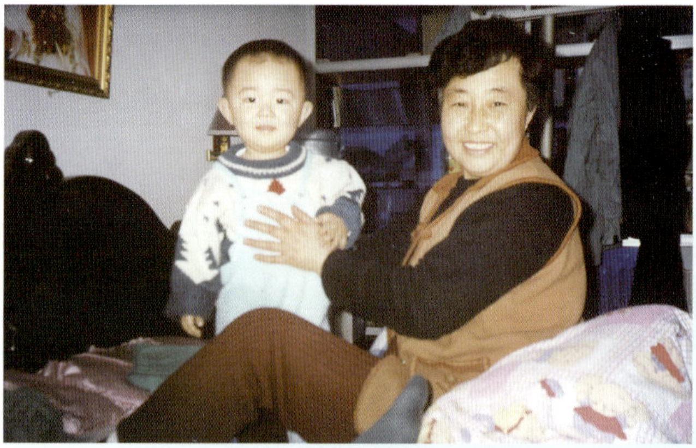

2010年1月8日彦梅和曈曈于家中照

大孙子瞳瞳四岁在幼儿园讲故事《小蝌蚪找妈妈》

2014年2月1日心宁和姥姥在北京动物园

2013年2月9日外孙心宁（右）和二孙安安在北京姥姥、姥爷家中照

2014年10月7日彦梅在北京家中与大孙瞳瞳、二孙安安、小孙星星照

奶奶留下的唯一遗照（1951年辞世）

1944年的父母与大哥、二哥、三哥（父母留下的唯一合照）

父亲朱德祥，又名朱立行，年轻时照

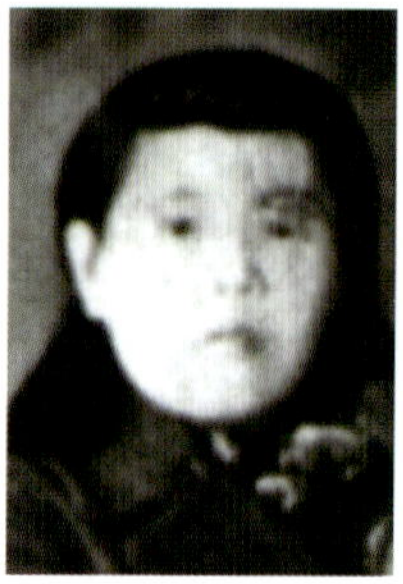

母亲宋淑云年轻时照

儿时的大哥靖远6岁照

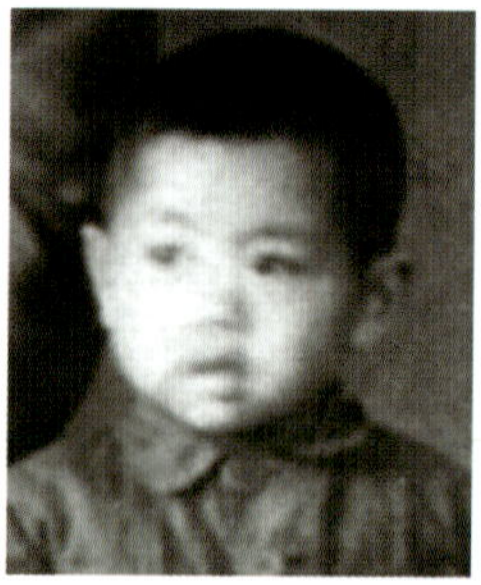

儿时的二哥靖夷3岁照

儿时的三哥靖安1岁照

母亲1998年2月11日照

2001年6月母亲在北京故宫前照

2001年6月11日母亲于北京北海公园照

2002年2月11日蛇年除夕夜母亲家中照

2002年2月11日蛇年除夕夜，三兄长来家，兄弟四人与母亲合影照，这是与母亲生前共同度过的最后一个春节

年轻时的大哥靖远，早早就扛起了家庭的重担，这是1957年大哥靖远19岁刚从农校毕业的工作照。从一般技术员到吉林省首批农艺师、高级农艺师，到加入中国共产党，到被任命为县农业局业务局长、总农艺师，坚定前进的方向，兄长带我一路前行

年轻时的二哥靖夷多才多艺、品学兼优，年仅16岁时辍学帮助母亲兄长共同担起家庭重担，这是二哥进入工厂工作后照。从养猪场到进车间到进科室，从一般工人到做副科长、科长，入党、晋升工程师，踏踏实实做人做事，兄长给我做出榜样

兄弟同心，其利断金。困难时期，生活窘迫，政治受压，1962年6月9日大哥和二哥的照片书写着二兄长的担当：永不气馁！

年轻时的三哥靖安由于受父亲历史问题影响，高考没能进入大学，农场插队15年，从一般知青到小队会计、农场总会计、到县种子公司技术员、副经理、蔬菜种子公司经理，入党，自学获农大本科毕业证、吉林省高级农艺师。做生活中的强者。兄长给我前行的力量

1987年大哥和母亲在一起

2010年1月8日三哥和母亲在长春街头照

1986年春节与母亲在一起

1986年与大哥靖远照

2006年11月3日二哥来京家照

1986年春节在三哥家与三哥照

2010年10月16日与三哥在天安门前照

1994年8月3日（农历六月二十六）母亲 79寿辰，部分家人在嫩江湾老坎子合影。

左起，后排：本人、二哥、大哥、母亲、大嫂、二嫂、彦梅、寄明、二哥家侄儿寄刚；

前排：三哥家侄儿寄成、我家寄强、大哥家侄儿寄鹏、三哥家侄女寄梅、三哥家侄女寄英、我家寄宇、三哥家侄女寄萍

1996年8月10日老母亲82大寿家宴，吹蜡烛

1996年9月6日从未见过面的本家四爷家的堂叔（左一）、姑父（右二）登门认亲与母亲照，右一为二爷家的堂姐凤玲

1997年6月与母亲和彦梅在家中照

1997年8月20日寄明结婚日与母亲、堂姐朱凤玲、哥哥们在家门前照

2001年6月23日大哥大嫂与母亲在北京天安门前照

2008年7月28日家中与大哥靖远（右二）、二哥靖夷（左二）、三哥靖安（左一）合影

2010年8月20日与三兄长参观长春全国农博会照

1962年7月1日大哥大嫂照永远是“希望”在前

大哥一家与母亲照

二哥二嫂年轻时照

2015年夏三哥三嫂在大安老坎子照

2009年大哥大嫂金婚四兄弟夫妇合影

2008年7月28日在大安饭店亲属照，自左至右一排：本家大嫂、三姨家大嫂、二舅妈、二舅宋秀山、三姨家大哥刘凤梧、姑表姐夫张彬、本家大哥靖远；二排：彦梅、本家三嫂、本家二哥靖夷、本人、本家三哥靖安、老舅家表弟宝贵、宝贵媳妇、二舅家表妹雅芹

2009年8月9日在辽金古城堡塔虎城墙下表弟宝贵家园内亲属们合影，自左至右，前排：老姨家弟何庆桥、本人、三姨家大哥刘凤梧、本家大哥靖远、三哥靖安、老舅家表弟宝贵；后排：彦梅、本家三嫂、老姨家姐何庆霞、本家大嫂、凤梧嫂子、宝贵媳妇、庆桥媳妇

2012年8月9日亲属们在塔虎城墙下合影，上排中间老者是二舅，右二宝贵，前右一老舅大女儿、左一宝贵媳妇、左二老舅二女儿

2011年8月5日本人、彦梅、寄宇与寄明岳父岳母在老坎子公园照

2008年9月30日寄宇、天武结婚，与双方父母合影

2004年寄强、慧娟结婚与双方父母于大安婚礼上照，小孩为孙子瞳瞳

2001年岳父岳母家中合影

1987年4月彦梅病愈在家中与大姐艳芳照

2000年元宵节大安市街头照，左起：大姐艳芳夫妇、我与彦梅、妹艳荣夫妇

左起，前排：老姑、岳父、岳母、大姐；后排：姑家表妹小华、彦荣、彦荣丈夫立安、本人、彦梅、姑家表妹小君

2014年4月27 日彦梅在黑河与老姑照

岳父家60年代老照片，二排中坐者彦梅奶奶，左坐者岳母、后立者岳父、岳父左彦梅大姐彦芳、再左彦梅；中排右立者彦梅大弟陈克、左立者彦梅二弟陈立；前排左二彦梅老妹彦荣、右二彦梅老弟陈生

岳父（前排老者）和长女艳芳（前排左一）、小女艳荣（后排右一）、小儿陈生（后排中）外地来大安的与亲属们合影

2000年8月20日，陪同前任校长王承文（右二）、郑钧龄（右三）、老教师黄玉环在新校教学楼前合影

2001年6月5日长春宾馆与高中班主任刘勃老师（中）合影，左为同事李富友

1998年3月18日，与吉林省教科院院长聂海清教授在嫩江边合影

1997年10月24日学校领导陪同吉林省教科院刁振玉教授（后右一）、赵淑梅老师（时任挂职副校长）嫩江边合影。前右一为大安市教科所秘书长陈思非老师，前排右二为副校长杨修文、后排左一为副校长张天森、前排左一为副书记谭亚华

2002年9月15日，吉林省副书记林炎志来校视察合影。自左至右依次是：朱靖华、林炎志、白城市委书记刘润朴、大安市委书记任克军

2005年4月24日彦梅与当时同事宋庆文医生在胶州公园合影

2005年7月彦梅在胶州多伦多学校工作期间与招办同事李瑛合影

2014年7月28日在大安一中教学楼前与前任校长郑钧龄（中）、现任校长袁玉军（右）合影

2016年6月18日在大寨村头毛主席题词下照

2016年6月18日与当年大寨党支部委员、妇女主任宋立英老人合影

2016年6月18日在大寨毛主席题词前集体照

2016年7月20日与彦梅在列宁墓前留影

2016年7月20日与彦梅在莫斯科红场照

2016年7月18日参访俄罗斯第61中学和彦梅与该校校长合影

参访俄罗斯第61中学照

参访俄罗斯第61中学集体照

巍峨壮观的大安一中教师住宅楼，1997年当年建成，132户教师入住

2000年2月8日母亲与曾长孙朱曈家中照

2002年8月4日农历六月二十六母亲生日与二哥家中照

1997年8月20日寄明、曹阳结婚当天与奶奶在家门口照

1997年8月20日母亲与四儿及儿媳在家门前照

2000年2月8日寄明、寄宇、寄强家中照

1997年11月2日与彦梅结婚26周年于长春照

2000年秋刚刚落成的大安市第一中学校门照

2016年5月北京理工大学附属中学分校的校门照